O poço e a mina

O poço e a mina

Gin Phillips

Tradução de
Ana Carolina Mesquita
e Gustavo Mesquita

Introdução de
Fannie Flagg

Título original em inglês: *The well and the mine*.
Copyright © 2007 Gin Phillips.
Publicado mediante acordo com a Riverhead Books, uma divisão de Penguin Group (USA) Inc.

Amarilys é um selo editorial Manole.

Este livro contempla as regras do Acordo Ortográfico da Língua Portuguesa de 1990, que entrou em vigor no Brasil.

Capa
Marianne Lépine

Projeto gráfico e editoração eletrônica
Depto. editorial da Editora Manole

Dados Internacionais de Catalogação na Publicação (CIP)
(Câmara Brasileira do Livro, SP, Brasil)

> Phillips, Gin
> O poço e a mina / Gin Phillips ; tradução de Carol Mesquita. – Barueri, SP : Amarilys, 2011.
>
> Título original: The well and the mine.
>
> ISBN 978-85-204-3027-9
>
> 1. Ficção norte-americana I. Título.

10-11612 CDD-813

Índices para catálogo sistemático:
1. Ficção : Literatura norte-americana 813

Todos os direitos reservados.
Nenhuma parte deste livro poderá ser reproduzida, por qualquer processo, sem a permissão expressa dos editores.
É proibida a reprodução por xerox.

A Editora Manole é filiada à ABDR – Associação Brasileira de Direitos Reprográficos.

1ª edição brasileira – 2011

Editora Manole Ltda.
Av. Ceci, 672 – Tamboré
06460-120 – Barueri – SP – Brasil
Tel. (11) 4196-6000 – Fax (11) 4196-6021
www.manole.com.br / www.amarilyseditora.com.br
info@amarilyseditora.com.br

Impresso no Brasil
Printed in Brazil

*Para Virginia Kirby,
Clara Trimm,
Roy Webb e
Carson Webb.*

*Vocês são melhores
do que a ficção.
Eu os amo.*

Sumário

Introdução 9

1 O chamado da água 13
2 Luz do dia 29
3 Cascas de cigarra 61
4 Nenhum pagamento pela ardósia 101
5 Jonah 127
6 Colheita de algodão 169
7 Contando histórias 201
8 A mulher do poço 235
9 Café e jantar 271

Agradecimentos 295

Introdução

Conheci Gin Phillips em Birmingham, Alabama, em 1997, quando fui codiretora do evento GALA Women of Distinction, do Birmingham-Southern College. Ela foi a aluna encarregada de me assessorar durante todo o fim de semana e, entre uma atividade e outra, mencionou brevemente que desejava tornar-se escritora.

Já havia escutado o mesmo de outros alunos tantas vezes antes que apenas lhe desejei boa sorte e, para ser sincera, esqueci o assunto. Quando recebi uma carta da Hawthorne Books solicitando que lesse o livro de uma jovem escritora do Alabama, fiquei surpresa e feliz ao descobrir que a tal autora era Gin Phillips e que, em vez de simplesmente falar que desejava escrever e pensar em fazê-lo, ela de fato se sentou e escreveu um livro – não um livro qualquer, mas um livro maravilhoso!

Conheço bem o Alabama, e *O poço e a mina* me transporta de volta para lá. Contudo, esta história não só recria um lugar como também recria uma vida – ou melhor, *vidas*: a de uma cidade e a de uma família cheia de esperanças, idiossincrasias e medos escondidos. Para os Moore, a vida se reduz à sua expressão mais simples: trabalho pesado, o dia-a-dia em família, o gosto e os cheiros da terra e do lar. Seu mundo resume-se inteiramente a Carbon Hill, cidade de três mil habitantes. Ainda não havia os famosos *Fireside chats*, as "conversas" ao pé da lareira do presidente Franklin Roosevelt; não existia dinheiro para comprar jornal e contava-se apenas com o eventual *Grand Ole Opry* no rádio. Nestas páginas, o Alabama de 1931 assume uma textura palpável e viva. Trata-se de uma textura feita de detalhes da domesticidade – da maneira como uma mãe lava o chão à forma como os raios lampejam em uma tempestade elétrica. É uma textura repleta da mecânica e da fadiga da mineração carvoeira. E é também uma textura pontilhada pela imaginação e pelas elucubrações de duas garotas.

Poderia haver a tendência de idealizar este passado, de ceder à nostalgia e transformar esta história num episódio de *The Waltons**. E precisamos admitir que se trata de um passado fascinante, com portas sem tranca, união familiar e jantares em que se conversava e ria ao redor da mesa sem nenhum aparelho de televisão à vista. Porém, este passado não é um ideal unidimensional: é um passado repleto de complicações, sejam elas barreiras raciais ou um bebê sendo jogado em um poço. Bem ao lado do chá adocicado e das longas noites na varanda, a tragédia está sempre à espreita, tão perto e tão possível. Para um minerador, o pensamento de que talvez não volte para casa depois do trabalho é tão parte de suas manhãs quanto uma xícara de café. Os Moore não têm rede de segurança, nenhuma outra proteção contra o pior além da saúde e do salário de Albert Moore.

Este é um livro que tem início com um bebê sendo atirado em um poço, mas é também um livro divertido. Portanto, em termos de texturas, não exibe um padrão exatamente previsível.

---

* N.T.: Série de TV americana que mostrava a vida de uma família no interior da Virgínia, que se esforçava para viver com dignidade, no início, durante as crises da Grande Depressão; depois, durante a Segunda Guerra.

Quando vemos Tess e Virgie vasculhando Carbon Hill em busca da Mulher do Poço, quando seguimos Albert até as profundezas das minas ou Leta a caminho do hospital de Birmingham, adentramos suas vidas. Ao fechar este livro, você sentirá saudade destes personagens. Mas O *poço e a mina* não lhe oferece apenas personagens inesquecíveis, e sim, um mundo inteiro do qual não se esquece.

Fannie Flagg
Autora de *Tomates verdes fritos*

1
O chamado da água

TESS   Depois que ela jogou o bebê, ninguém acreditou em mim pelo maior tempo do mundo. Mas eu continuava a ouvir o barulho da água.

A varanda dos fundos dá pra porta da cozinha, e no seu chão de tábuas marrons cinzentas largas e espaçadas dá pra perder uma moeda, se a gente não tomar cuidado. As tábuas tavam mornas por causa do calor do ar de agosto, mas respirar era menos difícil do que de dia. Todo mundo foi pra varanda da frente depois do jantar, então eu pude ficar ali sentada sozinha, só com a noite e as árvores ao meu redor e a lua crescente recortada no céu. O jardim tinha um cheiro mais forte do que o de bolinhos fritos amanhecidos de milho e ervilhas com cebola. E a brisa andava de fininho pela varanda, carregando aqueles cheiros de refeições feitas e por fazer, junto com uma baforada da fumaça do cigarro de papai e pedaços de conversas. Era a melhor hora do dia pra ficar sentada com o poço, ele com sua armação de madeira em um dos cantos da pequena varanda dos fundos e eu no outro.

Eu amava o poço naquela época.

Eu me encostei na porta da cozinha e olhei por entre as tábuas da cerca, apesar de não conseguir ver nada, só o escuro. Aquela fatia de lua e as estrelas não estavam cobertas de nuvens, mas mesmo assim não faziam luz suficiente. A luz que vinha da porta da cozinha me deixava ver só até o canto da varanda. Mas a mulher, ela não me viu, acho. Às vezes os Hudson vinham pegar aqui sua água de beber – eles não tinham poço –, então, primeiro achei que fosse a sra. Hudson. Só que ela parecia um passarinho, enquanto essa era uma mulher grande e robusta com ombros de homem. Ela subiu os degraus de dois em dois. Depois afastou a tampa pesada do poço como um homem faria, sem esforço.

No começo não consegui ver o bebê, porque ele tava embaixo do casaco da mulher. Mas aí ela tirou ele de lá, um pacotinho imóvel e enrolado como se fosse janeiro.

Eu podia ter alcançado a mulher com cinco ou seis passos. Se tivesse me mexido.

Ela ninou o embrulho por um minuto, junto ao peito, como se tivesse botando ele pra dormir, sussurrando. O cobertor escorregou da cabeça do bebê e eu vi um clarão de pele. Aí a mulher o atirou no poço. Assim mesmo, do nada. Pouco depois do barulho de água – só um espirrozinho fraco, distante – ela tornou a levantar a tampa quadrada do poço e a colocou de volta no lugar, ajeitando aqui e ali com cuidado. Mesmo com todo aquele peso, as tábuas da varanda não rangeram quando ela saiu.

Aquele barulho foi menos do som do corpo do bebê batendo na água do que de um uivo que o meu poço soltou; ele parecia surpreso e incomodado de saber que tinha algo ruim dentro dele. Queria a minha ajuda.

Senti meus dentes se afundarem no lábio inferior, talvez arrancando sangue, mas fiquei quieta como um rato e mais imóvel do que um. Porque os ratos se espalham como bolas de gude.

Depois de não sei quanto tempo, Virgie abriu a porta. Eu conhecia o som dos pés dela nas tábuas do chão. Levantei rápido e ela enfiou a cabeça pelo vão da porta.

Virgie usava cascas de cigarra presas como broches na gola. A gente usava essas cascas o tempo todo, fileiras delas descendo como botões pela blusa durante o verão, mas, no ano que vem, como Virgie iria pro colegial, não iria mais usá-las pra ir pra escola. Tava grande demais pra isso.

— Estamos todos lá na frente, por que você está escondida aqui atrás? — perguntou ela, olhando pra mim e, em seguida, pro poço. — Juro por Deus que, se esse poço lhe desse um anel, você se casaria com ele.

Do outro lado, a noite tava preta como breu. O tipo de preto que dava a sensação de que se a gente trombasse com ele ficaria esmagada, como contra um muro. A mulher tinha sumido.

— Uma mulher jogou um bebê dentro dele — disse eu.

Virgie me olhou mais demorado.

— Dentro do poço?

Fiz que sim.

Ela riu, e eu sabia, mesmo sem olhar pra minha irmã, que ela tava revirando os olhos.

— Pare com isso e entre logo.

— Jogou, sim!

Minha boca era a única parte de mim que eu ainda conseguia mexer; era como se eu tivesse criado raízes no piso de madeira.

— Ninguém chegou perto do nosso poço. Deixe de inventar histórias.

Ela sabia que eu não inventava histórias. Engoli em seco, e isso relaxou meus pés. Eu me esforcei pra me levantar e dei um passo na direção do poço.

— Jogou, sim! Uma mulher grande com um bebê nos braços. E ela jogou o bebê no poço sem dizer nada.

— E por que ela faria isso, se você estava olhando? — disse minha irmã, como se já fosse adulta e não uma adolescente de catorze anos, só cinco a mais que eu.

— Ela não me viu.

Meu tom de voz aumentou e meu peito doía de vontade de que Virgie acreditasse em mim. Tentei afastar a tampa do poço, mas era pesada demais.

— Olhe, olhe aí dentro.

— Você está completamente maluca.

— Virgie... — implorei.

Ela pareceu arrependida, então veio até mim e acarinhou meus cabelos como fazia quando eu estava chateada.

— Você estava sonhando acordada? Talvez tenha visto alguém passar perto do poço e imaginado coisas.

— Não. A gente tem de olhar no poço.

— E como você sabe que era um bebê?

— Porque era.

— Ele estava chorando?

— Não.

Por fim ela pareceu ficar preocupada, olhando para a noite em vez de olhar pra mim.

— Alguém deve ter jogado lixo ou outra coisa lá dentro, de maldade. Mas quem faria isso?

— Não era lixo nenhum. Era um bebê. E eu vou contar pro papai.

Eu me virei e marchei em direção à varanda da frente, com Virgie bem atrás de mim. Naquela última semana de agosto a brisa da noite tava fresca o bastante pra esfriar o rosto, mas não pra fazer esquecer o efeito do calor de um dia inteiro de sol, que no fim do verão ficava com o dobro do tamanho. Todo mundo ficava na varanda até a hora de se deitar. Papai e mamãe tavam sentados nas suas cadeiras de balanço, ela descascando ervilhas e ele fumando um cigarro. Estavam iluminados pela luz do gabinete;

papai continuava sujo de fuligem, apesar de ter lavado e lavado o rosto e as mãos. Tava azulado, em vez de preto.

Virgie deu o aviso antes de eu sequer abrir a boca.

— Tess disse que viu alguém jogar uma coisa no poço.

Papai pegou meu braço e me puxou pra perto. Envolveu minha cintura com um braço e me sentou no colo. Eu levei minha mão à dele, senti a palma grossa como couro e me aninhei no seu peito.

— O que foi que você viu, Tessie?

— Uma mulher, papai. Ela tava carregando um bebê, embrulhado, e jogou o bebê dentro do poço — disse eu, devagar e com cuidado.

Papai usou o nó de um dedo pra levantar meu queixo.

— Está escuro demais lá atrás. Talvez você só tenha visto umas sombras.

Fiz que não até um cacho de cabelo saltar do laço. Eles se soltavam o tempo todo. (Virgie cortou seus cabelos loiros de anjinho na altura dos ombros e os cacheava como nas fotos das revistas que a gente via nas bancas de jornal.)

— Eu vi. Vi sim. Eu tava sentada do lado da porta, tava ficando com muito frio e já ia entrar, mas aí vi a mulher vindo pela estrada. Não sei quem ela era, mas ela tava vindo direto pra cá, então fiquei sentada esperando e quase disse "oi" quando ela chegou na escada, mas aí ela não veio na direção da porta. Foi até o poço. Olhou em volta, tirou a tampa e jogou um bebê lá dentro. Depois foi embora.

— Acho que alguém deve ter jogado um saco de lixo ou talvez um esquilo morto ou outra coisa lá dentro, só de maldade — disse Virgie.

Olhei direto pro papai.

— Eu juro que era um bebê.

— Nunca jure, Tess — disse ele, sacudindo a cabeça com o olhar perdido na escuridão.

17

Dois vaga-lumes se acenderam ao mesmo tempo.

Mamãe parecia surpresa, as rugas na sua testa estavam mais fundas do que o normal.

— E por que a mulher jogaria um bebê no nosso poço?

Virgie olhou pra mim.

— Agora você chateou a mamãe.

Albert Não acreditei quando ela me contou, apesar de seu rosto estar branco como giz e os olhos, grandes como dólares de prata. Todos eles têm os olhos de Leta, olhos de terra molhada. Profundos como a terra boa.

Aquela menina sempre foi uma sonhadora, mas nunca inventou histórias. Não queria chamar atenção, como algumas meninas na idade dela. Mas não fazia sentido o que ela estava dizendo. Pelo amor dos céus, nenhuma mulher jogaria seu bebê num poço.

Só que Tessie não desistiu, não parou de me atazanar com aquilo. Nada do feitio dela, nem um pouco. Ela gostava de agradar, não de incomodar ninguém. Não que lhe faltasse força. Aquela menina podia até se dobrar, mas nunca se quebraria.

Naquela noite ela estava tão perturbada que levantei a tampa e olhei para baixo, mas ela disse que não, eu não conseguiria enxergar direito sem luz. Nunca estou em casa com a luz do sol quando trabalho no turno diurno, então disse que na noite seguinte colocaria uma lanterna no poço para darmos uma boa olhada.

Se tem uma coisa que faço bem é iluminar a escuridão. Conheço a escuridão. Estou impregnado dela. Ela está para sempre incrustada nas dobras dos meus cotovelos, das minhas mãos, embaixo das minhas unhas. Posso sentir seu gosto no fundo da garganta e a tusso no meio da noite. À luz do dia, homens selecionam e limpam o carvão que levamos para cima, separam a ardósia enquanto piscam e torram ao sol; eu não sou um deles.

Não era muito mais velho do que Tess quando comecei a cuidar das mulas, quando passei a me acostumar a passar horas sem ver o sol, descendo cada vez mais fundo, as solas das minhas botas pisando ao lado dos cascos. Me acostumei ao peso da picareta, ao cheiro de pólvora queimada e à queimação da terra caindo nos olhos, e tudo isso sempre sob o breu da escuridão; as luzes fracas e indistintas nos nossos capacetes e nas paredes fazem só a menor das aberturas naquele breu absoluto. Então seria de se esperar que, quando a minha menininha me pediu aquilo, aquela única vez que quis que eu iluminasse a escuridão para ela, eu pudesse ter atendido com a naturalidade com que respiro. Não teria me custado nada, a não ser um pouco de tempo. Mas não tive esse tempo para Tess. Achei que não era nada, não vi motivo para desperdiçar aqueles poucos e preciosos minutos sentado na minha cadeira enquanto deixava o dia se escoar de mim.

Claro que, no dia seguinte, depois que eu saí, Leta sentiu o balde bater em algo quando apanhava água para cozinhar o milho. Puxou o balde, e dentro dele havia um cobertor.

LETA   Pensei: com certeza vamos ficar doentes. Não conseguia pensar naquilo – no pobrezinho. Dentro da nossa água de beber.

Esperei Albert chegar do trabalho. Naquela manhã, quando puxei o cobertor com a água, soube que Tess tinha dito a verdade e que todos nós devíamos ter sabido disso. Ela é uma boa menina. Não soltei o balde de volta, só coloquei o cobertor ao lado do poço. Corri até a loja e comprei outro balde de metal, pensando que não iria mais querer usar aquele se a noite fosse como eu achava que seria. Quando as meninas e Jack voltaram da escola, disse que teríamos bolinhos de milho e leite no almoço. Não podia fazer muito mais coisa sem água, e na água daquele balde eu não tocaria.

— A senhora o encontrou, não foi, mamãe? — perguntou Tess. A voz dela estava áspera e ela mordiscava os laços das tranças. Eu não levei a mão à sua boca para que parasse.

— Encontrei um cobertor. Vamos tirar essa história a limpo quando o pai de vocês chegar.

— Agora acredita em mim, não acredita?

Ela parecia preocupada, como se eu pudesse ainda dizer que ela estava inventando coisas. Eu me ajoelhei, tirei o laço de fita da boca dela e a beijei na testa – já suja sabe-se lá do quê.

— Acredito, Tessie. Vá se lavar para comer.

Despejei leite fresco sobre as amoras da sobremesa. Nenhum deles reclamou.

Sob os últimos raios do sol no céu, as costas doloridas de tanto nos inclinarmos e os olhos cansados de olhar para o escuro, chegamos à conclusão de que o melhor seria usar uma rede. Então, depois de perder a conta de quantas vezes tentamos, Albert o puxou, com um bracinho pálido pendendo para fora do balde alto de metal. Estava nu e era um menino.

Minha mãe morreu quando eu tinha quatro anos, e me lembro dela deitada com o sangue empapando os lençóis e o suor ainda molhando seu rosto. Vi o bebê que ela tinha dado à luz morrer dois dias depois, com o rosto azul e o corpo enrugado como uma ameixa seca. Já vi homens sendo carregados das minas com os olhos arrancados e os braços ainda presos ao corpo apenas por tiras de pele. Nada disso ficou na minha cabeça como aquela coisinha inchada que um dia havia sido um bebê pendurada na borda do nosso balde d'água.

Virgie No começo, achei que ela tinha inventado tudo. Para se sentir importante.

Tess era uma peste quando pequena. Mamãe me deixava cuidando dela, aí ela fugia, e eu precisava arrastá-la de volta aos gritos. Foi por causa disso que precisaram construir a cerca branca do quintal. Só que ela aprendeu a destravar o portão. Não pensava duas vezes antes de fazê-lo. E, depois que Jack chegou, Tess não parava de tagarelar com ele. Mas mentiras, ela nunca contou.

 Ela não conseguiu dormir na primeira noite, e eu não disse uma palavra sequer. Achei que ela estava sendo boba. Fiquei ali deitada, brava com ela, ouvindo os sons que vinham da casa. Os roncos de papai. Mamãe se mexendo sem parar – mesmo dormindo ela não consegue parar quieta. Jack murmurando enquanto se ajeitava na cama. O apito do trem lá fora. O vento contra os vidros da janela. Mas, de Tess, nenhum som vinha. Ela estava deitada, tão acordada quanto eu, e eu nem sequer lhe disse boa noite.

 Na noite seguinte, a noite em que o bebê foi colocado em cima da tampa do nosso poço enrolado no cobertor ainda úmido e o xerife chegou e o levou embora num cesto, Tess não me disse uma palavra. Olhei para ela por algum tempo, enrolada num pequeno S com as costas voltadas para mim na cama, depois me aproximei, apesar de os grampos que eu usava para prender os cachos do cabelo terem me pinicado quando me mexi.

— Tessie — sussurrei. Fiz cócegas em sua orelha e ela levantou o ombro.

— O que foi?

— Tá tudo bem?

Ela não respondeu. Cutuquei a sola do pé dela com o dedão.

— Pare.

Então cutuquei a panturrilha.

— Pare com isso, Virgie — sibilou ela. — Você vai tirar sangue de mim com esse dedo.

— Vire pra cá.

Ela se virou; estava sonolenta e magoada. Os belos cachos de seu cabelo preto estavam espalhados sobre o travesseiro e lhe caíam sobre o rosto, por isso Tess não parava de afastá-los com a mão. Ela chutou meu pé.

— Tire esse pé do meu lado da cama.

Deslizei a mão na direção dela, tocando seu braço de leve.

— Tire essa mão do meu lado da cama — sussurrou ela.

Virei de costas e olhei para o teto por um tempo, depois cruzei meu olhar com os olhos arregalados dela.

— Desculpe por eu não ter acreditado em você.

— Eu sei — respondeu Tess, e foi só.

Acordei algumas horas depois com ela se mexendo na cama e a luz do luar entrando pela janela. Ela havia puxado o lençol e a colcha, aquela com os pássaros azuis, e tinha se enrolado nela como se fosse um casulo. Mexia as pernas e balbuciava qualquer coisa. Não consegui entender o que era.

— Tess, Tess, acorde — chamei baixinho.

Toquei seu ombro e a sacudi de leve.

— Tess, está tudo bem. Acorde — disse eu, um pouco mais alto.

Como ela continuava murmurando e se mexendo, levei a mão à sua testa para ver se estava com febre.

— Shhh. Você está tendo um pesadelo.

Ela se virou para a esquerda de repente e, *tum*, caiu no chão. Inclinei-me na direção dela e olhei para baixo. Logo surgiu uma cabeça.

— Caí da cama — anunciou Tess. Ela se mexeu e o luar a iluminou, então vi as lágrimas em seu rosto. Eu não disse nada.

Ela olhou em volta, olhou para mim, olhou para o travesseiro sobre a cama e – sem mais nem menos – repetiu:

— Caí da cama.

Aí minha boca começou a tremer, a dela também, e logo estávamos rindo tanto que lágrimas rolavam por nossos rostos. Ela voltou para a cama, e nós duas já estávamos sem ar.

Por fim nos acomodamos, arrumamos as cobertas e nos aninhamos no colchão de penas, então senti o sono me arrastar.

— Sonhei que tava no poço com ele — sussurrou Tess, mas adormecemos antes que eu pudesse responder.

Albert O negócio é que dava muito trabalho tirar a tampa daquele poço. Era uma tampa quadrada de madeira que não passava do comprimento do meu antebraço, do cotovelo até a ponta dos dedos (a abertura era só a conta para deixar passar o balde), mas se encaixava quase sem folga nenhuma na abertura. Eu tinha serrado a abertura no centro da peça de madeira que fazia a cobertura do poço antes de pregá-la nas laterais de madeira, para que a tampa ficasse sempre justa. A chuva de anos e anos tinha feito a tampa empenar, o que tornava bem difícil tirar a dita-cuja dali, principalmente nos dias úmidos. Além do mais, era feita de uma tábua de pinho grossa, pesada. Até Leta, forte como ela é, ficava sem fôlego quando a movia. Para abrir, a gente tem de segurar a tampa com firmeza, correr os dedos embaixo dela e puxar de uma só vez. Eu estava preocupado, porque só alguém que tivesse visto a gente tirar aquela tampa, alguém que sabia como a coisa funcionava, seria capaz de tirá-la de um arranco só. Não era algo que se aprende de primeira.

Tess Eu sentia falta do meu poço. Não tinha muito espaço na casa pra cinco pessoas, mesmo que uma delas fosse pequena como Jack. A sala ficava na frente da casa, com uma porta que dava pra varanda; o quarto onde Virgie e eu dormíamos ficava ao lado, com outra porta pra varanda. Nosso quarto se comunicava com o de papai e mamãe por um espaço aberto grande e sem porta – dos nossos travesseiros só dava pra ver as cabeças deles, pequenas e imóveis à noite contra a grande cabeceira entalhada da cama –, e ao lado do quarto deles ficava a sala de jantar, que se comunicava com a cozinha. Cinco cômodos pra cinco pessoas. As duas lareiras, uma em cada quarto, dividiam uma chaminé, e a gente fechava as portas no inverno pra que só os quartos ficassem aquecidos. Não faz sentido desperdiçar o calor, dizia mamãe enquanto ia encostando as portas, que rangiam nos batentes antes de se fecharem com um clique: *shiii-chunc*. Jack tinha uma cama só dele porque ele era o menino, mas ela era apenas um estrado ao lado da lareira. A nossa cama tinha um colchão de penas igual ao de mamãe e papai. Só que o deles não foi feito com penas das nossas galinhas – vovô Tobin que o fez pra mamãe quando ela se casou. Eu sentia pena daquelas galinhas, peladas e com frio e querendo se aninhar conosco nas suas roupas roubadas.

Mas, no fim das contas, Jack tinha um lugar só dele. Mamãe tinha suas roseiras. Virgie saía pra longas caminhadas no mato. Papai tinha as minas... apesar de não ficar sozinho e de algumas vezes as paredes caírem e matarem um monte de homens, ele tinha um lugar só dele. E eu tinha o meu poço.

O poço, na verdade, era só um buraco tampado sobre um córrego – algo que dava pra possuir e ver e ter, como um besouro preso num barbante. Embaixo da terra, o riacho escorria pra dentro do poço, ficava um pouco e depois seguia seu caminho, mas dava pra apanhar um balde daquela água sempre que se quisesse. Depois do pôr do sol, a varanda dos fundos ficava quieta e protegida pelas árvores; os sons de sapos e grilos me lembravam de quando eu ficava nadando até tarde e depois precisava correr pro jantar. Claro que eu não podia nadar na água do poço, mas algumas vezes eu puxava um balde e bebia direto dali, apesar de mamãe ter me falado que não era certo beber direto de uma coisa que ficava num lugar onde os insetos podiam pousar. (De vez em quando eu via moscas pousarem na jarra, quando a gente se esquecia de cobrir com o pano, mas mamãe simplesmente as tirava e servia a água mesmo assim. Só que isso era dentro de casa e, de algum jeito, diferente.) Ela sempre despejava a água do balde alto e estreito no balde de casa, menor e mais largo, e apenas dali colocava água nas bacias e jarras e panelas. Mas eu tomava goles longos e frescos à noite e depois despejava o restante na boca preta do poço.

Eu era a única menina que nadava na lagoa, e no começo todos os meninos saíram, dizendo que não iriam mais voltar se eu continuasse a dar as caras por ali, mas eles voltaram. Papai não gostava que eu nadasse com eles, mas comecei a levar Jack comigo e isso fez com que ele se sentisse melhor. Jack brincava com os meninos da idade dele e eu ficava sozinha, vendo até que profundidade eu conseguia mergulhar, agitando os braços pra frente e pra trás na água para fazer asas de borboleta, deixando meu cabelo ondular à minha volta e fazendo de conta que eu era uma bruxa do mar com cabelos de alga.

Mas não dava pra ir à lagoa a qualquer hora. O poço tava sempre ali, esperando. Eu sentia o cheiro da água e sabia que lá no fundo era frio e com musgo escorregadio como as pedras da lagoa. Eu costumava olhar pro fundo do poço e imaginar que daria pra puxar de lá sereias ou peixes falantes junto com a água do banho.

E não atirar o bebê junto com a água do banho.

Depois do bebê morto, eu não gostava mais de olhar pro fundo do poço. Não pensava mais em peixes falantes. Eu pensava nos pesadelos. Eles começavam comigo mergulhando de olhos abertos, então eu via um bebê com os braços estendidos pra mim. Eu ia ficando sem fôlego, mas não conseguia subir porque as mãos do bebê se enroscavam nos meus cabelos e eu não conseguia me soltar. No começo eu não conseguia ver o rosto dele, mas quando ele levantava a cabeça eu podia ver que no lugar onde deveriam estar os olhos ele tinha buracos pretos. Este foi o primeiro pesadelo de que consegui me lembrar depois de acordar. E ficava me lembrando dele o dia inteiro, até cair no sono na noite seguinte.

Virgie Papai disse que era abominável o que aquela mulher tinha feito. Que Deus a julgaria. Mas eu pensei: será que ela achou que não arrumaria comida para alimentar mais uma boca e que, com os outros filhos descalços e o inverno chegando, aquela seria a melhor saída? Ou será que o bebê tinha chorado tanto que a mulher sentiu que sua cabeça iria explodir? Será que ela não conseguia mais aguentar aquilo; que aquele era o quinto, sexto, décimo filho descalço e que era mais do que ela podia suportar?

Eu pensei: será que mamãe algum dia olhou para o poço e pensou em como sua vida poderia ser mais fácil?

Tess   Ninguém falou muito no jantar daquela noite. Basicamente eram só os *tlim tlins* dos garfos e facas. Aí vinham os sons de mastigação e de todos tomando chá, e um pouco do barulho de Jack mastigando de boca aberta. Então mamãe disse: "Não mastigue de boca aberta, Jack". Então, *tlim, tlim*. Abobrinha, ervilhas e um pouco de presunto frito com pão. A gente não comia presunto há meses e nem sequer precisamos matar um porco, disse mamãe. E disse ainda pra gente agradecer aos Hudson quando encontrasse com eles.

Até que papai limpou a boca com o guardanapo. Ele sempre era o primeiro a acabar.

— Estava ótimo, Leta.

Todo mundo fez coro, dizendo pra mamãe como a comida tava boa. Ela sorriu e disse "obrigada" o mais rápido e doce que conseguiu. Olhou pro meu prato e franziu a testa.

— Você não anda comendo muito, Tessie.

— 'Inda chateada? — perguntou papai.

Eu não soube o que responder.

— Eu não tava com muita fome, só isso.

— Você vai deixar seu presunto no prato? — perguntou Jack, no mesmo tom que perguntaria se eu ia arrancar minha cabeça fora e deixá-la em cima da mesa.

— Claro que não — disse eu.

Comecei a mordiscar o presunto de novo. A gente não devia deixar nada no prato.

— Não sei o que um bebê dentro do poço tem a ver com comer presunto — murmurou ele.

— Não fale assim do coitadinho, Jack — disse mamãe. — Era uma criança, igual a você, a Virgie ou Tess.

Papai pôs a mão sobre a minha, a que não estava segurando o garfo.

— Tessie, você tem toda razão de ficar chateada. Deve ter sido um choque pra você. Ainda é. Não ligue pro presunto.

— Pode deixar que eu como — disse Jack.

Eu o chutei por baixo da mesa.

— Pode deixar que eu mesma como, seu porquinho.

Mas aquele chute não foi bem de verdade; eu só fiz aquilo porque era o costume. Não dava pra ficar brava com Jack por ele ser um saco sem fundo. Eu sabia que papai tava se sentindo culpado. E mamãe também. Mas não havia motivo; eu sabia que na cabeça deles não tinha espaço pra ficar se preocupando com bebês dentro do poço.

— Eu já tô melhor — disse eu a papai.

— Soube que você anda se remexendo no sono — disse mamãe. — Que andou choramingando como um bebê.

Deixei o garfo de lado.

— Foi só um sonho ruim — disse eu.

— Ninguém anda pensando no assunto? — quis saber Virgie, olhando de mamãe pra papai e de papai pra mamãe. — Em quem fez isso? Em por que ela fez isso?

Mamãe e papai olharam um para o outro, mas não disseram nada. Eu não consegui pegar o garfo de novo, mesmo sabendo que Jack iria comer o meu presunto. Mamãe percebeu que eu limpei minha boca e que tinha desistido.

— Tem certeza de que não quer o presunto dela, Albert? — perguntou mamãe.

Papai fez que não e sacudiu a mão na direção de Jack.

— Pode comer então, Jack — disse mamãe.

— Não dá pra acreditar — disse Virgie, enquanto Jack garfava o meu presunto.

— Mas, você, coma a sua abobrinha — disse mamãe pra mim.

2
Luz do dia

JACK   Da nossa casa dava para ouvir o trem, muito embora não desse para sentir o cheiro do carvão queimando. A ferrovia ficava logo antes da placa onde estava pintado "Bem-vindo a Carbon Hill", no fim de uma estrada de cascalho que quase fazia a cabeça da gente bater no teto do carro a caminho da igreja. Minha primeira lembrança da cidade é do apito do trem. Do vento que vinha das rodas ou dos próprios carros, ou talvez até de tudo junto, quente, no meu rosto. O trem parecia aterrorizante e vivo e bloqueava a luz do sol e a cidade inteira; eu não conseguia despregar os olhos. Aquela era uma versão infantil da ferrovia Frisco, na altura dos joelhos, onde a gente ia encontrar nossa vovó Moore quando ela voltava de suas visitas ao irmão mais velho de papai em Tupelo. O trem ia para Jasper, depois Birmingham e então para regiões estrangeiras e estranhas para nós. Mais tarde, ele me levaria a St. Louis para o curso de contabilidade (que eu odiei) e depois para Washington D.C. (que eu adorei), para trabalhar com J. Edgar Hoover como tipógrafo compositor nos meses que antecederam Pearl Harbor.

Mas naqueles dias, os dias em que Virgie, Tess, mamãe e papai formavam as esquinas conhecidas do meu mundo, a única coisa que aquela linha da Frisco fazia era trazer vovó de volta para nós.

A cidade inteira se espalhava pelo morro que lhe dava o nome. As casas e as igrejas ficavam um pouco mais para cima, depois vinham as lojas na Front Street. A ferrovia se estendia paralelamente à Front Street, atravessando o meio da cidade, e todas as suas ramificações e as rotas de caminhão levavam às minas, como as pernas e os braços de uma pessoa se espalham a partir da espinha dorsal. A maior empresa mineradora era a Galloway, e sua loja de suprimentos e mantimentos ao pessoal das minas ficava na esquina da Front Street com a Galloway Road, em frente ao Hotel Brasher. Para chegar à mina principal, bastava seguir à esquerda por duas milhas pela Galloway Road. Ou então descer um pouco mais pela Front Street e virar à direita nos trilhos, depois rodear e encontrar a mina Número 11, onde papai trabalhava a maior parte do tempo.

Galloway era o par de pernas musculosas que movia a cidade inteira; depois vinham os bracinhos frágeis, as minas locais que não tinham o mesmo poder de permanência da Galloway. A mina Howard ficava na Fish Hatchery Road, e também havia a Brookside, a Hope e a Chickasaw, todas com caminhões e mais caminhões lotados de carvão que seguiam até o depósito principal, onde a rampa descarregava o carvão direto nos vagões de trem. Em 1931, essas minas menores estavam sofrendo e a maioria já havia fechado as portas. Galloway aguentava as pontas com menos homens e menos toneladas.

Minhas lembranças daquele verão não são muito claras. Eu me lembro de um garoto ruivo da escola cujo pai tinha morrido no ano anterior, de que uma viga quase o havia partido em dois quando despencou sobre ele. Eu me preocupava com isso.

O campo de mineração Warrior, a noroeste de Birmingham, que cobria todo o condado de Walker, era rico em depósitos carboníferos.

Uma dádiva para um estado que de outra maneira retiraria da terra apenas legumes e algodão. Porém era uma dádiva com um senão. Seus filões de carvão tendiam a ser finos e quebradiços demais, por isso eram difíceis de minerar. O xisto e a ardósia em excesso faziam com que a limpeza do carvão demorasse mais – ou seja, eram necessários mais homens para carregar, lavar e separar. Tudo isso somado significava que dez homens no Alabama produziam o mesmo tanto de carvão que três homens e meio produziam em Indiana.

Eu li isso tudo quando estava na faculdade. Supus que não queriam que isso fosse divulgado no Alabama. Era meio desmoralizante.

Eu estava sempre preocupado quando criança, com medo de coisas que na verdade eram só sombras em minha cabeça, não ideias ou imagens completas. Mas eu sabia que estávamos à beira de algo. Que papai estava entre nós e caía. Caía e caía sem parar, até aterrissarmos em um fundo terrível do qual as pessoas apenas sussurravam a respeito.

Acidentes aconteciam o tempo todo. Eu me lembro de quando papai quebrou o maxilar e de que todos nós sabíamos que ele já mal podia ver com o olho esquerdo. Além disso, ele já tinha quebrado os dois braços, uma perna, os dois tornozelos e deslocado alguma coisa nas costas. Isso tudo antes de eu nascer. Eu não saberia de nada disso se não fosse minha mãe lhe perguntar de suas dores de vez em quando. Ele simplesmente não falava no assunto e fingia que estava inteiro.

Porém eu sabia que existia a possibilidade de ele não voltar a entrar pela porta de casa à noite, depois de sair para o trabalho de manhã. E que aí o homem da casa seria eu. Alguns meninos da minha idade já o eram. Meu pai não deixaria que eu assumisse esse papel. Ele dizia que eu devia estudar.

Eu não conseguia imaginar onde arrumaria dinheiro para sustentar a família se alguma coisa acontecesse com papai. Para ser entregador de jornal era preciso ter doze, talvez onze anos. Poderia arrumar emprego de arrumador de prateleira na loja da Galloway, quem sabe de entregador de pedidos.

Com doze anos, eu seria capaz de fazer o trabalho de um homem nas minas, se mentisse um pouco. Mas isso não seria o bastante. Não se papai morresse antes disso. Eu achava que Virgie poderia arrumar um emprego de professora em algum lugar longe dali, quem sabe até sem o diploma de magistério. Tess era pequena demais para fazer qualquer coisa. Ninguém contrataria uma garotinha.

A gente tinha a fazenda, o leite e as galinhas. Aquilo nos alimentaria. Talvez tivéssemos de abrir mão da luz elétrica. E daria para vender o carro.

Nunca aconteceu nada com ele, nada de dramático, súbito ou trágico. Mas só me senti longe da beira do precipício muito tempo depois de já receber meus salários de homem feito.

Leta Em geral eu me levantava um ou dois minutos antes de o galo cantar. Eu odiava aquele galo e mais de uma manhã pensei em torcer seu pescoço e transformá-lo em sopa. Aquele pedacinho de maldade me enxotava da cama. Minha trança era comprida o bastante para prender em um coque, e eu conseguia dormir com ela sem desfazê-la, mas em geral dormia com os cabelos soltos. Albert tinha um gosto bobo de vê-los cobrir o travesseiro. Eu lhe fazia a vontade, mesmo tendo de acordar no meio da noite para empurrar meu marido e arrancá-los de baixo dele. Antes de pôr os pés no chão, eu já estava trançando de novo o cabelo, torcendo-o em um coque e agarrando um grampo da cômoda para prendê-lo no lugar.

Meu vestido verde de trabalho doméstico ficava pendurado no guarda-roupa, e eu o vestia sem fazer mais barulho do que o do algodão roçando a pele. Albert se remexia ante o som da água que caía da jarra para a bacia de porcelana. No verão e na primavera, ele até acordava depois de mim, pois não precisava acender o fogo para aquecer o quarto antes de as crianças acordarem. Eu lavava o rosto e depois o secava com a toalha, enfiando um dedo no buraco que eu precisava remendar. Odiava usar o penico na varanda, só o fazia quando não dava mesmo para esperar. Em vez disso, preferia ir até a casinha a caminho de alimentar os animais.

Abria a porta com cuidado e vencia os oito degraus até a cozinha sem precisar de luz. O fogo do fogão era minha responsabilidade. Eu o alimentava e depois tirava um balde de água para encher a jarra das meninas – assim elas teriam água fresca para lavar o rosto. Mas, em vez de levar a água até a cômoda das duas, eu a despejava no reservatório do fogão. Albert ainda ficaria deitado mais uns dez minutos, depois as crianças iriam dormir até o galo cantar, provavelmente por mais uns trinta minutos, mais ou menos até as cinco e meia. Eu não pedia às meninas para me ajudarem com o café da manhã – isso dava a mim e a Albert alguns minutinhos, um pouco de silêncio antes de o sol vir se juntar a nós. Seu café – para mim, aquilo tinha gosto de veneno – já estaria pronto quando ele se arrastasse até sua cadeira perto do fogão. Eu preferia trabalhar à luz do fogo na cozinha, em vez de acender a lâmpada acima de nós. A eletricidade é algo muito duro para se usar de manhã cedo. Até o sol sabe começar com gentileza. Depois de acender o fogo do fogão, eu separava a quantidade de grãos moídos e botava o café no fogo.

Albert entrou quando eu estava amassando o pão, com farinha até os cotovelos, os dedos agarrando e pressionando a massa. Vira, soca, amassa amassa. Vira, soca, amassa amassa.

— Nunca entendi como você faz isso no escuro — disse ele por trás de mim. Enfiou uma mecha de cabelo solta atrás da minha orelha.

— De algum jeito você sabe encontrar seu caminho na Número 11. — Fiz um sinal com a cabeça para o fogo. — E não está escuro.

Eu sabia sem olhá-lo que ele havia apanhado a jarra das meninas de onde eu a havia deixado, sobre a mesa, planejando encher a bacia das duas ele mesmo, por isso agarrei seu braço quando ele foi até a varanda.

— Pegue do reservatório — disse eu, apontando para o fogão.

Ele pareceu não entender, depois assentiu e andou até o compartimento lateral do fogão, onde eu aquecia a água. Ainda não devia estar muito quente, mas eu me sentia melhor por ter feito um esforço.

— Não precisa ferver a água — disse ele. — Ela não ficou envenenada.

Mas eu apenas lhe estendi uma concha e ele se serviu. Quando voltou do quarto das meninas, o café no fogão já estava fervendo. Tirei a xícara de café dele do armário e derramei o café nela sobre a pia, deixando o calor da xícara aquecer meus dedos. Só havia um ou dois grãos flutuando. Pretos como a noite, tão difíceis de se olhar que não parecia certo que uma colher pudesse movê-los.

— Deve ter gosto de carvão — eu disse entredentes, interrompendo o jorro do bule com um pano e recolocando-o no fogão para que se mantivesse quente.

— O café? — Ele deu um gole, sorriu e fechou os olhos enquanto se recostava. — Não, senhora. Tem gosto de luz do dia.

Desde os doze anos sou capaz de fazer pão em cinco minutos cravados. Minha irmã mais velha que me ensinou, e levei um tempo para pegar o jeito. Dá para sentir a massa boa com a ponta dos dedos – quando precisa de mais leite, quando precisa de mais farinha. A massa precisa ser macia como as bochechas de uma criança, mas não tão seca a ponto de rachar. Nunca nem olho ao misturar farinha e leite ao mesmo tempo, mais uma pitada de fermento, sal e banha.

Atirei os círculos de pãezinhos na frigideira de ferro e coloquei-os na porta do fogão. Dez minutos. Pus umas duas fatias de presunto em outra frigideira – os Hudson tinham nos trazido uma parte de seu porco. Não tinha restado muito, mas o suficiente para todo mundo comer um pouco com o pão. Na mesa, um pote de pera em conserva e uma barra de manteiga fresca. As crianças não a passavam tanto no pão como costumavam fazer antes de começarem a batê-la elas mesmas, por isso a manteiga durava mais. Dos fundos do armário, tirei um pote de mel. Albert viu aquilo, e seus olhos, azuis como ovos de pintarroxos, se acenderam.

— Achei que tinha acabado.

— Foi só o que eu disse a eles.

Mel era algo precioso demais para as crianças se lambuzarem com ele dos pés à cabeça depois de apenas uma torrada. Albert adorava mel.

Ficamos ali sentados, sem nos tocarmos, enquanto ele bebericava seu café.

— Ouvi dizer que o filho de Henry Harken está interessado em Virgie.

— E não estão todos? — respondeu Albert. — Dá para jurar que aquela menina anda a um palmo do chão. É linda como um retrato.

Nunca mencionamos que Virgie é linda, em parte porque não queríamos que Tess achasse que é menos linda e em parte porque não queríamos que Virgie ficasse toda cheia de si. Só que às vezes isso era algo difícil de se ignorar, principalmente agora que ela estava ficando mais velha. Muitas vezes eu me inclinava até ela para lhe dizer para apanhar algo para mim e ela simplesmente me deixava sem fôlego, como se fosse fogos de artifício ou neve recém-caída. Ela nunca se encaixou em uma cidade onde tudo está coberto de uma camada de poeira preta.

— Logo, logo você vai precisar enxotar os rapazes com um pedaço de pau — disse eu.

— É bem capaz.

Olhei para Albert, com seus olhos adoráveis, seu rosto anguloso e pálido pela falta de sol, seu maxilar ainda torto no ponto onde foi esmagado. Olhei para minhas próprias mãos, sempre rachadas e secas de lavar pratos, e pensei em meu rosto cansado, de pele endurecida por tanto sol.

— Como foi que a fizemos? — perguntei, meio que para mim mesma.

— Ela é igualzinha a como você era — respondeu ele imediatamente, falando com sua xícara. — E não é nenhuma surpresa.

Apontei para seu olho direito, que tinha ficado fraco por causa de uma pedra solta em um desabamento. Parecia normal, mas a cada ano que se passava ele enxergava menos com ele.

— Você deve ter perdido sua memória junto com sua vista.

Olhei para ver se as meninas estavam por ali e depois lhe dei um beijo rápido na testa. Ele sorriu.

Tirei os pãezinhos, colocando dois no prato dele. Ele amassou a manteiga em uma poça de mel, que ia derramando devagar no prato. Tirou uma garfada cheia do mel dourado e pôs sobre a metade de um pãozinho enquanto eu colocava os pratos das crianças na mesa e deslizava os pãezinhos para uma travessa no centro dela. Eu os cobri com um pano de prato para mantê-los aquecidos.

— Não vai comer comigo? — perguntou ele.

— Como com eles — respondi.

O galo cantou, e Albert engoliu seu segundo pãozinho, com xarope de sorgo em vez de mel. Ele queria fazer aquele mel durar mais algumas semanas. Tirei o prato dele, esperei que acabasse seu café e pus a louça suja na bacia. Ele me deu um beijo na bochecha e olhou para o céu pela janela atrás de mim.

— Não tive tempo de ordenhar hoje, Leta-ree. Prometo que amanhã cuido disso.

— Não tem problema — disse eu. — Deus sabe que estarei aqui com o resto dos animais mesmo.

Ele ordenhava quase todas as manhãs, porque sabia que eu não gostava de ordenhar. Poucos homens ordenhavam uma vaca antes de ir para as minas.

Ouvi as meninas se remexendo na cama; elas acordariam Jack, por isso eu não teria de fazê-lo. Aquele menino era capaz de dormir até no meio de um ciclone rodando em volta dele. Eu poderia ordenhar a vaca, dar de comer para as crianças e pegar os ovos antes de elas irem para a escola.

Virgie me chamou antes de eu sair, sentada no chão colocando os sapatos com os cachos ainda presos à cabeça.

— Quer que eu vá apanhar os ovos, mamãe?

— Tome o seu café da manhã e arrume seu irmão. Depois que vocês terminarem, vemos os ovos.

Eu sabia que eu teria tempo para apanhá-los antes disso.

Ela me olhou de lado.

— A senhora tomou o seu café com o papai?

— Já comi.

Fui até a vaca. Ela sofreria se eu não a ordenhasse antes do nascer do sol propriamente dito. O céu já estava manchado de rosa, mas parei nas galinhas para atirar um pouco de comida. Moisés sacudiu a cabeça para me cumprimentar, murmurando com voz rouca. Isso significava mau humor, e eu a evitei enquanto ia apanhar o banquinho e me aproximava dela pelo canto. Depois de um pouco de afagos e arrulhos, ela pareceu mais calma. Eu balancei para a frente em cima do banquinho, mal equilibrada em suas três pernas, para que pudesse dar um salto para trás se a vaca estivesse mais intratável do que seria de se esperar. Ela ficou quieta, eu puxei o balde para debaixo dos úberes dela, que estavam pesados de leite, e recebi de braços abertos a tarefa, sua paz e rotina. Existe um ritmo na ordenha bem-feita, como o de costurar na Singer. Os dedos executam o trabalho enquanto a mente simplesmente flutua para longe.

Quando Virgie tinha sete anos e Tess ainda engatinhava, e ainda por cima tinha Jack que me deixava cada vez mais redonda, quase me matei tentando cuidar das duas. Tess estava com difteria e eu precisava ir alimentar os animais. Então coloquei Virgie sentada na cadeira de balanço ao lado do fogo e lhe disse para segurar Tess sem sair dali. "Ela não pode ficar fria agora. Precisa estar aquecida, por isso não saia de perto desse fogo. Não se mexa nem um pouquinho."

Quando voltei, ela havia cozinhado as duas de vez. Os rostos estavam tão vermelhos que pareciam uma queimadura de sol. Havia lágrimas nos olhos de Virgie, e, quando comecei a repreendê-la, ela disse: "A senhora falou pra não deixar ela ficar fria, mamãe. Disse pra eu não me mexer."

É engraçado... era de se pensar que com aquela cara de boneca de porcelana, ela seria do tipo egoísta. Mas Virgie se deitaria em cima de um formigueiro se isso fosse ajudar a gente, principalmente os irmãos menores. Isso desde que Tess nasceu. Era como se bastasse um olhar naquelas carinhas choraminguentas para se acender algo que a amarrasse a elas de vez.

ALBERT Abri a porta do Ford Modelo T, deslizei para aquele banco quase de couro e atirei o macacão, as botas e o capacete no chão. Todo dia de manhã eu ia de carro pro trabalho e me sentia satisfeito com isso. Vi meus pais se arrastarem na lama numa cabaninha da Tennessee Company e prometi a mim mesmo e a Deus que comigo não; minha família e minha casa não ficariam à mercê das mesmas mãos gananciosas que decidiam o meu salário. Um homem precisa ter sua própria casa, não a terra de uma empresa. Precisa de sua própria terra pra plantar e criar uns animais, assim, com ou sem greve, ele tem certeza de que vai ter comida na mesa. Construí a casa com minhas próprias mãos, fui atrás de todo parente e de todo amigo que me devia favor. Sempre quis ajuntar um segundo andar, mas nunca pareceu sobrar nenhum extra.

Eu nem me incomodava em fechar a lona das janelas, a menos que estivesse chovendo – gostava da sensação do sol nascente no meu rosto. Mal via um pouco de cor rosada no céu antes de me enfiar pela Número 11. Aqueles trajetos pro trabalho, com os solavancos do cascalho na estrada, o cheiro fresco da grama molhada e o gosto do sorgo ainda na minha língua, eram o melhor tempo que eu tinha sozinho. E em geral eu dava carona pra alguém, então na verdade não era bem sozinho. Apesar de que eu não era amigo de gente falante. Quem dera o caminho pra mina levasse meia hora em vez de quinze minutos. Eu dirigia pelas estradas de trás, evitando a cidade e seus sons de gente acordando, seguia tranquilo pelo meio da semiescuridão, com árvores dos dois lados. Eu não ligava muito para a cidade, pra ser honesto, não como as minhas filhas, que sempre queriam ir pra lá comer doce ou tomar refrigerante. Era muita gente junta, amontoada, pro meu gosto.

Quando estava a menos de um quarto de milha da mina, vi Jonah andando pelo canto da estrada, por isso pisei o pé no freio e encostei.

— Entre aí — gritei quando ele se virou.

— 'Gradecido.

Ele entrou, com o capacete na mão e já de macacão. A região da cidade onde moravam as pessoas de cor ficava bem perto das minas, talvez a meia hora de distância a pé.

— Tudo bem? — perguntou ele.

— Tranquilo.

— Ouvi falar daquele bebê n'seu poço. Sua família tá enfrentando bem?

— Sim. Acho.

O pai de Jonah trabalhou nas minas, e ainda trabalhava quando eu comecei na Galloway Coal. Pode-se dizer que o pai foi empurrado praquele ramo – aprendeu o ofício na prisão. Regime semiaberto de trabalhos forçados. Seis anos por vagabundagem, e naqueles seis anos foi mais maltratado do que uma mula. O pai de Jonah cumpriu a pena e conseguiu se virar, mas a mineração pagava mais do que o serviço nas fazendas, que era praticamente o único outro trabalho que um homem de cor poderia conseguir.

Por isso ele largou o uniforme da prisão e se enfiou nas profundezas. Sindicalizado. Jonah foi criado em Dora, que o povo chamava de Uniontown, algo como Sindicatópolis. Eram todos grevistas negros que tinham sido postos pra fora dos conjuntos habitacionais da empresa durante a greve de 1920 e que fizeram barracos com lixo, tábuas, madeira podre, o que encontrassem pela frente. Diziam que nunca mais viveriam numa casa de onde pudessem ser enxotados. E, mesmo depois de a greve terminar e de eles terem voltado a trabalhar nas minas, nunca voltaram pros conjuntos habitacionais da empresa. Jonah disse que enfiavam papel nas frestas quando chovia, que viam as estrelas pelo teto quando o céu estava claro.

Eu e ele seguimos em frente, ouvindo a mina – sentindo seu cheiro, também – antes de vê-la depois da curva na estrada. A pilha de detritos, apenas um morro comprido e largo de lixo separado do carvão, desprendia um cheiro forte de enxofre que pairava baixo no ar. O tilintar dos carrinhos de carvão batendo uns nos outros, o barulho das correias, os gritos dos homens berrando entre si – todo o funcionamento da mina na superfície era claro como um cristal, desnudado à luz do sol pra qualquer um que por acaso passasse por ali. O basculador de vagões de carga ficava acima de tudo aquilo, parte madeira, parte máquina, com seus apoios de madeira parecendo delicados demais para serem tão sólidos. Os separadores e lavadores trabalhavam o carvão quando ele passava por eles pelas esteiras, e o bom carvão subia mais alto até a ponta do basculador, de onde era despejado no depósito de armazenamento. Depois seria carregado nos vagões de carvão para seguirem até a ferrovia. Não havia nada além de poeira, fumaça, madeira e metal, nada verde nem crescendo à vista. Nada vivo, a não ser os homens. E eles eram apenas outra peça da grande máquina que era tudo aquilo.

Os homens do turno diurno estavam todos em fila; só uns poucos me olharam esquisito pelo fato de Jonah estar no meu carro. Eu lembrei que não fazia diferença nenhuma oferecer uma carona prum homem ao cruzar com ele na estrada. A coisa toda seria diferente se eu tivesse ido até a casa dele pra apanhá-lo. Eu só tinha ido uma vez à casa de Jonah, quando, numa noite, seu primeiro filho morreu no berço. Foi a única vez que estive naquelas casas de preto, feitas só de tábuas ajuntadas. Era uma vergonha Jonah ter de viver assim – ele era um homem bom, que dava duro, que era bom com a família. Eu fazia meus filhos o chamarem de sr. Benton, e não pelo primeiro nome, como se ele fosse um menino que nem barba tivesse ainda.

Jonah e eu não falamos nada ao sair do carro. Ele me acenou e se foi, e eu deixei as pernas penduradas pela porta do carro enquanto vestia meu macacão. Estalei as costas depois de me levantar, tentando relaxar a coluna.

Peguei o capacete de baixo do banco e soltei a lanterna. Cuspi na câmara superior algumas vezes, soltei a garrafa de carbureto do cinto e despejei um pouco na parte de baixo. O óleo e o cuspe se misturariam e fariam o gás que irradia luz a partir do rosto. As velhas lanternas de querosene se balançavam para frente e para trás como um bêbado. Era era algo firme, uma chama de carbureto.

Os patrões faziam você acreditar ser parte de algo especial, carregando o mundo nos ombros na Mina Número 11 da Galloway, onde quatrocentos homens descem até seu ventre todos os dias para arrancar Carvão Graúdo de Galloway. Uma das maiores bacias carboníferas do mundo, essa aqui de Carbon Hill, diziam eles. Eu sempre ouvia falar que bem depois de as minas da

Pensilvânia e da Virgínia serem raspadas até o fim, o Alabama é que abasteceria o mundo. Mas era difícil enxergar o futuro com a luz que saía do meu capacete.

Tess   O carvão tava espalhado pelo chão como besouros com cascas pretas brilhantes. Meu cabelo era dessa cor, não amarelo cor de cabelo de milho como o de Virgie, nem grisalho como o de papai, nem da cor de terra da estrada como o de mamãe. Cor de carvão.

Mas não tinha nenhuma rocha de carvão no nosso quintal, só mais lá embaixo, perto do galinheiro. Ali começavam os animais, que ficavam enfileirados morro abaixo: primeiro as galinhas, depois Moisés, depois o Cavalo e depois os porcos fedidos. E depois a casinha. E depois o riacho. Nossa parte do terreno era tão arrumada quanto dentro de casa: o quintal era varrido até ficar macio, um lago marrom parado com ilhas de roseiras. Quase nunca ficava empoeirado, porque mamãe o varria todos os dias. Ele brilhava como manteiga de amendoim quando chovia.

A gente tinha chegado da escola e Virgie foi direto ver se mamãe não precisava de ajuda. Eu abracei mamãe e fui direto ao aquecedor em cima do fogão, abrir sua porta pra ver o que mamãe tinha deixado ali pra gente. Pãezinhos, ainda macios e quentinhos. Mamãe sempre fazia a mais pro café da manhã ou pro almoço; eram o melhor lanche depois da escola, se você partia um e passava compota de pera. Eu estava lambendo os dedos quando saí pra casinha, indo por uma trilha larga que contornava Moisés, que estava sempre afiando os cascos pra me pisar ou rangendo os dentes em pontas pra me morder. Mamãe e papai não me davam bola, mas aquela vaca era toda raivosa e azeda. Tanto eu quanto Virgie sabíamos disso. Talvez quem sabe um dia ela tivesse sido uma vaca boazinha, pura como seu leite branco, mas então um espírito maligno tomou conta dela, comeu tudo por dentro e deixou sua alma negra como o pecado. Foi quando as manchas pretas começaram a se espalhar sobre seu couro. Aquela vaca sempre dava a impressão de que me faria em pedacinhos, apesar de que sem mim ela nunca teria um nome.

    Eu não gostava da casinha. Ali a gente tinha de prender a respiração, e era escuro e meu bumbum era magro e eu tinha a impressão de que iria cair pelo buraco. (Era do tipo que tinha dois buracos, mas os dois eram feitos para adultos.) Antes de abrir a porta, respirei fundo, depois pulei lá dentro e abaixei meus calções de baixo o mais rápido que pude, sem parar de contar nem um minuto. Eu só conseguia segurar a respiração até sessenta e três.

    Em geral, lá pelo quarenta eu já tinha terminado, tirado o pedaço de catálogo da Sears Roebuck que eu tinha carregado no bolso e saído com uns bons dez segundos de folga. Quando conseguia, segurava a respiração até chegar ao cavalo, em vez de começar a respirar o ar perto dos porcos.

    Dessa vez terminei no trinta – tia Célia tava vindo visitar, e eu não queria deixar de ver minha tia cuspir – e me inclinei pra baixo, pra subir os calções. Mas, no assento bem ao meu lado, tinha uma aranha gorda – não uma aranha-bode nem uma aranhinha de grama, mas um treco esquisito. Não se parecia com nada que eu já tinha visto antes, era cheia de pernas e com um corpo retorcido do tamanho de um dedo. Pulei e pisei em cima daquilo com toda a força, e lá se foi ela pra baixo pelo buraco. Aquilo me fez gritar, e depois de começar não consegui mais parar. Gritei e gritei, respirei fundo e tornei a gritar.

Virgie   O sr. Dobson apareceu na porta de casa com um saco de peras em uma mão e o chapéu de palha na outra. Ele me cumprimentou, só um inclinar de leve da cabeça inteira.

    — Pensei em trazer umas peras para a sua mãe.

    — Vou chamá-la para o senhor.

    O sr. Dobson ficou parado, como se não estivesse nem respirando, não fosse pelo pé direito batucando. Ele fazia isso até mamãe vir até a porta. Trazia peras uma vez por semana, e eu sempre prestava atenção naquele pé.

Ele ficava olhando para algum lugar acima da minha cabeça, para algum ponto na parede que não era nem um pouco interessante, e eu não achava certo olhá-lo nos olhos quando ele se esforçava tanto em evitar os meus. Então ele olhava a parede e eu olhava o pé dele e só alguns segundos depois eu me lembrava de correr para chamar mamãe.

Ela odiava que a gente chamasse uns aos outros gritando pela casa como se estivéssemos chamando cachorros.

Os Dobson não tinham muito mais do que suas três pereiras. Minha mãe lhes dava uma cesta cheia de legumes e provavelmente um pouco de fubá em troca. Ela sempre reagia com felicidade demais pelas peras, com um sorriso largo e brilhante, e eu sabia que ela esperava que o tom alegre, bem alegre da sua voz – algo que a fazia parecer-se com alguém bem diferente da minha mãe – distraísse o sr. Dobson a ponto de ele não pensar como é que tinha recebido uma cesta muito mais cheia do que aquela que havia trazido.

Minha mãe estava de quatro em frente a um balde de água cheia de sabão e disse que iria só lavar as mãos e dali a pouco estaria lá. Dei o recado para o sr. Dobson, cujo pé ainda batucava um ritmo qualquer na varanda. Ele me agradeceu, depois inclinou a cabeça na direção do riacho.

— Acho que tem alguma coisa errada com a Tess, tô ouvindo ela gritar.

Quando mamãe chegou à porta, eu já estava indo morro abaixo, sem saber o que podia estar acontecendo com Tess. Ela sempre odiou a casinha. Quando era pequena, costumava fazer no mato escondida, até que mamãe lhe disse que aquilo não era coisa para uma mocinha.

Andei na direção de Moisés, que sacudiu a cabeça para mim assim que me viu. No começo, Tess quis lhe dar o nome de Jesus. Não se pode dar o nome do filho de Deus a uma vaca, mas ela só tinha cinco anos. Então ela lhe deu o nome de Moisés. Depois da confusão com Jesus, ninguém teve coragem de lhe lembrar que Moisés era um nome de menino, e a vaca era menina.

Era a vaca mais maligna que a gente já teve. Minha mãe tentou me ensinar a ordenhar, assim nem ela nem papai teriam de fazer isso todas as manhãs, mas não consegui aprender. As tetas de Moisés pareciam macias e flexíveis, como se não fossem mais duras de espremer do que um saco de água, mas existia um jeito certo de puxar. Os pulsos inchavam, e parecia que os dedos tinham sido raspados no cascalho quando a gente tentava aprender como era.

Chamei Tess, esperando que ela fosse responder antes de eu precisar passar por Moisés. A vaca estava na frente do celeiro, pastando, e desejei por dentro que minha mãe a tivesse prendido no estábulo. Ela começou a balançar a cabeça branca e preta. Eu quis me virar e ir embora, mas dava pra perceber que ela queria correr atrás de mim, e papai sempre me dizia que eu tinha de passar por ela sem dar na vista dela que eu tinha medo. Só que ela sabia.

Fiquei parada como uma estátua, e Tess saiu de trás do celeiro. Estava com seu vestido preferido, xadrez lilás com bolsinhos em forma de galinha e bordado preto na barra e ao redor das galinhas. Nossa tia Merilyn que tinha feito.

— Ela vai correr atrás de você — sussurrou Tess.
— Shhh.

Fiquei encarando Moisés, que continuava sacudindo a cabeça e revirando os olhos. Ela olhou para Tess, e pareceu odiá-la tanto quanto me odiava. Tess deu dois passos para trás.

— Papai diz que é só a gente não mostrar que tem medo, e ela volta a pastar — disse ela, sem parecer muito convencida. Mas empinou mais seu queixinho pontudo.

— Eu sei.

Eu também recuei, e me deu raiva que aquela coisa sacolejante com suas tetas esquisitas tremelicantes e sua língua gigante me metesse medo. As galinhas, os porcos, o Cavalo – todos eles sabiam o seu lugar. Mesmo aquele terrier que papai criava no celeiro. Só que essa vaca achava que tinha poder sobre nós. Como se soubesse que a gente precisava do leite e aquilo lhe desse uma espécie de confiança nem um pouco apropriada para um animal. Aquela vaca era cheia de orgulho.

Olhei para trás, para ela, olhei direto em seus olhos. Quase dei um passo em sua direção, mas ela se mexeu um pouco, só o bastante pra me assustar. Aí eu desviei os olhos, e Tess também. Nós duas corremos todo o caminho de volta até a trilha, com os vestidos batendo ao vento atrás de nós. Como sempre, tentei segurar o meu para baixo.

— Cê tava gritando por causa de alguma coisa? — perguntei, ajeitando o cabelo.

— Era uma aranha.

Ela olhou para a varanda e sorriu, depois disparou como um tiro na direção dos degraus.

Célia, a irmã de papai, estava lá, inclinada na direção da ferrovia para cuspir. Ela tinha os mesmos olhos azuis de meu pai e cabelo escuro e cacheado, que ela lutava para deixar bem trançado e longe do rosto. Ela o espiralava como uma concha de caramujo na nuca e ele ficava maior do que uma laranja. O rosto dela era todo anguloso, e ela era alta que nem papai. Sempre sorria quando vinha nos visitar.

Tia Célia também era a mulher mais cuspidora que eu já vi. Ela cuspia fumo Copenhagen sobre a cerca da varanda, sobre as roseiras, e às vezes um cuspe quase limpo na estrada. Ela achava que era nojento uma mulher fumar cigarro.

Tess correu até ela e abraçou seu pescoço.

— A senhora soube, tia Célia? Do bebê no poço?

Tia Célia se posicionou numa cadeira de balanço, depois fez um V com os dedos e cuspiu através do V – *crr-sss-p*, sobre a cerca.

O "O" de seus lábios pairou sobre seus dedos por um segundo, depois ela voltou a ter sua boca normal.

— Foi por isso que eu vim, Tessie Lou.

O nome do meio de Tess não é Lou, mas tia Célia gostava de chamá-la assim.

Enquanto ela falava, abracei seu pescoço também, sem apertar tanto quanto Tess. Depois recuei e me encostei na cerca, debaixo da sombra do telhado. Tess ficou em volta de tia Célia, apenas tocando a ponta da manga de sua blusa. Se Tess pudesse se costurar no vestido de tia Célia como um grande botão de cabelos cacheados e ficar com ela para todo o sempre, ela se costuraria.

Eu gostava mais das irmãs de minha mãe, principalmente de tia Merilyn, que andava como se dançasse. Ela era capaz de encher uma casa inteira de risadas, conversas e um alvoroço geral – mas não havia nada de delicado nem de alvoroçante em tia Célia. Sua mente e sua boca eram tão afiadas quanto suas maçãs do rosto, e Tess ficava sentada encarando-a como se ela fosse um programa de tevê. Ela me deixava irrequieta. Me dava vontade de ficar longe. Uma vez, quando eu era pequena, me escondi debaixo da cama quando ela veio nos visitar.

Papai estava encostado na parede da casa, com um pé apoiado na cerca da varanda.

— O xerife veio aqui — disse ele. — Olhou pro bebê e o levou até Jasper, para o dr. Grissom dar uma olhada. Dizer qual a idade dele e ver se conseguia descobrir alguma coisa.

Quando papai trabalhava de dia nas minas, ele só chegava em casa quando já estava escuro – "entra às sete e sai às seis", repetia mamãe sem parar quando a gente era pequena e não conseguia se lembrar de quando o veria de novo. Quando ele finalmente chegava em casa, se ainda estivesse dia claro, ia direto para o jardim ou para a trilha até a fazenda e ficava lá até não haver mais luz nenhuma no céu. Mas as minas tinham cortado as horas de trabalho de todo mundo e dispensado completamente alguns homens. Ele já não trabalhava seis dias por semana como antes, e, às vezes durante dois ou três dias seguidos, quando a gente voltava da escola, o encontrava plantando. Ele acenou para a gente quando chegamos, mas só tinha parado ali por causa de tia Célia.

Seu cabelo grisalho macio estava molhado de trabalhar no jardim, e seu nariz e suas bochechas estavam rosados. Como tia Célia, ele era todo anguloso; seus braços, sua nuca e até suas mãos eram cheios de nervos, nem um pouco macios. Às vezes eu pensava que, se as minas desabassem em cima dele, papai continuaria de pé, mais duro do que diamante. Metido em seu chapéu de palha de abas largas em vez de em seu capacete de minerador, ele parecia um prego da ferrovia.

— Você não percebeu a idade do bebê só de olhar pra ele? — perguntou tia Célia. Ela grunhiu antes de ele responder. — Claro, você não; mas e Leta? Acho que uma mulher seria capaz de saber isso só de olhar.

Papai olhou para mim e Tess e franziu a testa.

— Não percebi. Não estava muito normal depois da água e tudo o mais. Achei que ele podia ser meio pequeno para a idade também, se tivesse passado fome. Nem imagino o que uma mãe como essa pode ter feito com ele.

Tess se sentou no colo de tia Célia, mesmo sendo grande demais, e não tirou os braços do pescoço dela.

— Eu sonho com ele, tia Célia.

— O que você sonha? — A boca de tia Célia parou de se mexer quando ela olhou para baixo, para Tess.

— Eu vejo seus dedinhos das mãos e dos pés e às vezes acho que ele tá na cama comigo.

— Você não disse nada sobre isso há uns bons dias, menina — disse papai, com as sobrancelhas inclinadas na direção do nariz. — Ainda tendo dificuldade pra dormir?

— Dormir, eu durmo. Só que não paro de ter pesadelos. Nunca nem vejo o rosto dele de verdade.

Ela se aninhou na parte de dentro do cotovelo de tia Célia, parecendo meio boba com as pernas penduradas para lá e para cá. Olhava para tia Célia, não para papai e nem para mim, e perguntou quase num sussurro:

— A senhora acha que ele tá me assombrando?

Tia Célia nem pensou duas vezes.

— Que nada — desdenhou. Inclinou a cabeça de lado. *Crrsss-p.* — Por que ele faria uma coisa dessas? Ele devia é ir assombrar aquele pobre arremedo de mulher que o jogou longe como se fosse uma espiga de milho.

— A senhora acredita em fantasmas? — perguntei.

— Não do tipo que lhe atormenta, Virgie May.

Meu nome do meio é Elaine.

— Eu estou na cama ao seu lado, Tess — disse eu. — Se algum fantasma chegar perto, arranco os cabelos dele.

Ela não pareceu tranquila.

— E se ele for um fantasma do bem?

Papai se aproximou e colocou a mão sobre a cabeça dela. Ele sempre nos tranquilizava de um jeito diferente de mamãe. Ela nos acarinhava com as pontas dos dedos; ele nem mexia a mão. Só a pousava sobre nossa cabeça ou nossos ombros ou nossas costas, firme, deixando que a gente sentisse o peso dela.

— Se for um fantasma do bem, ele vai entender que precisa deixar você em paz. E, se não entender, mande vir pra minha cama.

Ela sorriu.

— Sim, senhor.

Tia Célia olhou pra papai.

— A água do poço tá limpa?

— Tem de estar. — Papai deu de ombros. — O bebê só ficou ali por um dia, e o poço é alimentado pelo riacho, então houve água corrente sem parar lá embaixo. Mas, seja como for, Leta anda fervendo a água.

Mamãe abriu a porta de tela, carregando duas xícaras. Tia Célia gostava de beber café no meio do dia, por isso mamãe tinha esquentado um pouco. Papai decidiu que iria querer tomar também, acho, o que eu não conseguia entender, já que ele estava suando. As crianças não podiam beber café.

— Albert já me pediu para parar de ferver a água — falou mamãe, estendendo uma xícara para cada um. — E acho que vou fazer isso mesmo. Nem tenho tempo pra isso, seja como for, só que faz tudo parecer um pouco mais limpo.

Depois que o café da manhã fervia, mamãe sempre colocava um paninho em cima do bico do bule, para que nenhum mosquito entrasse lá dentro. Eu entendia por que um bebê morto na nossa água era capaz de incomodá-la tanto.

— Ah, vai ficar tudo bem. Venha pra cá — disse tia Célia, acenando para uma cadeira de balanço.

— Não posso deixar o chão todo ensaboado — respondeu mamãe. Vi que suas mãos estavam vermelhas por causa da água quente e da esfregação. — Mas venha me ver antes de ir embora, Célia. Estou fazendo umas panquecas recheadas de pera. — Ela olhou para Tess, esparramada no colo de tia Célia. — E, depois de esmagarem sua tia como uma panqueca, vocês duas podiam entrar para me ajudar a limpar o chão.

— Sim, senhora — dissemos nós.

A saia de mamãe farfalhou quando ela saiu pela porta.

— Não sei se está muito quente — comentou papai, erguendo a xícara até seu rosto.

Tia Célia, rápida como um raio, enfiou o dedo dentro de seu café.

— Acho que está — disse, sem tirar o dedo dali.

Papai abriu um sorriso tão largo que a gente viu todo o vão que havia entre seus dentes.

— Você soube que o presidente Hoover abriu mão do controle daquela hidrelétrica em Muscle Shoals? — perguntou ela.

Papai nunca conversava sobre política com mamãe, que dizia que nenhum político valia meia pataca. Porém, com tia Célia conversava sobre o presidente, o governador e as pessoas desempregadas. Não sei se ela gostava de política, mas que gostava de discutir, isso gostava.

— Você vai bater nesse cavalo morto? — perguntou papai, depois de tomar um gole de café. — Se ela fosse federal, obteríamos empregos e eletricidade dali. Não é um negócio ruim.

— Seu maldito bolchevista.

— Célia... — disse papai, olhando para nós.

— Ah, elas já ouviram coisa bem pior dos coleguinhas na escola. E você é um maldito bolchevista, sim.

— Acho que você nem sabe o que é um bolchevista — disse papai, apenas ignorando a língua dela daquela vez. — O que importa é que o presidente Hoover não acha que o governo deve se envolver nisso. Acha que o povo simplesmente tem de se dispor a fazer a sua parte.

— E qual o problema, Albert? Sua memória é curta. Foi porque todo mundo arregaçou as mangas para trabalhar que a gente sobreviveu à guerra.

Papai subiu e desceu os ombros, depois rodou o pescoço um pouquinho, demorando pra responder.

— Você sabe que não foi bem assim, Célia. Você tem noção o bastante pra ver a diferença. Para cada homem com emprego por aqui – diabo, daqui até Birmingham – existem dois sem. A questão aqui não é falta de gente disposta a arregaçar as mangas. É só olhar em volta...

Ele parou, e eu sabia que estava à beira de começar uma discussão daquelas. Dava para ver a veia em cima da orelha dele pulsar. Mas ele esperou um pouco e sorriu.

— Ouvi dizer que o governador de Nova York talvez concorra com ele ano que vem pela presidência — disse ele, por fim.

— Nova York. — *Crr-sss-p.*

Tess tinha deslizado até os pés de tia Célia e estava olhando para a boca dela, com os olhos semifechados e o nariz para cima.

— Tia Célia, será que um homem beijaria a senhora com esse gosto de fumo? — perguntou ela.

— Tess — repreendi, mas papai quase cuspiu longe o café de tanto rir, e tia Célia apenas inclinou a cabeça.

— Ainda não tive problemas nesse departamento — respondeu ela, parecendo ter vontade de cuspir ainda mais para dar ênfase, mas, em vez disso, tomou um gole de café. — Você já deu seu primeiro beijo, Virgie? — perguntou, virando-se para mim.

Eu nem consegui olhar para papai, nem consegui abrir a boca pra responder. Só fiz que não, enquanto ao mesmo tempo papai disse, de um jeito natural e à vontade:

— Ela só tem catorze anos, Célia. Não fique apressando as coisas.

— Quase quinze — respondeu ela, com uma piscadela para mim. — Você se casou com Leta quando ela tinha dezesseis.

— Hoje em dia as coisas são diferentes.

— Só porque o paizinho dela não arrancou seu couro fora da mesma maneira como você planeja fazer com o primeiro menino que aparecer como candidato?

— Hummm — fez ele, concordando. Só que olhava para o jardim e, bebendo o resto do café, virou a cabeça para frente em um só movimento rápido. — Vai escurecer daqui a mais ou menos uma hora — disse ele, apertando o ombro de tia Célia. — Preciso terminar por aqui. Não se esqueça de ver as panquecas de Leta e mande um oi para mamãe.

Fiquei feliz por terem me deixado de fora da conversa.

Papai desceu os degraus pesadamente, e eu subi na cerca da varanda, deixando as pernas penduradas para o lado da casa, para que ninguém pudesse ver meu vestido da rua.

— Espero que o xerife pegue a maluca que fez isso — disse tia Célia.

— A senhora acha que ela estava doida? — perguntei.

— Devia estar com a cabeça avariada de algum jeito.

— Quem a senhora acha que foi? — quis saber Tess.

— Não sei, mas o que lhe preocupa é o bebê, e não a mãe, Tessie Lou.

— Como assim?

— É ele que você está vendo, não foi isso o que você disse? Então, se você sente como se ele estivesse lhe chamando, você tem responsabilidade sobre ele. — *Crr-sss-p.*

— Pra fazer o quê? — Tess parecia confusa.

— Para fazer o certo.

— Como? — perguntei, sem entender.

— Vocês duas sabem do meu bebê, não sabem? — perguntou ela, de forma tão natural como se estivesse perguntando se a gente sabia que ela tinha comprado um chapéu novo.

Ficamos quietas por um tempão. Era como se a gente tivesse passado meia tarde ali sentadas, nossa tia se balançando na cadeira e nós duas paradas como pedras. Finalmente eu disse:

— A senhora teve um bebê?

— Sim — respondeu ela. Ela tinha sido casada há muito tempo; isso eu sabia. Ele tinha sido mineiro como todos os outros homens e morreu antes de eu nascer. Alguma coisa ruim aconteceu dentro dele.

— Só cheguei a ter um bebê, mas ela nasceu prematura — continuou tia Célia. — Viveu três dias, depois eu a enterrei em Pisgah. Enterrei Marcus ao lado dela no ano seguinte.

— Quem é Marcus? — Quis saber Tess.

— Meu marido.

— Seu marido? — Tess me olhou cheia de expectativa, como se eu fosse me apressar em dizer que não, tia Célia não podia ter tido um bebê e um marido que simplesmente sumiram no ar, que aquilo tudo não passava de uma história.

— Meu marido — repetiu ela. — Mas o que eu queria dizer a vocês é que, depois que a minha filha morreu, ela veio me visitar nos meus sonhos. Só que engatinhando, nem um pouco parecida com a vida real. Era mais velha, com bochechas gordinhas e cor saudável. Dava gritinhos, sorria. Às vezes ela aparecia quando eu estava acordada; não em uma visão, eu apenas sentia seu peso no meu colo. Sentia o calor daquele corpinho que se remexia. Isso durou um ano, e por algum tempo achei que eu tinha ficado doida de pedra. Só que aí Marcus caiu morto no quintal, rápido como um raio, e comecei a ansiar por aquele peso no colo como nunca tinha ansiado por nada na minha vida. Eu ficava sentada na cadeira horas seguidas de noite, esperando que ela viesse. Nunca a vi ali no colo, só a senti... e a segurei. Ninei e cantei pra ela. Mais ou menos um ano depois que Marcus morreu, não consegui mais sentir a bebê. Não sonhava mais com ela. Era como se ela tivesse seguido em frente. Acho que ficou comigo de bondade, porque sabia que eu precisava de consolo. Talvez ela soubesse que eu tinha que lidar com a perda dele, por isso ficou até eu não sentir mais tanta dor.

Tentei imaginar tia Célia sentada com um bebê nas mãos, em vez de com uma lata de fumo. Fazendo barulhos bobos e satisfeitos de mãe sobre uma cabecinha, em vez de ficar cuspindo por aí e enfiando o dedo em xícaras de café.

— Ah, eu tenho certeza de que ele não tá fazendo isso de bondade — disse Tess. — Ele não me consola. Só me deixa triste. Só triste.

— Estou dizendo que ele tem uma ligação com você e você com ele — insistiu tia Célia, sacudindo um dedo na direção de Tess.

— Por algum motivo. Parece que ele é quem precisa de consolo.

— Então o que é que eu tenho de fazer? — perguntou Tess.
— Bom — respondeu ela —, acho que você podia tentar descobrir quem ele era. Descobrir quem o jogou ali e dar a ele um pouco de paz.

A̲l̲b̲e̲r̲t̲ Passei metade da minha vida tirando coisas de dentro da terra e a outra metade colocando coisas lá dentro. Tentando cavar um caminho na terra e depois rezando para conseguir sair de lá debaixo. Os arrendatários – naquele ano eram os Talbert – plantavam um terreno de sessenta acres pra mim. Ganhavam uma parte da colheita. Mas a terra perto de casa, essa era a gente mesmo que plantava. Nós cinco às voltas com batatas, tomates e pimentões. Com o nariz escorrendo e as mãos pretas de terra.

O sol era forte, e eu me acalmava com o calor, com o suor. Impressionante a diferença entre o cheiro da terra, úmida e morna, cheia de pepinos e tomates, melancias e milho, e o da terra repleta apenas de pedras pretas. Eu amava inspirar fundo toda aquela vida e aquele verde – encher os pulmões de ervilhas, abobrinhas e terra, em vez de dar goles cuidadosos e rasos, certificando-me de não estar num bolsão de mofeta ou gás carbônico, aquele que sufoca.

Para apanhar feijão, eu tinha de abaixar as costas do mesmo jeito, mas pelo menos podia me levantar quando quisesse. Aquela pequena liberdade anestesiava a dor. Leta queria preparar uma conserva de feijão e abobrinha no sábado.

— Essa aqui tá madura, pai? — Jack enfiou a cabeça pelas vinhas de tomate ao meu redor, com o cabelo espetado para frente como um picapau. Eu me virei e ele rolou uma melancia duas vezes maior do que a cabeça dele ao longo de uma fileira.

— Estou vendo que você já tomou sua decisão e a apanhou — observei.

— Precisava te mostrar pra te perguntar.

— Não pensou em me levar até lá?

— Não queria te incomodar. — Arregalou os olhos, inocente.

— O senhor estava trabalhando.

Menino esperto; prometi a mim mesmo que ele nunca veria uma mina por dentro. Ele tinha de fazer faculdade de administração, talvez advocacia. Ter as unhas limpas no fim da semana.

— Se bem me lembro, você gosta de comer melancia na sobremesa.

— Sim, senhor.

Parecia madura. Eu me adiantei e lhe dei uma batida, levantei-a para cheirar no ponto onde ela tinha estado presa na vinha. Dava para sentir o cheiro da doçura.

— Está boa. Corra pra entregar à sua mãe.

Eu o observei com o rabo do olho: aquela melancia pesava bem uns dez quilos. Mas ele apoiou os braços embaixo dela, segurando a frente como se suas mãos fossem patinhas. Antes que começasse a levantá-la, eu o interrompi.

— Dobre os joelhos em vez de dobrar as costas.

— Não se preocupe com as minhas costas, senhor — disse ele, ainda encurvado. Seus pés estavam descalços, cheios de terra.

— Filho, é como se eu estivesse levantando uma melancia do tamanho de um carro.

Ele dobrou os joelhos um teco, ainda suportando todo o peso nas costas. Deixei. Não conseguia fazer meus filhos mudarem de ideia quando decidiam alguma coisa – eram todos umas mulas, todos eles. Ele levantou a melancia alguns centímetros, depois tornou a colocá-la no chão. Não ergueu o rosto, só ficou ali arfando, sem dizer nada.

— Não vá chutar a melancia, Jack.

Então ele me olhou nos olhos, com as bochechas parecendo as de um esquilo e a boca em uma linha fechada. Com uma raiva daquelas.

— Tome essa cesta e comece ali naquela fileira de feijão — eu disse. — Mais tarde eu levo a melancia.

— Eu consigo levar.
— Vai me ajudar mais com os feijões.
Ele recuou devagar.
— Sim, senhor.
— Espere aí, Jack.
Fui andando até os tomates, mas não conseguia parar de pensar nos pesadelos de Tess. Jack era ainda menor do que ela; não dava pra saber o que lhe passava pela cabeça.
— Ficou chateado por causa daquele bebê, Jack?
Quando olhei para ele, já estava balançando a cesta enquanto se afastava.
— Não, senhor.
Parecia muito certo disso, por isso não perdi mais tempo me preocupando. Os tomates ficaram melhores do que eu esperava. Uma praga tinha passado por ali, mas eles pareciam vermelhos e suculentos. Minha boca se encheu d'água ao vê-los, pareciam que iam estourar. Apanhei um e o mordi como se fosse uma maçã, deixando o sumo escorrer pelo meu queixo.
— Vem cá, Jack.
Tirei outro e o estendi para ele, ainda com o gosto de verão na boca, as sementes presas na minha barba por fazer.
— Virgie e Tess não vão ganhar um — disse ele, parecendo satisfeito.
— Meninas — gritei. — Venham cá.
Elas chegaram em um farfalhar de saias, pernas e sorrisos esvoaçantes.
— No meio da tarde? — perguntou Virgie, quando Tess se inclinou para apanhar um.
— Qualquer um que vocês queiram — eu disse. — Podem apanhar o maior e mais doce que virem.
Sorri pra eles todos, que estavam tagarelando e comendo, com os dentes, as línguas, as mãos e os braços cobertos de tomate.

— Eles são legumes felizes, não são, papai? — perguntou Tess, dando grandes mordidas no dela. — Alegres e animados. Do mesmo jeito que os limões são amuados e os pêssegos são coquetes.

Virgie dava mordidinhas, inclinando-se para não derramar tomate no vestido. O dela era o melhor, o mais redondo e o mais vermelho de todos.

— Tess acha que eles têm personalidade — disse ela.

— Se ela conseguir comê-los mesmo depois de fazer amizade com eles, então não tem problema — respondi.

Todos nós apanhamos feijões até a hora do jantar. Suados e grudentos. Lambendo os dedos e as mãos, na boca o gosto de tomate e de terra. Quando ergui Jack e Tess por sobre os degraus da varanda para entrarem em casa, nossas mãos não quiseram se soltar.

VIRGIE Mamãe não comia muito. Ela servia todo mundo antes de se servir, e às vezes nem se servia. Principalmente quando era carne. Em geral ela colocava uma colher de cada coisa no prato, mas nunca repetia. Às vezes pulava uma refeição, quando achava que ninguém iria notar.

Comemos panquecas recheadas de sobremesa, e mamãe as revirou no ar com a ajuda de um garfo, colocando uma no prato de cada um, menos no dela.

— Você não vai comer nenhuma, Leta-ree? — perguntou papai.

— Estou cheia — respondeu ela, sentando-se.

— A senhora adora panqueca de pera — disse eu.

Tinham sobrado duas, e eu sabia que ela estava pensando em nos servi-las depois do jantar no dia seguinte, ou então em colocá-las na marmita de meu pai. Fiquei ali sentada olhando a minha, sentindo o cheiro da canela e da manteiga, mas não a toquei. Tess e Jack encheram a boca de panqueca, sem dizer nada. Mamãe sorriu para os dois.

— Coma, Virgie — disse ela.

Eu a revirei no prato, um círculo inchado com bordas amassadas a garfo. Depois a parti no meio, e seu recheio marrom-alaranjado se derramou de dentro.

— Só quero meia.

— Eu como o resto — disse Jack, já com a mão estendida.

Eu o ignorei, bloqueando seu caminho com o cotovelo.

— Coma a minha metade, mamãe.

— Deixe Jack comê-la — respondeu ela.

— Como a senhora vai saber se está gostosa, se nem provou um pouco? — perguntei. — Coma. — Eu a coloquei no prato dela antes de ela ter a chance de responder.

Ela pareceu que iria reclamar, mas depois simplesmente me encarou, com os olhos semifechados, como se tentasse imaginar qual seria sua próxima jogada no xadrez.

— Está bem, está bem — disse.

Ela deu uma mordida, e eu comecei a comer a minha. Estava doce e deliciosa, como sempre.

3
Cascas de cigarra

JACK   Tia Célia acabou aceitando Roosevelt no final das contas, bem antes de o trem dele fazer uma parada em Carbon Hill. Tess estava no colegial, eu ainda tinha mais um ano de escola primária pela frente, e Virgie havia vindo de Livingston para passar o final de semana em casa, quando o trem de Franklin e Eleanor passou pela cidade – parece que uma junta municipal dos velhos tempos estabeleceu no contrato com a linha Frisco que qualquer trem a passeio daquela linha teria de fazer uma parada em Carbon Hill. Então Jasper ficou para trás e nós pudemos dar uma olhadinha na sra. Roosevelt. Papai, tia Célia, as garotas e eu (além da maioria da cidade) caminhamos até a estação de trem para vê-los. Só a sra. Roosevelt saiu do carro.

As pessoas foram vestidas com suas roupas de domingo para ver aquele aceno de meio segundo da sra. Roosevelt, que eu achei simples, Tess achou esplêndido e Virgie achou arrogante. Tia Célia gritou mais alto do que todo mundo – ela não chamava alguém de bolchevista há anos – e, quando alguns homens atiraram seus chapéus para o alto, ela se empolgou e jogou sua boina. Nunca mais a encontrou. Mas, pelo jeito, ela considerava isso seu sacrifício pessoal feito no altar dos Roosevelt e contou a história com exagero teatral pelas décadas seguintes.

Nunca se viu tantos adeptos do New Deal quanto aquela cidade naquela época. Não importava o quão incipente fôssemos antes da Depressão; agora, todos tinham amadurecido e se tornado democratas exemplares, aquecidos pela Tennessee Valley Administration e alimentados pelo Work Progress. No início da década de 1930, as minas estavam praticamente inativas, e a cidade dependia setenta e cinco por cento daquelas minas, conforme uma carta orgulhosa enviada pela junta municipal ao governo federal. O valor das propriedades havia despencado em sessenta por cento. Aí a rede de segurança do presidente veio em nosso socorro, na forma de mais de cento e oitenta mil dólares do governo, aliados a mais de cem mil dólares dos cidadãos locais. O programa de obras públicas de Roosevelt poliu Carbon Hill até que ela se tornasse irreconhecível: deu-nos calçadas, meios-fios e mais ruas pavimentadas – por um longo período tivemos apenas cinco quadras com ruas asfaltadas –, uma piscina, um ginásio de esportes. Ganhamos uma nova escola de segundo grau – a que Virgie e Tess frequentaram tinha vinte salas para oitocentas crianças. Antes de Roosevelt, mal tínhamos banheiros dentro das casas. Os que existiam escoavam o esgoto em canais a céu aberto que corriam ao lado das ruas, e o mau cheiro quase fazia a gente desmaiar durante o verão. O novo sistema de esgoto deu fim nesses canais.

Dava para cheirar a diferença que o New Deal tinha feito cada vez que se caminhava pela cidade.

Antes mesmo de Roosevelt, no entanto, a cidade já era sólida o suficiente. Fisicamente. Os três porquinhos teriam sobrevivido ao ataque de um lobo debaixo de qualquer teto – não consigo recordar de mais de três prédios de madeira restantes no centro da cidade. Não havia nada que não fosse de tijolo. No passado, houvera incêndios que causaram certo estrago, mas então um ciclone passou como uma ceifeira pelo meio da cidade em 1917. Ele destruiu as igrejas, a escola secundária e um monte de outros prédios. Alguns anos depois, um incêndio ainda maior arrasou com quase toda a cidade, do Pearce Hotel ao Sweat's Restaurant. Então vieram as filas e mais filas de tijolo.

Esta sempre tinha sido uma cidade moldada pelas forças da natureza. Vento, fogo e terra que tomavam algumas vidas vez ou outra em troca do carvão que continuávamos a cavar. E um homem em uma cadeira de rodas era tão poderoso quanto tudo isso.

Albert O sol havia se tornado cor de pomelo quando Cecil Bannon – a gente o chamava de Ban – e Oscar Jones passaram em casa. Leta tinha terminado de guardar a louça e acabado de se sentar na cadeira de balanço quando ouvimos os dois gritando da rua. Quando chegaram na escada, não foi difícil saber o que andaram fazendo. Senti o cheiro de cerveja caseira no hálito de Ban, mas ele que mostrasse aquela garrafa na minha varanda! Para meus filhos, o álcool era algo distante, de que só tinham ouvido falar em histórias, e eu não pretendia deixar que o vissem mais de perto.

Seja como for, eles não eram homens de se abalarem com alguns goles. Caminhando firme, já tinham subido a escada saltando vários degraus e acenaram com educação para Leta. Desde que ela não chegasse perto o suficiente para sentir o cheiro, não desconfiaria de nada... Ou pelo menos não seria obrigada a admitir que tinha notado. Ela disse olá, depois se levantou da cadeira, desconsiderando os "não se incomode" de Ban e Oscar, e andou até as meninas. O que eu achei que significava que ela tinha sentido o cheiro, mas não iria falar nada. Ela deslizou até o degrau mais alto, suave como uma folha caindo, e puxou Tess para si, para arrumar o cabelo dela. Eu perdi o que Oscar começou a dizer.

— ...dizendo que Pete não vai enxergar nunca mais. Está cego como uma toupeira.

— Pensei em levar pra ele o que a gente conseguisse juntar — falou Ban.

Pete tinha ido trabalhar para DeBardenleben em Birmigham depois que a Galloway o demitiu e perdera a vista em uma explosão há mais ou menos um mês. Tinha gente achando que ele talvez ficasse bom, e ele havia enfaixado os olhos depois do acontecido, esperando que estivessem novos em folha depois de desenfaixados. Pelo menos foi o que eu ouvi.

— DeBardeleben mandou alguém lá?

— Deu pra ele e a família uma mixaria, dinheiro de troco — disse Oscar.

Ele era uma fortaleza, baixo, com os braços tão grossos que mal dava para ver seus cotovelos. A mulher dele dava três de Leta e provavelmente não conseguiria nem se espremer na cadeira de balanço. Eu não parava de imaginar que ele devia rolar para o centro da cama sempre que ela subia no colchão. Ela, sim, teria conseguido tirar a tampa daquele poço em um estalo.

— É, vamos levar alguma coisa pra ele — comentei.

— Eles voltam pra cidade semana que vem — falou Oscar, apoiando os pés na cerca. — A família da mulher mora aqui e vai ajudar. A gente pensou que você poderia juntar o dinheiro, se não se importar. Os camaradas vão se sentir melhor se você é quem for cuidar disso.

Eu concordei. Sabia que a mulher de Oscar não havia tido bebê recentemente, mas não conseguia parar de imaginar que ninguém perceberia se ela estivesse grávida. Por outro lado, ela não me parecia má. Preparava um bom almoço pro Oscar, algumas vezes até colocava uns biscoitos de gengibre na marmita.

Não era comum eu ficar pensando em mulheres. Leta era Leta, claro, e não parecia certo misturá-la com as outras. O restante era feito de vestidos, mãos pequenas e cabelos arrumados em coques complicados. A mulher de Ban era só sua mulher. A mulher de Oscar – embora o seu peso me deixasse intrigado –

não era nada além de sua mulher. Eu não tinha noção do que acontecia debaixo daqueles coques complicados.

— Então, por você tudo bem? — Oscar reclinou-se na cadeira com os olhos fechados, sem sequer olhar para mim.

Parei de pensar em esposas.

— Sim. Tudo bem, eu cuido do dinheiro.

Já tínhamos feito isso várias vezes. Nenhum dos chefões estava disposto a mover uma palha por ninguém. Morando em suas mansões com empregadas e jardineiros, tomando café com creme e comendo frango assado sempre que queriam, só com o troco dos bolsos seriam capazes de pagar o salário de um ano inteiro de um homem aleijado. Mas não faziam isso. Talvez o dinheiro fosse uma doença que corria em suas veias; o fato é que eles nunca tinham o suficiente. Deixariam um homem morrer por causa de um defeito de construção de uma mina, vendo sua mulher e seus filhos à beira da fome tão logo acabasse o funeral, e não fariam mais que jogar uma nota ou duas sobre o caixão. Corações de pedra, não tinham sentimento algum. Iguais a uma mulher capaz de matar o próprio filho. Quanto a eles, não podíamos fazer nada. Mas quanto a ela, sim.

O céu ficou dum rosa avermelhado cada vez mais escuro naquela noite, e as árvores se balançaram na direção do rosa em fogo como se quisessem se aquecer.

— Deu carona até o trabalho pro crioulo ontem, não foi? — perguntou Ban.

Os grilos começaram a estrilar. Uns barulhos meio indiferentes, como se eles também estivessem prestando atenção ao pôr do sol.

— Foi.

— É amiguinho dele — comentou Oscar.

Ele não era um homem maldoso, e suas palavras não tinham sido pra machucar. Só que ele precisava dar sua opinião sobre o assunto.

— Vocês o conhecem há anos, os dois — falei. — Ele tem nome. E não tem nada errado com Jonah.

Aquilo soou mais cansado do que mal-humorado. Mas se espalhou como fumaça e ficou pairando por um tempo. Ninguém falou mais nada a respeito. No meu ritmo eu enrolei meu próximo cigarro, alisando o papel na minha coxa e pegando uma pitada de fumo da lata.

— Os crioulos não dão tão duro quanto a gente — disse Ban, por fim, depois que eu dei minha primeira tragada.

Fumei metade do cigarro depois daquele comentário. As cadeiras de balanço rangiam. Coisa boa sentar-se, balançar e fumar. Dá pra se conhecer um homem pelo seu balançar – devagar e no ritmo, inquieto e arisco, lento como uma lesma. A cadeira de Ban rangia timidamente, como se ele pensasse que a varanda pudesse reagir e morder se ele se balançasse nela com muita força.

De vez em quando uma palavra ou risada das crianças chegava com o vento. Essas crianças, elas não sabiam o que era ficar cara a cara com um crioulo mais do que eu sabia como cavar até a China. Leta também não, a não ser quando encontrava algum quando havia problemas nas minas. Alguns homens de cor gastavam mesmo todo o salário com bebida, e alguns deles eram preguiçosos. Só apareciam pra trabalhar quando não tinham mais dinheiro em casa. Não acho que isso tinha muito a ver com o fato de eles serem pretos.

Mas, quando você trabalha lado a lado de um homem, ajuda a empurrar os carrinhos dele e ele ajuda a empurrar os seus, isso muda o jeito como você vê as coisas. Alguns anos atrás, cinco homens viraram cinzas em uma explosão de gás, e, quando trouxeram os corpos, todos estavam pretos como carvão. Uma crioula ficou ao lado de uma branca observando o mesmo corpo. Quando as esposas ficam uma ao lado da outra tentando descobrir qual dos corpos carbonizados é o do marido, a coisa muda de figura.

— Não deviam ter deixado eles fazerem parte do sindicato — falou Oscar.

Ele e Ban só estavam falando por falar, não estavam bravos por nenhum motivo, não ligavam que eu desse carona para Jonah. Só ficavam repetindo as mesmas coisas de sempre. Como as crianças fazem com as rimas. Continuei balançando. Eles tinham visto as mesmas coisas que eu, e Oscar estava só esperando a primeira oportunidade pra mencionar o sindicato. Que já nem era mais um sindicato. Mas, mesmo com todas as reclamações sobre pretos e brancos terem de se sentar à mesma mesa de negociação, o sindicato havia se misturado bem. Por um lado não havia escolha, porque a United Mine Workers fez pé firme. Por outro, qualquer ser pensante entendia como as engrenagens funcionavam naquele esquema todo.

A Bíblia diz: "Em verdade vos digo que quando o fizestes a um destes meus pequeninos irmãos, a mim o fizestes..." A verdade é que o que você faz pra uma pessoa, você faz pra si mesmo. Enquanto o salário dos pretos estivesse no chão, o nosso com certeza estaria também. Enquanto os patrões abusassem deles, não teríamos força pra que nos tratassem melhor. Estávamos todos juntos nessa, pra melhor ou pra pior.

Por fim o governo acabou com o regime semiaberto de trabalhos forçados em 1928, não porque era errado colocar as pessoas pra trabalhar nas minas em vez de deixá-las na cadeia, mas porque os grandes chefões não gostavam da vantagem que as minas com os condenados tinham. Não tinham de dar salário, e nove entre dez dos presos eram gente de cor, então eles não precisavam tratar ninguém como ser humano. Chicoteavam os crioulos como se fossem animais. Faziam com que trabalhassem das seis da manhã às dez da noite, mantendo todo mundo na linha à base do chicote e da solitária, sem dar comida.

Mantinham nosso salário, o dos brancos, lá embaixo, claro – afinal, por que pagar alguém quando se tem escravos? E é isso o que eles eram, só que com um nome diferente. O camarada mostra um escravo prum homem que espera justiça e salário e lhe diz "pode levar suas malas pro Kentucky que não estou nem aí, porque não preciso pagar ninguém quando tenho alguém que faz o serviço de graça". Você vai até os patrões reclamar de salários baixos e da necessidade de mais inspeções de segurança e eles esfregam aquele escravo na sua cara.

Aqueles homens, o máximo que fizeram foi roubar um saco de comida, talvez ficaram um pouco bêbados demais e fizeram barulho na volta pra casa. E por isso foram jogados debaixo da terra com um chicote nas costas. O trabalho não era muito diferente do nosso, mas pelo menos nenhum homem branco levava chicotada.

Não falei nada disso. Percebi um ninho de vespa debaixo da calha do barracão. Talvez até fosse antigo.

— Que pôr do sol — disse Oscar. — Faz até você odiar ver a noite.

— Se faz — falei.

— Eles não são como a gente, é só o que estou dizendo — comentou Ban, como se esperasse que eu fosse concordar com ele da mesma forma que concordei sobre o pôr do sol. Em vez disso, respondi:

— Isso me faz lembrar que Ben Barrett falou algo parecido.

Onze anos antes, durante a mesma greve de 1920, um preto sindicalista ameaçou outros pretos pra não furarem a greve. O xerife lhe deu uma palavrinha sobre essas ameaças na loja de equipamentos e mantimentos da empresa. Então Hill – um branco, também sindicalista – foi atrás do xerife: atirou e matou tanto ele como seu assistente. E tudo por causa das palavras que o xerife disse a um camarada de cor.

Claro que naquele momento eu garanto que Hill pensou nele como um companheiro de sindicato. Eu conhecia Hill, e ele era um homem extremamente bravo, que estava sempre reclamando de alguma coisa. Algumas vezes ele reclamava dos pretos. E acabou morrendo por causa de um.

O sol tinha se posto, e tudo o que podíamos ver um do outro sem forçar a vista era o brilho dos cigarros. Ainda balançávamos nas cadeiras. Tess estava no colo de Leta, que trançava seu cabelo. Virgie brincava de cavalinho com Jack em seu colo, segurando suas mãos enquanto balançava os joelhos para a frente e para trás, fazendo o menino soltar gritos de alegria.

— Os meus eram doidos por essa brincadeira — disse Ban, sacudindo o brilho das suas cinzas na direção das crianças e da brincadeira de cavalinho.

— Só precisam cair no chão uma vez pra mudarem de ideia — falou Oscar. — Meu mais novo escorrega mais que sabão.

Ban e eu nem tentamos conter o riso.

— Só aconteceu uma vez — disse Oscar.

Nós nos demos conta da hora.

— Melhor voltar pra casa — falou Ban, puxando um trocado do bolso da camisa. — Aqui estão meus cinquenta centavos pro Pete.

A mulher de Ban parecia ter uma cabeça boa. Só que a filha era um pouco arisca, tinha recusado três pedidos de casamento. Isso não significava nada, claro. Meu conhecimento sobre as mulheres não ia além daquilo que elas colocavam nas marmitas. Não conseguia enxergar como presunto e pão me dariam alguma pista sobre matar um bebê.

Tess   Só alguns dias depois da visita da tia Célia é que a gente conversou sobre o que ela tinha dito. E não foi bem uma conversa; Virgie apenas avisou que tinha um plano.

A gente vivia mais na varanda que dentro de casa no verão e no outono. Em vez de corrimão, a escada da varanda tinha muretas altas de concreto, largas o suficiente pra gente poder sentar em cima. Enquanto mamãe e papai se balançavam na cadeira, Virgie e eu sentávamos no concreto, eu no degrau de cima e Virgie no de baixo. Ela gostava de se encostar no L formado entre os dois degraus, e eu gostava de ficar mais alta que ela. Era bom pra todo mundo.

O que a gente mais fazia era olhar os vaga-lumes, algumas vezes contar o número de piscadas deles, outras, observá-los em nossas mãos. Papai ficava fumando, e, desde que houvesse um mínimo de luz, mamãe costurava à mão aquelas partes em que não dava pra usar a máquina. Ela parava de trabalhar quando já não conseguia mais enxergar. Sempre tinha gente passando por ali e nos cumprimentavam, às vezes subiam na varanda pra conversar; noutras vezes Virgie e eu é que íamos pela rua cumprimentando as sombras nas outras varandas. Ela não gostava de fazer isso tanto quanto eu.

Mas, sentada no concreto frio naquela noite, Virgie me surpreendeu.

— A gente devia fazer uma lista — disse ela, assim do nada.
— O quê?
— Como tia Célia disse. Para descobrir quem fez aquilo.
— Uma lista de bebês?
— Bom, talvez uma lista de mulheres que tiveram bebês. Se a gente souber quem teve bebê nos últimos seis meses mais ou menos, pode sair por aí e ver quem não está com o seu.
— Como a gente sabe que ele tinha seis meses?
— Provavelmente tinha até menos, mas é mais seguro pensar que ele tinha seis.

Ela tinha cruzado os tornozelos e suas pernas estavam esticadas. O vestido dela cobria quase toda a perna, mas, do modo como ela estava sentada, eu conseguia ver o topo enrolado de suas meias. Eu não usava meias, claro. Nem de sapato eu tava – eu tinha jogado os meus ao lado da porta dos fundos assim que cheguei da escola. Não gostava deles, apesar de mamãe me dizer que eu deveria agradecer por ter sapatos. Ela dizia que muitas crianças não tinham, como os pequenos Talbert, cujos pais cuidavam das terras de papai. Ela dizia que poderiam entrar vermes nas solas dos pés e ficar vivendo lá.

Eu podia ver os vermezinhos montando uma casa no meu calcanhar ou dedão, cavando pequenas salas de estar no meu pé, construindo lareiras aconchegantes e trazendo colchões minúsculos e mesas de cozinha do tamanho de sardas.

Mamãe dizia que não era assim que eles faziam.

Só que ela também sempre tirava os sapatos (estava sentada costurando com os pés descalços batendo na varanda), então não podia implicar muito comigo.

— O que vocês duas estão tramando? — perguntou papai, me assustando.

— Nada, papai — respondemos ao mesmo tempo.

Ele olhou pra mamãe e deu um tapinha no cigarro, batendo as cinzas.

— Se eu bem conheço vocês, é alguma encrenca — disse ele.

Mas não perguntou de novo; só voltou pro cigarro e pro balanço.

Virgie pegou seu bloco da escola e alguns lápis. Ela sempre usava sapatos, não ligava se os dedos ficavam apertados e suados.

— Vamos começar com as pessoas mais próximas da gente...

— Virgie?

— Lola Lowe teve bebê alguns meses atrás, eu sei.

— Virgie?

— O quê?

— Por que você tá fazendo isso?

— Isso o quê?

— Eu sei que você não acredita em fantasmas. E você não tá tendo pesadelos. Por que a pressa?

Não era do estilo de Virgie cair de cabeça em algo. Ela gostava de ir com calma.

Ela continuou observando os animais, sem olhar pra mim.

— Não quero que você tenha pesadelos, sabichona. E é o certo a fazer. Dar ao pobre do bebê um nome.

Isso não explicava o porquê de ela ter ficado tão animada com a ideia de tia Célia. Desde a visita ela tinha ficado quieta, e eu sabia que estava pensando. Ela nunca conseguia falar e pensar ao mesmo tempo. Mas, depois de tanto pensar – seja lá o quê – ela queria começar logo de cara, pensar em etapas do mesmo jeito que resolveria um problema de matemática.

— Não sei muito bem se eu quero fazer isso — falei pra ela. — Quero tirar isso da minha cabeça.

Isso fez com que ela olhasse para mim.

— Não quer saber quem fez aquilo?

Olhei pro lado e engoli, tentando deixar minha garganta menos seca. Eu também tinha pensado no que tia Célia disse, e pra mim aquilo pesou. Só que eu era mais egoísta do que ela achava, quando disse que eu devia algo pro bebê. Eu queria meu poço e meu riacho e meus sonhos de volta. Algumas noites, sentada na varanda ao lado do poço, eu pensava que aquela vista era a coisa mais linda e perfeita no mundo. E, quanto mais eu pensava no bebê, mais feio tudo ficava. Eu queria parar de pensar nisso de vez.

— Você não quer saber por que ela fez aquilo? — tornou Virgie.

— Por que a gente não deixa isso pra lá, Virgie? Tenta esquecer.

— Não dá para esquecer — disse ela. — Esse tipo de coisa não some no ar só porque a gente quer.

— Talvez suma. Você não sabe, Virgie.

— Pense no bebê, Tess. Pense no que tia Célia disse sobre o bebê querer sua ajuda.

Eu não tava nada feliz por esse bebê ter me virado do avesso e não tava nem um pouco interessada em ajudar ele, não. Se queria que eu o consolasse, ele devia era ser mais legal comigo – e me fazer sonhar com biscoitos, manteiga de amendoim e limonada, por exemplo. Mas, ao mesmo tempo, se a gente desse um nome pra ele e uma mamãe e uma casa e uma vida pra ele, talvez ele se desapegasse do nosso poço. E aí o poço voltaria a ser só meu.

— Você acha que, se eu ajudar, ele vai pro céu e me deixa em paz?

Dava pra ver que Virgie queria responder que ele já tava no céu, porque fantasmas e coisas assim não existiam, mas ela também queria que eu concordasse com ela sem reclamar mais. Depois de morder o lábio por um minuto, ela se decidiu na resposta:

— Seria bom para todo mundo se ele tivesse um nome e um enterro de verdade.

Do jeito que as coisas iam, ele teria de ser enterrado na área reservada pras pessoas miseráveis que não tinham nada, nem mesmo lápide. Eu me sentia mal por isso, mas achei que ela tinha me tirado do rumo.

— Mas ele me deixaria em paz? — repeti.

— Ai, meu Deus, eu não tenho as regras disso! — bufou ela. — Olha, por enquanto você está tentando deixar isso pra lá. E continua tendo pesadelos. Então não está funcionando. — Ela olhou para o mato novamente, depois levou a mão até meu tornozelo e me cutucou, acho que essa era a parte mais fácil de ela alcançar.

— E você não deveria ficar brava com o bebê, viu? Foi a mãe dele quem criou toda essa confusão.

Isso lá era verdade. E ela tinha se safado, o que não era nem um pouco justo. Ao contrário de mim, que revirava e me contorcia e acordava arfando, enquanto ela provavelmente dormia como uma boa e velha pedra. Eu podia imaginar como ela era, com os olhos endoidecidos e bixiguenta, rindo sozinha no escuro ao se deitar em uma cama dura e estreita. Sem querer, eu a via começar a se mexer. Quando ela estava pra dormir, uma mão forte se esticava e dava um tapinha no espaço vazio ao lado dela, as garras batiam no lugar onde antes tinha estado um bebê. E, toda vez que ela sentia o espaço vazio, ria mais ainda. Eu a via com mais clareza do que já tinha visto as sereias.

— Você é quem vai falar com as pessoas? — perguntei. — Entrar primeiro se a gente parar em algum lugar?

— Sim — respondeu Virgie, embora a faladeira fosse eu.

— E, se eu não quiser ir pra algum lugar, você não vai me forçar?

— Claro que não.

— Então tá. Eu ajudo você — falei, desejando poder atirar a Mulher do Poço pra longe da minha cabeça com a mesma facilidade com que ela jogou fora o bebê dela.

Jack veio até nós, com os cachos do seu cabelo caindo na testa.

— Tão brincando de jogo-da-velha? — perguntou ele.

Aquele garoto adorava rabiscar e desenhar, sempre queria ter um lápis na mão. Mamãe disse que ele sempre foi um rabiscador. (Na época que mal podia engatinhar ele conseguiu botar a mão em um lápis e desenhou a parede inteira da sala de visita. Eu era pequena demais pra me lembrar disso, e mamãe não me disse o que aconteceu depois, mas eu adoraria saber qual foi o castigo dele. Deve ter sido um daqueles.)

— Não, Jack — respondi.

— Posso jogar?

Comecei a responder pra ele ir catar vaga-lume, mas Virgie o pegou e colocou sentado ao lado dela. Ela desenhou uma grade de jogo-da-velha em uma folha de papel, depois rasgou outra e me deu um lápis. Ela passou outro lápis pra Jack, dizendo:

— Você começa. Você pode ser o X.

Pra mim, ela falou:

— Então vamos logo começar. Eu já andei pensando em quem teve bebê: Lola Lowe, Pride Stanton...

E ela continuou com uma sequência de nomes. Eu ia anotando e ela e Jack rabiscavam os Xs e Os. Ela deixou ele vencer duas vezes, depois ganhou duas. Quando terminamos, o sol já estava baixo, e os últimos nomes tinham sido escritos inclinados nos lados da página. Mas a gente tinha uma lista de catorze mulheres que tinham dado à luz desde março.

— Você não acha que a gente saberia? — perguntei.

— Saberia o quê? — falou Virgie, esticando o pescoço pra ver o que eu tinha escrito.

— Dizer quem ela é, se cruzasse com ela. Ela não conseguiria se disfarçar no meio das outras.

— Por quê?

— Porque ela é doida. Ou malvada.

— Mas é isso que ela está fazendo. Se escondendo entre elas. — A mão de Virgie pendia ao lado do concreto, com o dedo enrolado em um lápis. — A gente pode estar vendo o rosto dela todo dia.

— Mas dá pra dizer quem é doido — falei.

— Se é assim tão simples, por que ela não destoa? Os doidos e os maus devem ter uma aparência diferente do que a gente pensa.

— Quem é doido? — perguntou Jack.

— A gente só está conversando — disse Virgie. — Não ligue.

— Quem é doido? — perguntou ele, de novo.

— A mulher que jogou aquele bebê no poço — respondi, bastante ríspida.

— Ah — falou ele, franzindo a testa. — Eu só tava perguntando.

— Ora, não seja tão xereta.

Ele estava sempre tentando saber de tudo.

— Eu acho que você também é doida — murmurou ele.

— O quê?

Aquele menino não batia bem da cabeça.

— Você ainda acredita em sereias e fadas e coisas assim.

— E daí?

— Essas coisas não existem. Não sei das sereias no mar, mas você diz que as fadas moram no bosque. E elas não moram, não.

— Claro que moram.

— Então por que eu nunca vejo nenhuma?

— Ah, chega — bufou Virgie. — Vocês são como dois filhotinhos latindo de lá para cá. Não ligue para ela, Jack. Ela só está mal-humorada.

Com um olhar furioso na minha direção, ele voltou a esperar que Virgie desenhasse outra grade. Ela desenhou, sorrindo pra ele e cerrando os olhos para mim. Não era justo que os mais novinhos e bonitinhos sempre estivessem certos.

— Ainda quer insistir que você sabe dizer quem é e quem não é doido? — perguntou ela, falando baixinho e mal mexendo os lábios. — Ah, esse é exatamente o problema, Tess. — Ela prendeu o lábio com os dentes por um segundo. — A gente não sabe dizer quem é doido. Não podemos ver diferença nenhuma. Ela não tem olhos esbugalhados que giram em círculos. A gente vai ter de ser esperta para descobrir quem ela é.

— Eu não disse que ela tinha olhos esbugalhados.

Aquilo era ridículo.

— E, se você não vai levar isso a sério, eu faço sozinha.

— Eu vou levar a sério — insisti.

Virgie não disse nada.

— Eu vou. Muito, muito sério. Sério como um funeral.

Ela ficou brava.

— Não desse jeito — falei.

Não era, mesmo. Algumas vezes você faz uma piada ruim quando não quer fazer, e minha boca podia ser rápida demais pro meu cérebro.

— Eu tô levando tudo muito a sério.

— Está bem, então. Desde que você seja adulta com relação a isso.

— Sim — eu concordei rapidinho. — Como se a gente fosse xerifes.

Ela se virou e tirou a lista do meu colo.

— Ah, eu não me lembrei disso — falou ela, depois de ler a lista. — Essas três aqui tiveram meninas.

Ela riscou os nomes.

— Por que vocês tão juntando nomes? — perguntou Jack, desenhando espirais nos cantos do papel enquanto esperava Virgie fazer uma jogada.

— Porque sim — falou Virgie. — Nenhuma razão especial.

Ela interrompeu a sequência de Xs dele e ele esqueceu o assunto.

— Virgie, quantas pessoas vivem em Carbon Hill? — perguntei.

Ela ergueu os olhos, mordeu os lábios por um minuto.

— Papai — chamou ela —, quantas pessoas vivem em Carbon Hill?

— Umas três mil — gritou ele de volta.

Aquilo me preocupou.

— A gente não conhece todas as três mil.

Ela pensou naquilo.

— Bem, ela jogou o bebê no nosso poço. Deve morar aqui perto, provavelmente conhece a gente. — Ela olhou pra lista. — Acho que a gente tem de verificar os bebês.

— A gente vai bater de porta em porta e pedir pra elas mostrarem os bebês?

Ela passou os olhos pela lista.

— Bem, capaz de a gente ver alguns deles na igreja, domingo. Depois a gente vai atrás dos outros.

— E você tá fazendo isso pra que o bebê fique em paz?

Eu ainda não tinha entendido direito.

Ela respondeu sem demora.

— Eu só quero saber se ser mãe, cuidar e limpar demais leva alguém a fazer isso.

Virgie Em nossos livros escolares, "fora" estava marcado como advérbio de lugar. "Coloque a bola fora da caixa." Mas, aqui, "fora" era algo que se podia tocar. Um substantivo.

O bosque começava na beirada do riacho, e o som da água encobria o som dos pássaros até eu entrar na mata. Daí o chão estava manchado de sombras e folhas e algumas vezes da luz do sol, e meus sapatos faziam um barulho alto que me fazia sentir como uma intrusa. Mas, se eu ficasse parada, eu ficaria em silêncio completo, e podia mergulhar no mato, talvez me encostar em uma árvore ou sentar em uma pedra achatada sem musgo ou insetos. Eu podia ouvir as pecãs ou as castanhas batendo no chão ao cair. Ninguém mais ao redor. Ninguém olhando, ninguém ouvindo. Eu gostava mais do bosque quando podia estar sozinha.

Ella e Lois estavam comigo dessa vez, mas eu conhecia as duas tão bem que era quase como estar sozinha.

As árvores estavam quase inteiramente verdes, com um quê de fogo. Enquanto caminhávamos, uma pequena fagulha de amarelo ou laranja caía sobre nossas cabeças de vez em quando. Ella levava um saco cheio de castanhas, e Lois tinha coletado todas as nozes de outro tipo. Eu levava os mirtilos silvestres. Todas nós provávamos dos sacos, roubando umas das outras, e mesmo com a barriga cheia a ponto de explodir, ainda teríamos o suficiente para levar para casa, para assar ou fazer tortas e bolos.

Atrás da estrada Highway 78, na encosta da montanha, existia uma mesa de jantar sempre posta.

— Então, se ele for legal, você vai deixar que peça sua mão? — perguntou Ella, quebrando uma castanha com os dentes e jogando a casca fora, onde ainda havia um buraco aberto no ponto em que havia saído a noz.

Eu franzi a testa. Henry Harken era o filho de um grande inspetor de minas na cidade, bem-sucedido. Ele me deixava nervosa. Sua família tinha dinheiro de sobra, e suas roupas devem ter custado mais que o dobro das minhas, de Tess e de Jack juntas.

— Eu não sei.

— Melhor começar a pensar!

Eu não gostava de como ele nunca se apresentava como Henry – ele sempre dizia Henry Harken Jr. Eu o achava um baita de um esnobe. Observei Ella e Lois à minha frente, caminhando tão próximas que seus braços se tocavam, como bonecas de papel ainda grudadas pelos cotovelos. Nunca conheci outras gêmeas, então não sabia se todas elas agiam como imagens em um espelho – os movimentos, os gestos, o modo como andavam. Era como se Deus tivesse dado aula com apenas aquelas duas na sala. Quando mamãe, Tess e eu caminhávamos e o sol colocava nossas sombras à frente de nós, parecíamos assim, trigêmeas. Mas então éramos mulheres desenhadas, só pernas, braços e troncos magrelos, enquanto Ella e Lois tinham curvas suficientes para usar espartilhos aos domingos. Nem mesmo totalmente molhada eu pesava mais que quarenta e cinco quilos.

Ella e Lois adoravam conversar sobre rapazes, mas eu não gostava nem um pouco. Não gostava de como eles me olhavam, como um grupo deles gritava quando eu passava ao lado. Era como se de repente você estivesse em um palco, mas não soubesse qual era a sua fala. Tia Célia morava com vovó Moore, e eu me perguntava se esse não era o melhor jeito de resolver a situação. Parecia mais simples.

Vovó Moore tinha se separado de vovô Moore antes de eu nascer, deixando-o em Fayette, e se mudado para uma casa que papai comprou para ela aqui. Foi a primeira casa dela mesma em que ela viveu. E a mãe de vovô Moore tinha se divorciado do marido e mudado seu sobrenome e de todos os filhos para o seu nome de solteira. É por isso que éramos Moore. Ele deve ter feito algo realmente horrível para que ela não só quisesse apagá-lo de sua vida, mas apagar seu nome também. Se ele não tivesse feito o que quer que fosse, nós todos nos chamaríamos Adams.

Ninguém nunca falava sobre o que esses homens fizeram, mas foram duas gerações seguidas de mulheres que pegaram suas coisas e partiram.

— Já sabe de quem era aquele bebê? — perguntou Lois, com o sol batendo em seu cabelo nos lugares onde as árvores eram poucas.

— Hã-hã — falei, pulando um tronco. — A gente não ficou sabendo de nada. E vocês?

— Mamãe disse que deve ter sido uma mulher que não vale nada.

Fiquei imaginando se não seria outra mulher que queria juntar suas coisas e ir embora, mas o bebê era um peso para ela. Eu não tinha sonhos como Tess – as imagens na minha cabeça da mulher e de seu bebê surgiam durante o dia. Tess gostava deste mesmo bosque. Gostava do quanto ele era frio e úmido. E achava que era o único lugar que realmente era dela.

— Qual o problema com Henry? — perguntou Lois.

— Ele é bonito. Gosta de você com certeza. É educado — completou Ella.

— Ele me deixa nervosa — falei, sabendo que isso só as faria me importunar ainda mais.

— Ora, todo mundo deixa você nervosa. Seria de se pensar que, sendo quase uma Mary Pickford, teria bom senso suficiente pra ver que é tão boa quanto qualquer outra.

— Eu não pareço em nada com a Mary Pickford.

Coloquei uma castanha na boca e me demorei mastigando. Eu parecia com a outra irmã de papai, que morava em Memphis e vinha nos visitar de trem a cada primavera. Nós tínhamos o mesmo cabelo, o mesmo queixo e o mesmo nariz Moore, com uma saliência no meio.

— Virgie Moore — declarou Ella —, é melhor você aprender a aceitar um elogio. Se alguém diz que você poderia fazer parte de um filme, o melhor a dizer é "obrigada". Deixe de corar e ficar parada como um poste.

Olhei para Lois pedindo apoio; ela deu de ombros.

Eu não corei. Mas eu não gostava de me sentir exposta, com todos olhando para mim. Quando estava entre rapazes e adultos, acabava me sentindo como se eles estivessem me medindo. Eu só não gostava disso.

— Só estou dizendo porque eu tenho isso...

Ella me interrompeu:

— Você não tem uma saliência no meio do nariz, então nem comece. Não queremos mais ouvir sobre esse assunto.

Discutir com Ella era perda de tempo. Então não falei mais nada. Observando as árvores por onde nós passávamos, parei de repente. Escondida na casca desprendida de uma árvore, a casca da cigarra estava quase invisível. Marrom e crocante, com uma fenda no meio das costas. Andei fazendo barulho por entre ervas e folhas até chegar à árvore, segurando a minha saia azul-marinho pra evitar os arbustos.

— Espere um segundo — falei para Ella e Lois, em um tom quase baixo demais para elas ouvirem. Elas já estavam uns bons seis metros à minha frente, mas pararam e voltaram, sem parecerem nem um pouco surpresas.

— Encontrou uma? — perguntou Lois.

— Hum-hmmm. — Eu a destaquei com cuidado, sem quebrar as patinhas. Ela grudou-se na minha gola como se já esperasse ir a um lugar melhor que a casca suja da árvore. Seria mais uma para a caixa embaixo da nossa cama em casa. Eu gostava de ter o suficiente para usar algumas vezes durante o inverno. As cascas se conservavam muito bem se você fosse bem gentil com elas. E eu nunca as usava em público, claro. Só em casa.

Ella parecia enojada.

— Não acredito que você dá um escândalo se seu cabelo amassa, mas usa um inseto como se fosse feito de diamantes!

— Não é um inseto. O inseto já se foi. Ele faz uma escultura de si mesmo e deixa a casca para trás.

Eu geralmente não coletava as cascas com uma plateia. Parecia mais sério – e mais silencioso – quando eu estava sozinha.

— É pele — disse Ella, torcendo o nariz.

— Eu sei — falei. — Mas olhe como é perfeita.

Era minha primeira lembrança de algo que não era mamãe, papai, o fogo quente ou a mesa de jantar. Eu estava caminhando pelo quintal, enquanto mamãe pendurava as roupas no varal, e me deparei com uma casca de cigarra, que, claro, parecia igualzinha àquela que eu tinha acabado de encontrar, mais ou menos dez anos depois. Elas não eram criaturas criativas. Eu a esmaguei com a mão, desacostumada a ser delicada. Fiquei apavorada pensando que a tinha matado, e mamãe não parou de repetir que a cigarra não estava viva para ser morta. Mas, na próxima vez que encontrei uma, eu a peguei com a mesma gentileza que teria apanhado uma borboleta pelas asas.

Ella tinha se sentando em um tronco de árvore, com as mãos no quadril, igual sua mãe fazia quando Ella era insolente.

— Certo, você não está interessada em Henry Harken, mas e quanto a Tom Olsen?

Tom morava ao lado de Ella e Lois e agia como nosso serviço de correio particular. Quando elas tinham uma mensagem para mim, ele ia de bicicleta até nossa casa, me dava o bilhete, depois esperava até eu responder para devolver o bilhete às gêmeas. Ele tinha belos olhos cinzentos com cílios grandes como os de uma mulher. O que eu mais notava eram seus olhos (eu tinha tempo para reparar porque ele nunca olhava na minha direção, olhava mais por cima dos meus ombros ou ficava batendo nos pneus da sua bicicleta). Mas ele estava sempre sorrindo, mostrando seus dentes tortos para o espaço em cima de meu ombro.

Seus olhos e dentes tortos pareciam mais legais para mim do que as roupas caras de Henry Harken.

— E o que tem Tom Olsen? — perguntei. Mexi na cigarra com dedos leves, verificando se ela estava bem grudada.

— Você não acha que ele é absolutamente divino?

— Ella...

Ella achava que a maioria dos rapazes era absolutamente divina.

— Bem, o primeiro jogo de basquete é no final do mês, e eu vou com Hanson, claro. — Ele estava visitando-a fazia seis meses; os pais dela não eram tão rígidos quanto mamãe e papai, então os rapazes a acompanhavam até em casa desde que ela tinha completado catorze anos. — Quero que o primo dele vá com Lois, e Tom poderia ir com você. Poderíamos ir nós seis juntos.

— Com os rapazes?

— Sim — disse ela, com paciência, as mãos ainda no quadril. — É isso que soma seis. Sem os rapazes, seriam três.

— Acho que meu pai não vai deixar.

— Você podia perguntar — apontou Lois. — Seria só como amigos. E nós seis ficaríamos juntos o tempo todo.

— Hanson nos leva. Ele conseguiu ficar com o carro emprestado enquanto o irmão está trabalhando em Kentucky.

Nunca andei de carro com ninguém, a não ser com papai. Ele foi dono do primeiro carro em Carbon Hill, há cinco anos, e desde então está sempre levando todo mundo para lá e para cá. Parentes que precisam ir ao médico, homens que vão trabalhar com ele, gente em viagens de compras a Birmingham. Algumas vezes o acordavam no meio da noite para buscar um médico, quando alguém estava tendo um bebê. Acho que mamãe andou de carro duas vezes, fora as idas à igreja aos domingos – toda vez que ela estava a ponto de ir a algum lugar, alguém se enfiava no meio e tomava o lugar dela. E ela ficava em casa, sorrindo para nós e acenando da varanda enquanto partíamos.

Leta   Gostaria que elas não tivessem vindo no dia de fazer as conservas. Sei que os rumores sobre o bebê devem ter se espalhado pela cidade toda antes mesmo de o xerife vir levá-lo embora, mas por algum motivo todas as mulheres esperaram uma semana para me visitar. E aí vieram todas de uma vez, como gafanhotos.

No meio da manhã, com duas panelas fervendo no fogão e o fogo bem alto, meu rosto estava vermelho com o calor, mesmo com as janelas abertas. Não importava quantas vezes eu enxugasse minha testa, eu podia sentir as gotas salgadas escorrendo pela minha bochecha e pelo lábio superior. Meu vestido estava molhado embaixo dos braços. Eu estava colocando mais açúcar nos picles quando ouvi um grito na porta da frente.

— Está em casa, Leta?

— Venha até a cozinha! — Reconheci a voz: Charlene Burch, que morava na descida do morro. Mulher pequena, olhos grandes, voz igual a um freio de trem gritando. Ela entrou na cozinha, nariz no ar.

— Quantas jarras de picles você fez?

— Seis litros até agora. O segundo lote vai ter de esperar mais um dia. Só falta colocar o açúcar.

Passei para a primeira tigela, com cheiro do vinagre acentuado e forte, e a carreguei com as duas mãos até a varanda dos fundos. Escorri o vinagre, depois voltei para dentro e comecei a carregar a segunda tigela para fazer o mesmo.

Charlene havia sentado à mesa e estava mordiscando uma fatia de pera de uma tigela que havia ficado mergulhada em açúcar durante a noite. Ela a mordiscava como um rato faria com um pedaço de chocolate.

— Não plantamos pepino este ano — disse ela. — As crianças não gostam muito.

— Os meninos estão bem? — perguntei, falando por cima do ombro ao pisar na varanda. — Jolie está indo bem no colegial?

Jolie era a filha mais velha, um ano à frente de Virgie.

— Estão todos bem. O mais novo vai começar a entregar jornais semana que vem – trazer um dinheiro extra. Os seus estão bem?

— Todos muito bem.

Coloquei o açúcar sobre os pepinos e os cobri com uma toalha. A água no reservatório estava quente o suficiente para eu começar a fazer as conservas.

— Não ficaram chateados pelo pobre bebê?

Eu enchi o pote até a metade, acrescentando água devagar com uma concha.

— Não que eu percebesse. Tess ficou bem chateada no começo.

— Ela viu a mulher... Foi o que disseram no correio.

— Só um vulto.

— Quem você acha que faria isso?

— Não sei dizer.

Eu me inclinei e puxei as peras adocicadas para longe dela.

— Acha que pode ter sido Lola? Deus sabe que ela tem pequeninos o suficiente por aí.

Suspirei.

— Ela é uma mulher boa. Tem um bom coração.

— Só que ela tem alguma coisa esquisita... Nunca sei o que ela pensa. O mesmo com Eleanor Lucid... Ela nunca foi muito normal; vivendo como vive, sem homem ou criança por perto. Não sei o que ela é capaz de fazer.

Eu mexia enquanto ela falava. Charlene nunca esperava muita resposta. Continuava falando sem problemas, e acabei não entendendo como ela achou que Eleanor Lucid teria conseguido botar as mãos em um bebê, doida da cabeça ou não.

Anna Laurie Tyler chegou quando todos os potes de pera estavam enfileirados na varanda do fundo, sem as tampas, esfriando. Eu estava começando os figos.

Ela parecia prestes a chorar quando atravessou a porta – chegou pelos fundos do jeito que fazia algumas vezes durante a semana. Estava observando o poço quando eu olhei na sua direção.

Anna sentiu meu olhar sobre ela e ergueu os olhos.

— Quer companhia?

— Entre e sente um pouco — respondi.

— Então foi aqui. Que horror... é de gelar o sangue.

Ela achava que tinha sido uma garota, mais ou menos da idade de Virgie, solteira. Falou alguns nomes de garotas que achava serem as possíveis candidatas. Eu a coloquei para mexer os figos enquanto começava a escaldar mais potes.

As irmãs Bingham – na verdade, não eram mais Bingham, depois de casadas – chegaram depois do almoço. Nem se sentaram. Queriam saber se o bebê tinha marcas no corpo, se parecia que tinha sido surrado. Deram a entender que pensavam ter ouvido um bebê gritar muito alto na casa do vizinho na semana anterior.

— Não eram gritos normais de um bebê... Era um som diferente. Eu falei para Johnny que aquilo me dava um arrepio na espinha — sussurrou uma delas. — Não vejo aquele bebê há dias.

A próxima tinha ouvido falar que eram dois bebês. E a que veio depois pensou que a cabeça tinha sido cortada fora. Essas duas últimas me ajudaram a colocar a parafina sobre as conservas.

Célia enfiou a cabeça pela porta antes de as garotas e Jack chegarem em casa.

— Tem uma varanda cheia de conservas aqui fora — disse ela. — E parece que você também acabou se conservando junto com os pepinos.

Eu sorri ao vê-la. Meu avental estava manchado de vinagre e suco de fruta, minhas mãos salpicadas de cera. Minha cabeça estava tão quente que eu podia jurar sentir meu cérebro inchando com o calor. Eu estava mesmo me sentindo mole, zonza.

— Entre aqui, Célia.
— Venha você aqui fora. Tome um pouco de ar fresco.
— Nem comecei o jantar ainda.
— Não vai começar nada se desmaiar em cima do fogão.
Tirei o avental e a segui. A varanda do fundo não era tão social como a da frente – ela dava para as árvores, em vez de para a rua.
— Quer um chá? — perguntei, parando na porta.
— Com certeza — respondeu ela, mas tomou o meu braço e me conduziu até o ar fresco. — Fique aqui.
Ela desapareceu, depois voltou com dois copos, caminhando até a jarra de prata perto do poço. Ela puxou o pano que a cobria e serviu o chá rapidamente, sem derrubar uma gota.
— Você precisa beber uns três ou quatro desses aí — ordenou ela. — Já deve ter suado todos os seus fluidos.
Seu cabelo preto estava arrumado como sempre, os cachos bonitos e ajeitados em um coque. Eu nunca vi Célia suar, embora ela conseguisse dar partida no Ford T com uma mão ou catar um fardo de feno como se fosse uma criancinha.
O chá estava gostoso. Doce o bastante para penetrar as camadas de fumaça e ar quente grudadas na minha garganta.
— Vi todas as matracas passarem por aqui — comentou ela.
— Estavam demonstrando preocupação cristã?
Sorri de novo, quase ri. Nós estávamos bem ao lado do poço, e tudo em que eu conseguia pensar era como eu gostaria de entornar um balde de água na minha cabeça. Ou correr até o riacho, como uma das meninas.
— Elas estavam só listando nomes. Estão tão apavoradas com isso que não conseguem parar de falar no assunto.
Célia terminou o chá e pegou o fumo em pó. Era um hábito horroroso colocar aquilo entre os dentes e o lábio para chupar, mas ela o mantinha já pelos dezoito anos que eu a conhecia. Chegou ao ponto que parecia o mesmo que outra mulher pegando

sua costura. Ela tirou os dedos da boca e cerrou os olhos na minha direção.

— Mas você não disse nada?

— Sobre isso? — Expirei, corri os dedos pelo cabelo. — Não vejo motivo. O que está feito, feito está. O bebê está em um lugar melhor.

— E quanto à mãe dele?

— Que tem a mãe dele? — Pensei sobre isso, mas acabei colocando o assunto em um pote e fechando-o bem apertado. — Não é da minha conta. É pro xerife resolver.

Eu tinha terminado as conservas (peras e figos), mas os picles só ficariam prontos no dia seguinte. Era o bastante para durar até a próxima primavera, fora um pote ou dois para os irmãos de Albert que com certeza apareceriam atrás de qualquer coisa que pudessem conseguir. Só faltava terminar os feijões.

Tess   Durante a missa, a gente só podia se lembrar da lista de cabeça. Nada de lápis ou papel, porque lá precisamos sentar reto e prestar atenção o tempo todo, senão mamãe dá um beliscão no nosso braço. Se eu fosse pega escrevendo, papai provavelmente me daria uma surra de chicote quando eu chegasse em casa. Virgie era grande demais pra receber o mesmo castigo.

Era muito difícil ficar parada, porque, mesmo tendo uma brisa lá fora, todos os corpos esquentavam o salão como se fossem lareiras do tamanho de pessoas. Todo mundo suava, menos papai; a maioria pegava um leque da pilha ao lado da porta ao entrar. Quadrados e com pequenas dobras, eles faziam propaganda de Garrett, dizendo que era "um fumo em pó fraco e doce", o que fazia parecer anúncio de bala ou de caramelo. Durante a missa, a única coisa que dava pra ouvir eram os leques de papel fazendo barulho e os homens velhos tossindo catarro. (Perguntei pra papai sobre isso um dia, e ele disse que era culpa das minas, que elas faziam você cuspir com força e sólido onde ficava pegando na garganta. Então mamãe apareceu, e ele teve que parar de me explicar, porque ela não gostava que a gente falasse de cuspe e coisas assim.)

A igreja batista tinha vitrais, mas a nossa não tinha cores. O campanário tinha sido recolocado com parafusos de metal depois de ter sido carregado pelo vento uma vez, mas, fora essa lembrancinha de algo interessante que aconteceu há tempos, aquele era um prédio chato. Tinha apenas duas fileiras de bancos, janelinhas, piso comum de madeira. Nada pra olhar, a não ser as pessoas.

Havia vários chapéus e vestidos bonitos, e sapatos brilhantes com fivelas no tornozelo. Virgie usava um vestido de duas peças verde que mamãe disse que estava começando a ficar apertado. Era difícil algo ficar apertado nela – ela não sobrava em lugar nenhum. O espartilho de mamãe, que Virgie ajudou a fechar, fazia com que ela parecesse mais suave e curvada dentro do vestido azul-marinho e do casaquinho. Papai parecia desconfortável de gravata e uma camisa branca que mamãe tinha passado de manhã cedo, junto com a toalha de mesa. Os homens, na maioria, pareciam tão incomodados quanto papai metidos em ternos, mas as mulheres pareciam bem arrumadas e contentes em suas roupas. Tivemos bastante tempo pra olhar pra todos, já que a maioria da igreja tinha vindo perguntar sobre o bebê, querendo saber como a gente tava, como eu tava, principalmente. Só que a maioria mal olhou pra mim antes de perguntar como era a aparência do bebê e como a gente o tirou do poço e quem a gente achava que tinha feito aquilo. Papai se sentou e não disse uma palavra, enquanto mamãe respondeu mais com os ombros e sorrisos tensos e um "eu não saberia dizer".

O pastor parecia simpático com seu cabelo branco armado como uma nuvem e rosto jovem. Ele conduziu o coro também, cantando melhor que a maioria. Sua voz forte e grave caiu em meu estômago como um gole de sopa quente. Ele tinha vindo à cidade pra um evento especial, então provavelmente a gente voltaria à igreja quase todas as noites. Talvez ele fosse até Winfield ou Eldridge algumas noites, e aí a gente ficaria em casa, dependendo de como fosse.

A primeira música que cantamos foi a do cordeiro sacrificado.

Ainda que os vossos pecados sejam como a escarlata, eles se tornarão brancos como a neve;
Ainda que sejam vermelhos como o carmesim, tornar-se-ão como a lã...

Nós cantávamos muito sobre purificação. Água e sangue.

Lola Lowe não estava lá. Outras mulheres sim, com seus bebês à mostra; fui marcando cada um na minha lista mental. Ainda tínhamos de checar Pride Stanton e a sra. Taylor — eu achava que seu primeiro nome era LeAnne — além de, com certeza, Lola Lowe. Essas três moravam perto, e a gente as conhecia um pouquinho, então fazia sentido ir visitá-las primeiro, antes de começar a procurar outras pessoas. Eu procurei me lembrar de dizer isso a Virgie.

A sra. Genie teve de bater na mão do filho de dois anos durante a missa porque ele tava fazendo barulho. Ele ficou espantado o suficiente para ficar quieto alguns segundos, depois começou a berrar. Porém o homem que conduzia a oração (ele tinha uma voz monótona, como zumbido da abelha, que fazia a gente cochilar) tava dizendo "amém", de qualquer forma, então ela enfiou o rosto do garotinho no seu colo, segurando a parte de trás da cabeça dele, e o levou pra fora, onde provavelmente deu um jeito de cansá-lo. Então veio a eucaristia, que Virgie tomou, e eu e Jack não. Ela tinha sido batizada no riacho dois verões atrás e, desde então, podia tomar um gole do suco de uva e comer um pedaço do pão, que parecia ótimo, já que a manhã tava bem adiantada e o almoço só seria dali a mais ou menos uma hora.

Uma canção melhor veio depois, com uma parte suave de sopranos que parecia envolver a gente.

Se paz a mais doce me deres gozar,
Se dor a mais forte sofrer,
Oh, seja o que for, Tu me fazes saber
Que feliz com Jesus sempre sou!

Eu me inquietei, querendo que os bancos da igreja não fossem tão duros, e papai olhou pra mim tão rápido que eu quase não vi. Eu me acomodei e apenas cruzei meus dedos como num juramento.

O sermão não foi gritado, nem mesmo uma palavra ou outra, e a voz de sopa quente deixou meus olhos pesados. Olhei pra Maddie Reynolds, uma mulher com formato de maçã e cabeleira amarela.

Ela tava segurando seu bebê, que tinha dormido durante toda a missa. Ela o balançava de um lado para o outro, só um pouquinho, os olhos recaindo sobre ele toda hora. E nós que havíamos pensado que talvez ela o tivesse matado.

Até que, enfim, acabou. Papai e mamãe ficaram presos em conversas, e eu fui direto pra porta, atrás de um pouco de ar fresco. E, juro por Deus, aquele garoto de cabelo ensebado Henry Harken tava esperando Virgie lá fora, querendo saber se podia acompanhá-la até em casa.

Virgie   Oh, eu quase morri quando vi Henry Harken me esperando em seu terno de domingo. Eu já estava no topo da escada quando o notei, mas ele tinha me visto com certeza. Então desci os degraus, certa de que todos estavam olhando e pensando como antes nunca nenhum rapaz tinha me esperado. Ele nem ia para a nossa igreja – ele era metodista. A igreja dele ficava a algumas quadras dali, mas eu sabia que o culto deles não podia ter terminado na mesma hora que o nosso. Fiquei imaginando quanto tempo ele me esperou.

Observei meus pés descendo a escada, orgulhosa de ter polido meus sapatos com cadarço e por haver me dado ao trabalho de colocar ligas para segurar as meias. Meu vestido verde de duas peças, com cinto, era o melhor que eu tinha e do comprimento que eu mais gostava, um pouco acima da canela, quase no fim da panturrilha. É o comprimento que deixa suas pernas mais bonitas. Ajeitei minhas luvas brancas ao descer, tentando parecer natural. Logo, porém, cheguei ao último degrau, e os sapatos pretos e a calça cinza de Henry estavam à minha frente.

— Oi, Henry — falei. — Bom ver você.

— Olá, Virgie. — Ele sorriu e acenou com um adulto. — Pensei que talvez pudesse acompanhar você até em casa, se não se importar.

Ninguém nunca tinha me acompanhado até em casa, e eu tinha certeza de que papai não iria permitir. Mas Henry já estava subindo os degraus na direção de papai antes que eu pudesse dizer qualquer coisa. Papai estava na metade da escada, com o chapéu inclinado para trás para ver Henry melhor. Tess estava quase pisando no calcanhar dele.

— Sr. Moore, boa tarde. Meu nome é Henry Harken Jr. e eu gostaria de acompanhar Virgie até a sua casa, se o senhor permitir.

Papai não respondeu logo de cara, parado no meio da escada com toda a igreja passando ao seu redor.

— Conheço seu pai — disse ele. As pessoas passavam por meu pai como se aquela conversa não estivesse nem acontecendo, de vez em quando dando tapinhas no seu ombro. — Você vai seguir pela cidade e trazê-la direto para casa? Não quero ter de atrasar o almoço por causa dela.

— Sim, senhor.

Então mamãe chegou e pousou sua mão leve no braço de papai, observando Henry com seus olhos escuros e cálidos.

— 'Tarde, senhora. Prazer em conhecê-la... — começou ele, mas papai o interrompeu.

— É o filho de Henry Harken — disse ele. — Querendo acompanhar Virgie até em casa.

Mamãe sorriu ao ouvir isso e assentiu.

— Prazer em conhecê-lo, Henry.

Papai abaixou o chapéu de volta para a altura que cobria seus olhos.

— Você vai trazê-la logo mais? Vamos voltar de carro, então vamos chegar bem antes de vocês.

— Sim, senhor. Iremos direto para a sua casa. — Ele se virou para mim, depois olhou sobre os ombros. — Tenha uma boa tarde, senhor. Senhora.

Ele quase arrancou um sorriso de papai, que acabou virando um aceno. Mamãe e papai ambos olharam bem para mim quando Henry se virou de costas para eles, mamãe parecendo que adoraria me dizer alguma coisa, e papai parecendo – bem, eu não pude adivinhar então, mas provavelmente indeciso. Não reconheci essa expressão do rosto dele.

Então começamos a caminhar na direção da Front Street, e eu sabia que meus sapatos perderiam o brilho. Somente a Front Street tinha calçadas e asfalto; as outras ruas eram cobertas com pedra vermelha – um tipo de poeira que saía das minas. Aquilo não virava lama fácil, mas grudava do nariz aos dedos do pé. Mesmo com toda a pedra vermelha, eu gostava do caminho morro abaixo. Carbon Hill mesmo era feia, só tijolos montados simples e igual a um conjunto de blocos alinhados. Porém, não existiam igrejas na rua principal: você tinha de virar à esquerda e subir o morro para chegar à nossa igreja, e apenas a algumas quadras dali ficava a Primeira Igreja Metodista, e a algumas quadras dela a Primeira Igreja Batista. O mármore branco e brilhante e os vitrais da igreja metodista pareciam cair como uma luva em Henry Harken. E eu realmente gostava dela. Não tanto quanto Tess, porém: o Espírito Santo a chamava de verdade por aqueles vitrais. Eu, o que eu gostava mesmo era caminhar na frente das casas enfileiradas, com jardins limpos e algumas vezes pequenas cercas separando-as dos vizinhos.

Porém, na parte baixa do morro, acabavam-se as casas felizes e começavam as lojas. Todas do mesmo tijolo, sem árvores, sem grama, sem cor. Só a poeira vermelha por toda parte. Dava para sentir seu gosto na língua.

Minha casa ficava a quase um quilômetro e meio da cidade, mas reluzia de tão branca, repintada por papai e seus amigos de tempos em tempos. O jardim da frente tinha um pouco de vermelho e rosa das rosas, e da janela da cozinha só se via carvalhos e pinheiros, arbustos e duas árvores liquidambar gigantescas. Nós tínhamos terra, não poeira. O centro da cidade me dava sede.

— Você está quieta — disse Henry, o que fez sumir da minha cabeça todas as palavras que eu conhecia.

— Eu estava pensando — falei, por fim. Cruzamos uma das pequenas pontes de madeira sobre uma vala em um cruzamento; era a última quadra até Front Street. Todas as valas estavam cheias de ervas daninhas e água, e eu podia ouvir o zumbido dos mosquitos, moscas e outros enxames de insetos.

— Você se incomoda por eu acompanhar você até a sua casa?

— Não — respondi logo, sabendo que ele devia estar me achando muito mal-educada. Ele não era feio, e era absurdamente limpo. Até as unhas eram limpas. Sua camisa parecia dura e lisa, como se não fosse de tecido. Sua pele, entretanto, era cheia de manchas, como a de todos os garotos, e isso me fez sentir um pouco melhor.

A calçada estava cheia de gente saindo das igrejas, e tivemos de desviar de algumas pessoas. E acenar "olá" enquanto fazíamos isso. E eu tentava não parecer envergonhada, não querendo que pensassem que Henry Harken estava me acompanhando até em casa: oh, não, na verdade nós só tínhamos nos encontrado por acidente e por acaso estávamos caminhando na mesma direção da calçada.

Mas tentei tornar as coisas mais fáceis para ele.

— Foi muito legal da sua parte. Bem legal.

Minhas palavras se esgotaram de novo bem quando um carro passou por nós, engasgando em um buraco. Henry, andando ao lado da rua, colocou a mão no meu braço e me empurrou para um pouco mais perto das vitrines.

— Não quero que você suje de lama o seu vestido de domingo — disse ele, embora a rua estivesse seca. Ainda assim, muito gentil.

Passamos pela Elite Store, com seus chapéus sofisticados vindos direto de Nova York, todas as mais novas tendências, e mal olhei a vitrine. Não conhecia uma boa alma que pudesse comprar um daqueles chapéus. Andei até a vitrine quando um garotinho de calças xadrez curtas passou correndo no meio de nós dois. Sua mãe, pouco mais velha que eu, seguiu logo atrás dele, agarrando o cós da calça do menino para diminuir sua velocidade.

— Mil desculpas — disse ela para nós. — Segurar a mão dele é o mesmo que tentar segurar um furacão. Theodore, peça desculpas por quase atropelar essa moça e o cavalheiro.

Quando ela fechou a mão ao redor do pulso dele – sem nem sequer se preocupar com seus dedinhos se remexendo – e ele soltou um "desculpa" forçado, consegui ver melhor o rosto dela. Ela estava alguns anos na minha frente na escola. Christy qualquer coisa. Um fio na sua meia-calça tinha se desfiado e seus sapatos estavam gastos na frente.

— Diga "desculpe, moça" e "desculpe, senhor" — disse ela, corrigindo o furacão.

Ainda debruçada sobre o garoto, ela sorriu para nós. Tentei ver além dos olhos dela. O que havia ali além de educação? Será que ela estava triste ou algo pior? Ela tinha olheiras e estava meio pálida. Visivelmente cansada, mas será que ela preferiria se livrar do garoto a lidar com ele por mais um dia? Será que existira outro garotinho em casa de quem ela decidiu se livrar?

Então ela se foi, e, quando eu olhei por sobre o ombro, eu a vi sorrir para Theodore, apesar de continuar arrastando o menino de um jeito que os pés dele saíam do chão de vez em quando.

— Encrenca — comentou Henry, olhando para os dois. Ele só estava puxando papo, mas me irritou o fato de ele achar que podia resumir os dois só com uma palavra. Tentei afastar esse sentimento.

— Então, que horas vocês saíram da igreja? — perguntei.

— Geralmente saímos umas quinze para o meio-dia.

Nós também, mas, com o padre visitante, o culto acabou atrasando. O relógio de bolso de papai tinha marcado 12h30.

— Obrigada por ter esperado.

Eu pensei em outra pergunta rapidinho, mesmo já sabendo a resposta.

— Você não mora na cidade, mora?

Ele fez que não.

— Nossa casa fica ao leste da cidade, no lado oposto da sua.

Do outro lado da rua eu vi Annie Laurie Tyler, que sempre parecia estar a ponto de sofrer um colapso nervoso. Mamãe sempre parecia cansada depois que Annie Laurie nos visitava. Aquela mulher era emotiva demais. Ela não me viu, e eu me posicionei de forma que Henry ficasse entre mim e ela. Agora, Annie Laurie – para mim ela era o tipo de mulher que talvez acabasse endoidecendo de vez a ponto de afogar seu bebê. Porém, o mais novo dela tinha mais ou menos a idade de Jack.

Andamos mais algumas quadras e chegamos até a farmácia do dr. Strickland. Henry parou de repente e pareceu satisfeito consigo mesmo.

— Quer um doce?

Eu não tinha dinheiro e não achava certo que ele me comprasse alguma coisa.

— Ah, nós vamos almoçar assim que eu chegar em casa.

Voltei a andar novamente.

— Eu compro o que você quiser — disse ele. — Para você comer no caminho.

Havia uma certa insistência na voz dele que me irritou.

— Não, obrigada.

— Posso pegar doces de graça da loja de suprimentos a hora que eu quiser — falou ele. A loja The Galloway tinha grandes barris de doces que custavam um centavo – caramelos, alcaçuz, bala de goma. Algumas vezes papai dava para cada um de nós dois centavos e nós passávamos uma hora decidindo. Eu não achava que aquilo teria um gosto tão bom se fosse de graça.

— Você não enjoa? — perguntei.

— Não. São muitos tipos.

Na casa da esquina, Maxine Horner estava na porta com uma vassoura e pá, vestindo um casaquinho elegante de cor amarela. Ela e o marido, Bob, gerenciavam o cinema Pastime, que fica a duas quadras. Ela não havia tido bebê recentemente. Eu só fui ao Pastime uma vez, assistir à matinê de domingo de um filme de bangue-bangue.

— 'Tarde, Virgie — disse ela. Suas sobrancelhas se ergueram um pouco, e ela sorriu quando Henry se virou o suficiente para que ela pudesse ver bem o rosto dele. — E boa tarde para você também, Henry.

Nós dois sorrimos e acenamos, e eu sabia que amanhã de manhã todo mundo saberia que ele tinha me acompanhado até em casa.

— Você assistiu *Frankenstein*? — perguntou ele, depois de um tempo.

— Não, eu não venho ao cinema já faz tempo.

— Semana que vem estreia *Drácula*. Com Bela Lugosi. Você gosta de vampiros?

— Eu não diria que gosto tanto assim.

Eu estava com medo que ele me convidasse para ir assistir com ele, mas ele não convidou. Só continuou falando sobre vampiros um pouco. Horrível... quem já ouviu falar de alguém que goste dessas coisas?

O Hotel Brasher parecia bem lotado, e havia uma fila de homens para entrar no restaurante do andar superior. Olhei para cima e tive uma visão bem clara do bumbum de um homem sentado no corrimão. Da minha posição, não parecia um bumbum de jeito nenhum, todo torto e amassado, e torci o pescoço um pouco enquanto continuava caminhando. Não fiquei com ele torto por muito tempo.

A calçada e a rua asfaltada acabavam ali, então logo estávamos de volta à pedra vermelha. Observei minha saia batendo nas minhas pernas e tentei fazer com que meus pés levantassem poeira o menos possível.

Se eu abaixasse os dedos antes do calcanhar, mal faria uma nuvenzinha. Vi os pés de Henry andando ao lado dos meus. Ele levantava muita poeira, mas continuei me concentrando em fazer dedos-tornozelo, dedos-tornozelo.

Passamos pela Nigger Town, o pequeno agrupado de casebres que subiam pelo morro. Nenhuma pessoa de cor estava do lado de fora, pelo que dava para ver, mas o caminho não nos levava muito perto. A escola secundária tinha um grupo de menestréis kiwani que fazia a barriga doer de tanto rir. Eles pintavam o rosto de preto e dançavam pelo palco, errando a pronúncia das coisas e caindo uns sobre os outros. Teve um ano em que um grupo de pretos de verdade se apresentou na escola primária durante as festas natalinas, mas eles não eram tão engraçados. Não tinham a mínima noção de como os pretos deveriam agir.

Tess   Os almoços de domingo eram os melhores. Quase sempre comíamos purê de batata, montes de purê, tanto que dava pra repetir uma ou até mesmo duas vezes. E mamãe sempre fazia molho. Geralmente eu gostava mais do molho branco, mas adorava molho madeira com as batatas. E a gente também podia colocar colheradas de ervilhas no meio das batatas e fazer um ninho. E isso não era considerado ficar brincando com a comida.

Naquele domingo que Virgie voltou pra casa acompanhada de Henry Harken, eu me diverti. Jack também. Assim que ela entrou em casa, mamãe nos chamou pro almoço.

Papai pediu para Jack fazer a oração: "Senhor, agradecemos por esta comida neste dia e todas as muitas bênçãos que nos concede, em nome de Jesus, amém." As garotas só podiam fazer a oração se não houvesse nenhum homem à mesa.

Jack engoliu o purê e perguntou:

— Você vai se casar com ele, Virgie?

Então nós a observamos ficar vermelha.

— Quieto — disse ela.

— Ele beijou você? — perguntei. — Espero que você não tenha deixado.

— Você dois, parem de falar besteira — falou mamãe, embora ela também estivesse tentando não sorrir.

— Não — respondeu Virgie, tentando parecer bem comportada.

Eu via como os rapazes olhavam pra Virgie, como eles ficavam atrapalhados e davam socos nos braços uns dos outros quando ela passava. Algumas vezes eles não conseguiam nem olhar direito, o que não importava muito, porque ela também nunca olhava pra eles. Era algo interessante de se observar, e eu tinha certeza de que nenhum garoto jamais agiria assim perto de mim. Eles só agem como bobos quando você é bonita.

— Você queria que ele beijasse você? — perguntou Jack.

— Agora já chega — falou papai.

Eu não pude me segurar.

— Se ele beijar você, aposto como você vai sentir o cheiro de brilhantina.

Papa olhou pra mim até eu começar a engolir purê também.

Mas Jack conseguiu soltar mais uma antes de papai lançar aquele olhar de agora-chega-mesmo.

— Você podia chamar seus filhos de Henrietta e Henry, e talvez outro Henry. Esses Harken adoram um Henry.

4
Nenhum pagamento pela ardósia

JACK   Claro que não sabíamos o que era passar fome. Não fome de verdade. Papai tinha um pedaço de terra, por isso era sempre mais fácil arranjar comida. Pelo menos para nós, crianças: comíamos qualquer coisa que mamãe colocava à nossa frente, depois que ela e papai tinham suado e trabalhado para tirar a comida da terra, limpar, conservar e cozinhar. Nada de carne, mas, sendo a comida de mamãe, a gente nunca perceberia o que não estava na mesa.

Os homens sem terra, aqueles que viviam em vilas mineiras ou em casas alugadas, não tinham esse respaldo. Depois que as minas começaram a fechar, não tinham mais o que colocar na mesa. Nem outro emprego, também. E esses homens e suas famílias não tinham aonde ir. Talvez ganhassem uma esmola da igreja ou refeições grátis de um parente, mas isso não durava. Dia após dia, à medida que as semanas se transformavam em meses, os famintos basicamente passavam fome.

Não percebemos nada disso. Pelo menos durante um tempo. Todos os irmãos de papai cultivavam pelo menos pequenos pedaços de terra, e as irmãs de mamãe se casaram com homens de camisas brancas e limpas, que sempre tinham uma caneta no bolso.

Mark, o filho de Lola Lowe, tinha a minha idade, e ele passou maus bocados na escola. A maioria dos meninos pobres tinha a vantagem de ser forte, dura e ruim como uma cobra. Ninguém mexia com eles. Mark, porém, sempre foi pequeno e nunca pareceu muito saudável. Só parecia pobre, patético e deslocado, o menino com quem todas as mães pediam para você ser legal. E, francamente, ninguém fazia muita maldade com ele – isso não teria a menor graça –, só que também ninguém se sentava com ele nem o chamava para jogar bola.

Na terceira série, ele ficou laranja, como se tivesse sido pintado com giz de cera. E com uma barrigona. Era um corpo magrinho, que não tinha nada além dos ossos, mas com uma barriga inflada que não dava para evitar olhar. Ele parou de ir à escola, mais de vergonha que por estar doente, eu acho.

No fim, descobriu-se que tudo o que estava nascendo na horta deles era cenoura, e era só isso que ele tinha comido durante meses. E ainda por cima eles tiveram as contas do médico, devido a todos os testes que fizeram para descobrir o que o havia deixado laranja. Os outros filhos de Lola ficaram cobertos de manchas e com raquitismo. Quando eu me formei, ela já havia perdido os quatro mais novos. Doenças com nomes diferentes os mataram, mas uma alimentação ruim era sempre a raiz do problema. A sra. Lowe lidou com a perda dos maridos bem melhor do que com a dos filhos. Das lembranças de infância mal me recordo dela, mas, quando eu estava na faculdade, mamãe começou a me fazer levar-lhe um pouco da ceia do Dia de Ação de Graças.

Para mim, Lola Lowe era a mulher magra e corcunda que não dizia nada além de: "Cabelo bonito, Jack. Obrigada. E diga à sua mãe obrigada."

Ela era duas frases, para mim.

Albert   Os pássaros são os primeiros a saber quando uma tempestade está chegando, e eu os ouvi gritar. Ouvi os grasnos lá da cozinha e, quando pisei na varanda, pude também sentir a tempestade no ar, o vento passando com força, com cheiro de eletricidade. As gralhas, corvos e andorinhas soavam seus avisos uns pros outros enquanto eu estava lá, esperando a chuva cair. Não há nada como os minutos antes de uma tempestade elétrica, toda a sua força faz os pelos do braço se arrepiarem, deixa as árvores nervosas e tremendo. Cruzei os braços e esperei até que o pé d'água caísse com tudo no quintal. O primeiro raio caiu. Os pássaros se calaram, escondidos.

Na mudança de turno das seis da tarde, os homens que voltavam das minas contaram que os dois bancos da cidade não tinham aberto de manhã. Logo se espalhou o boato de que eles tinham fechado as portas sem avisar nada a ninguém. Portas trancadas, cortinas abaixadas: todos os que trabalhavam lá dentro simplesmente sumiram. Pelo que se dizia, eles não abririam de novo. E ponto final. Fosse como fosse, ninguém que trabalhava na mina tinha dinheiro lá, mas, na cidade, um monte de gente foi bater na porta dos bancos, tentando recuperar o dinheiro. Alguns foram até a casa de Jesse Bridgeman bater na porta dele por um tempo. Acharam que, já que ele administrava o banco, a culpa tinha sido dele. Porém, bateram na porta dele durante boa parte da tarde em vão, porque ele tinha se matado de manhã bem cedo. A mulher tinha morrido uns anos antes, e os filhos estavam na escola, então ninguém percebeu nada até que finalmente alguém rodeou a casa e foi espiar pela janela dos fundos. Jesse estava largado no chão, não tinha nem se sentado pra puxar o gatilho.

Claro que em 1929 os bancos balançavam e tremiam, os estabelecimentos fechavam por toda a Main Street. Falidos. Possivelmente um quarto de todas as fachadas foi coberto com madeira. Não fez muita diferença pra mim. As minas continuaram abertas

– mas com menos homens trabalhando – e a vida seguiu adiante. Nem melhor, nem pior.

Eu conhecia Jesse. Não fazíamos mais do que nos cumprimentar de vez em quando, mas eu o achava um homem firme. Não entendi o que aconteceu. Ele tinha dois meninos e uma menina, o mais novo deles era da mesma idade que Virgie. Eu não sabia como era possível dar as costas pra isso. Embora talvez fosse diferente, quando se tinha dinheiro. Talvez a esposa tivesse pais ricos que cuidariam das crianças.

Eu já sofri alguns acidentes, mas o único em que achei que não iria me safar foi na Número 5, lá em Chickasaw.

Eu estava enchendo os carrinhos, tinha eu mesmo separado o carvão e enchia um carrinho atrás do outro. Como a maioria das coisas, o corpo se acostuma depois de um tempo catando os pedaços de carvão – de ardósia também, que seria colocada por cima. A gente não recebia pagamento pela ardósia. Colocando tudo aquilo nos carrinhos, eu não ouvia sequer uma voz, apenas gente que tossia de tempos em tempos. Ou o som frustrado de uma pá batendo numa placa de carvão que não estava solta. Não havia nenhum relógio por ali, nada de tempo ou minutos, só uma pá cheia depois da outra. E você bem que se acostumava com o sistema dos chefes: o tempo não importava, apenas a quantidade. Uma tonelada por carrinho. A gente enchia sempre, eu e Jonah, sabendo ignorar as dores, que logo elas desistiriam e se calariam.

O suporte embaixo de um dos explosivos não foi colocado direito, e todo aquele lado do túnel desmoronou. O chão e o teto pareciam ter se encontrado no meio do caminho, e eu piscava, tentando tirar a sujeira e a poeira dos meus olhos, cuspindo-a da boca, soprando-a do meu nariz. Quando tentei erguer as mãos pra limpar o rosto, não consegui mexê-las. Estava soterrado até o peito. Não levei nem meio segundo pra entender que esse era só o primeiro problema. Primeiro comecei a mexer os dedos, soltando-os o suficiente para conseguir torcer os pulsos. Isso liberou de leve meus braços abaixo do cotovelo, e aos poucos eu pude sentir a terra se soltar abaixo dos meus ombros. Continuei a me mexer e retorcer, tentando me libertar devagar e sempre: aos poucos. Quando consegui soltar os braços, a coisa ficou mais fácil. Então deu pra usar as mãos como um cachorro cava um buraco para guardar o osso, empurrando a terra pra longe de mim. Cavouquei um espaço ao meu redor até abaixo do quadril, depois me levantei dali.

Tive de recobrar o fôlego antes de chamar pelos outros. Eu tinha ouvido grunhidos e gritos mais pra frente no túnel, enquanto cavava. Algumas unhas dos meus dedos saíram e precisei rasgar um pedaço da camisa para enfaixá-los. Eles continuaram sangrando, e quando tentei tirar a sujeira dos olhos, fiquei com eles cheios de sangue. Cavar em um desmoronamento não é nem um pouco parecido com cavar em um jardim. A terra fica cheia de lascas e pedaços de madeira, carvão e pedra, e alguns pedaços de metal. Quando consegui enfaixar os dedos, vi que as mãos estavam sangrando em outras partes, então enfaixei tudo, como uma luva meio larga.

Chamei os outros enquanto fazia o curativo. Alguns companheiros responderam. Eles estavam bem, no geral. Perdemos três homens nesse desmoronamento, e de um deles eu vi a mão saindo da terra – a luva tinha sido jogada pra longe. Era a única parte dele que estava acima da terra. Mas o resto de nós fez tudo o que pôde – e começamos a subir. Precisamos levantar umas vigas que bloquearam o túnel, e cortei um dos dedos bem onde não tinha unha. Quase gritei. No fim do dia, acho que minhas costelas quebradas não doíam tanto quanto a droga daquele dedo.

Eu sabia que tinha machucados em toda parte, e um dos lados do meu corpo doía bastante, mas continuei em frente: não tinha outra escolha. Quando já estávamos na superfície, um médico veio e disse que eu tinha três costelas quebradas. Meu tornozelo havia inchado até ficar do tamanho de um pernil. Foi aí que meu problema nas costas começou também, que eu me lembre. (Porém, só mais tarde foi que eu quase a quebrei, e depois disso ela nunca mais parou de reclamar.) Mas não senti nada até ver de novo a luz do dia. Posso dizer que nós sequer falamos em sentar e esperar o resgate. Continuamos subindo, cavando, xingando – eu não gosto de palavrão, mas algumas vezes tenho vontade de dizer "amém" pelo jeito como alguns companheiros conseguem ser criativos –, sangrando, suando e rezando. Mesmo assim, foram os que estavam acima da terra que nos encontraram; ouvimos os gritos e os barulhos das batidas nas pedras acima de nós. Demorou metade de um dia pra nos desenterrarem. Leta estava lá com as outras mulheres, que levaram comida, água e chá para os que estavam tentando nos resgatar. Eu tomei uma jarra de chá e quase vomitei.

A chuva caía na varanda, com força, gotas ardidas que mais pareciam pedaços de gelo. A água corria por cima das minhas botas. Gotas pingavam no balde ao lado dos meus pés – os baldes custavam bem menos que um telhado novo. Relâmpagos brilhavam e trovões explodiam quase ao mesmo tempo, e vi as luzes piscarem na sala de estar. Leta provavelmente tinha levado as crianças pra lá. Fiquei parado, sentindo os golpes de chuva a cada rajada de vento, e tentei imaginar como seria apenas ficar deitado no meio da terra, do carvão e dos restos de madeira, sem me levantar. E percebi que não conhecia Jesse Bridgeman, nem de longe. Só conhecia seu nome e seu rosto.

Tess   Meus joelhos tavam pra fora da velha tina de lavar roupa, e meus cotovelos, pendurados do lado de fora. As calças e as camisas e as roupas de baixo cabiam bem melhor ali dentro do que eu. Havia lençóis pendurados no meio da cozinha, de um armário até o outro, pra proteger minha privacidade, mas papai e Jack já sabiam que não deveriam vir até aqui. Aquela tina era apertada e um desperdício de água boa. (Pelo menos estava quente, já que mamãe tinha esquentado duas panelas de água pra juntar com a água tirada direto do poço.) Os homens tomavam banho no riacho, mas eu, Virgie e mamãe tínhamos de tomar banho na tina.

Tentei me lavar o mais rápido possível, mantendo os ombros debaixo d'água, o que fazia minhas pernas ficarem pra fora. Mas esfreguei o sabão de lixívia nelas, pra fazer os arrepios pararem. Demorei limpando entre os dedos. Aí um pouco de sabão grudou embaixo das minhas unhas e eu tive de colocar os pés dentro da água pra tirar os restos de lá.

Eu podia ouvir *Grand Ole Opry* no rádio, só um zunido. Não conseguia escutar direito, pois tava me mexendo na tina, e o rádio tava lá na frente da casa.

— Aumente o volume, Virgie — gritei.

Mamãe enfiou a cabeça entre os lençóis alguns minutos depois.

— Não grite, Tess — disse ela, franzindo a testa. — E não molhe todo o chão.

Sua cabeça desapareceu, mas a música ficou mais alta. Eu ouvi um banjo, um arco dançando sobre cordas... Uncle Dave Macon tocava *Rockabout My Saro Jane*. Eu me ajeitei, com os ombros acima da água e as pernas quase inteiras dentro dela, me ensaboando e enxaguando no ritmo da música. Uncle Dave algumas vezes parava de tocar, sapateando, gritando e urrando, batendo os pés com força e rapidez. Passei a lavar a cabeça, esfregando o sabão no cabelo, depois passando os dedos por ele. Mamãe sempre falava pra esfregar com bastante força atrás das orelhas. Eu fiz isso e enfiei a cabeça debaixo d'água.

Quando subi, ele já tava cantando outra música, entoando: "*If they beat me to the door, I'll put them under the floor / Keep my skillet good and greasy...**" Sua voz tinha o mesmo tom fanhoso do banjo.

Eu já tinha tirado quase toda a espuma do corpo, e a água já estava fria e turva quando vi a primeira faísca do relâmpago. Meu cabelo ainda não tava todo limpo, então dei uma olhada na lâmpada que balançava acima da minha cabeça e enfiei a cabeça dentro da água de novo, bem rapidinho. Não tinha certeza de onde minha toalha estava.

Papai foi o primeiro da nossa rua a ter luz elétrica. As lâmpadas penduradas eram tão quentes e convidativas à noite, como pequenas bolas de luz suspensas no teto. Parecia mágica iluminar a casa apenas com um puxão de corda, mas, durante uma tempestade, essas lâmpadas estalavam e voavam, soltando fagulhas e faíscas compridas. Nenhuma faísca comprida tava saindo ainda, mas a lâmpada em cima da tina soltou uma fagulha a uns trinta centímetros de mim. O gosto de metal doeu na minha boca. Marianne, da escola, contou que um homem em Jasper estava comendo cereal um dia, sentado à mesa da cozinha durante uma tempestade elétrica, quando um raio desceu pela lâmpada, caiu na cabeça dele e o matou. Será que ele caiu com o rosto dentro da tigela?

A eletricidade era como o velho sr. Gordon da igreja. Ele tinha fios brancos no formato de bolas de algodão saindo das orelhas e uma tendência a surpreender as pessoas. Algumas vezes ele tirava uma bala de hortelã do bolso e te dava de presente sem motivo nenhum, simplesmente colocando ela na sua frente tão rápido que você até tinha medo de perder um olho. Outras vezes ele dava um tapa na parte de trás da sua cabeça durante o culto, mesmo que você estivesse sentada ao lado dos seus pais e não estivesse falando nada, só se mexendo um pouco,

---

* N.E.: *Se me alcançarem à porta, vou colocá-los debaixo da terra. Mantenha minha frigideira untada e no ponto.* (Tradução livre.)

de lá pra cá. Por um lado, ninguém queria se sentar muito perto dele, pra não levar um tapa, mas, se a gente não se arriscasse, nunca ganharia uma bala de hortelã. Isso tornava as coisas interessantes.

Normalmente eu não teria me preocupado tanto com uma tempestade. A gente tinha a tarefa de mexer os baldes pra colocar eles embaixo das goteiras quando elas começassem a pingar, e nós três tentávamos ser os primeiros a encontrá-las. Jack provavelmente já estava lá, posicionando os baldes – Virgie não tiraria esse privilégio dele.

Eu até que gostava um pouco das faíscas elétricas e adorava como o ar ficava quando elas estalavam. E gostava da água. Nunca entendi por que eu não podia ter as duas coisas ao mesmo tempo, mesmo com aquele homem que teve azar enquanto tomava café da manhã. Mas dessa vez eu quis mesmo sair da tina. Tava com medo, e essa sensação surgiu em mim como se estivesse ao meu lado, só esperando pra poder me atacar. Nada costumava me assustar. Porém, depois do bebê, parecia que eu nunca tava segura. Não sei do que eu tinha medo, mas até olhava embaixo da cama à noite, antes de apagar a luz.

Saltei da tina toda molhada e só vi a toalha pendurada na cadeira depois que deixei poças em formato de pegadas no chão. Vi faíscas saírem da lâmpada e mantive a cabeça virada na direção delas enquanto me afastava da tina e torcia o cabelo. Eu ainda tava lá, encolhida, quando mamãe tornou a aparecer entre os lençóis.

— Por que você ainda está aí, menina? É melhor... — Ela parou de repente, surpresa, mesmo de ponta-cabeça, que era como eu a via. — Hum... Pelo menos você saiu da tina. Nunca vi uma garota tão teimosa a ponto de ignorar uma tempestade elétrica. Talvez você esteja aprendendo. Vamos, ande logo e vá pra sala ficar com a gente... E saia de baixo dessa lâmpada! Se piorar, a gente desce até o porão.

Leta   A cama estava gelada, e eu apertei meu corpo contra o de Albert logo que ele se deitou. No começo, eu odiava o cheiro que ficava nele, das minas, odiava a camada de poeira em sua pele. Depois isso passou a ser o cheiro dele, não das minas, e me trazia conforto.

O colchão se afundou com o peso de dois corpos, de toda a canseira, do trabalho e das contas para pagar. Geralmente ele apertava a minha perna, e eu passava o nariz pelo seu pescoço, e nós íamos dormir sem dizer nada. Todas as palavras, todos os movimentos e todos os pensamentos já teriam se esgotado até a noite.

Naquela noite ficamos deitados, respirando, ele sem reclamar dos meus pés frios que subiam por dentro da sua ceroula. A chuva tinha diminuído para uma garoa e soava como uma bela canção de ninar. Mas nenhum dos dois dormiu. Eu podia dizer pelo jeito que as crianças respiravam que elas já haviam adormecido. Albert virou-se para mim, levantou o cabelo que cobria minha orelha. Sua respiração vinha de cima, já que ele respirava melhor quando dormia com dois travesseiros.

— Ando pensando naquele bebê — disse ele. Durante a noite, suas palavras sopravam como fumaça se enroscando em minha orelha. Não queria acordar os pequenos. — E você?

— As meninas ainda pensam — respondi, olhando para o teto. Ouvi o apito do trem, sabendo que não havia exatamente respondido a pergunta.

— Você não se pergunta quem poderia ter feito aquilo, Leta-ree?

Mesmo quando estávamos namorando, ele nunca me chamou de "querida" ou "meu bem". Eu não ligava para esses termos pegajosos, mesmo. Só que uma vez ele escutou meu pai me chamar de "Leta-ree", abreviação do meu nome do meio, Reeanne. Não falou nada sobre aquilo, mas passou a usar o apelido daquele dia em diante.

— De que adianta? — perguntei. — Insistir nessa história não vai pôr mais comida na nossa mesa.

Ele se afastou um pouco de mim, com a boca ainda próxima da minha orelha, mas sem que nossos corpos se encostassem mais.

— É provável que seja alguém que a gente conheça.

Eu me lembrei de todas as mulheres que passavam pela minha cozinha, criticando as mulheres que sentavam ao seu lado na igreja como se estivessem criticando verduras frescas.

— Isso é veneno, Albert. Desse tipo de pensamento não sai nada a não ser ódio. Melhor deixar tudo como está.

— Não sei como você consegue — disse ele, virando-se de costas para mim. — Não pensar no assunto.

Ele ficou ali, deitado, rangendo os dentes. Hábito nervoso. Aquilo com certeza ia acabar me deixando maluca.

— Conseguindo — falei, por fim.

Ele continuou deitado, com o corpo duro. Eu não conseguia relaxar com ele assim.

— Não me culpe por cuidar da nossa própria vida — comentei.

Nada ainda, mas pude perceber que ele se acalmou um pouco, seu corpo se ajeitou melhor sobre o colchão. Então ele se virou para mim de novo e colocou um braço ao lado do meu corpo. Meus pés se enfiaram entre suas panturrilhas. Quentes. Durante um tempo, nós só respiramos.

— Virgie falou algo sobre aquele garoto? — perguntou ele, bem na minha orelha.

— Não acho que ela gostou muito dele — sussurrei. Quase pude ouvir o sorriso dele.

— Por que não?

— Arrogante. Ficou falando que podia conseguir todos os doces que quisesse. Ele pensou que isso fosse impressionar Virgie.

Albert se mexeu e conteve uma risada, talvez um gemido. As costelas que ele quebrou na Número 5 há alguns anos nunca se curaram direito, e ficar deitado apoiado no lado esquerdo doía. Não recebeu verba nenhuma para as despesas com o hospital – esperava que um dia o sindicato se recuperasse e que ele talvez recebesse o seguro em Norwood.

— Pode ser um garoto que dá doce de graça agora, mas terá dentes podres quando for um homem — disse ele. — Quando tiver quarenta anos só vai comer sopa.

A ideia pareceu lhe agradar, e ele se calou.

— Ela vai ficar com um deles. — Não pude deixar de dizer. — Tem de escolher um, mais cedo ou mais tarde.

— Não prefere que seja mais tarde?

— Por que você deixou que ele a acompanhasse até em casa, então?

— Não sei — respondeu ele, suspirando. — Não pude dizer não, já que ele pediu com tanta educação só pra acompanhar a menina na volta da igreja. Parecia até um bom rapaz.

— Então por que está torcendo para que ele fique banguela?

— Voltar juntos da igreja é uma coisa. Ela gostar de um garoto, cair na dele, é outra bem diferente. A gente não sabe o que tem por trás daquele sorriso grande e do cabelo arrumadinho.

— Não sabe mesmo.

— Isso não assusta você?

ALBERT Quando eu a vi pela primeira vez, Leta estava de costas pra mim. Estávamos em Townley, de onde ela é, em terras que pertenciam a seus vizinhos. Estavam limpando um terreno que não era usado havia anos, queimando todo o mato com um fogo bem alto, que dava pra ver a mais de um quilômetro de distância. Era outubro. Eu tinha ido pra lá com um primo de segundo grau, Emory. Nós o chamávamos de Fuzz, por causa de uma caça a coelhos que fizemos quando éramos crianças. Eu tinha começado a trabalhar nas minas havia poucos anos, ainda tinha o rosto expressivo e sem marcas.

Caminhei até o fogo pra me aquecer, junto com uma dúzia de pessoas, e lá estava uma garota desacompanhada, enrolada em um xale. Não me lembro da cor do xale. Era algo alegre. Ela estava refazendo a trança de seus cabelos negros, e a luz do fogo refletia várias cores neles. As ondas do cabelo iam até abaixo da cintura. O cabelo era algo que eu nunca tinha visto igual, e minha boca ficou seca com o que vi.

Não conseguia acreditar que ela estivesse sozinha. Townley era uma cidade tão difícil quanto Carbon Hill, só existiam trabalhos pesados, e beleza era algo raro. Mas eu não ia questionar a boa sorte; caminhei até ela. Havia pelo menos seis outros solteiros ao redor daquele fogo, e para mim, ou eles eram cegos, ou lerdos.

Quando ela se virou na minha direção, fiquei contente de ter ido rápido até lá. Virgie sempre foi uma menina bonita até demais, quase impossível de se aproximar – talvez isso seja um otimismo excessivo da minha parte. Leta era tão bela quanto, mas tinha certa ternura em seu rosto, uma franqueza explícita. Ela dava vontade de querer fazê-la sorrir.

— 'Noite, moça.

— Olá.

Ela continuou fazendo a trança, os dedos trabalhando rápidos e de forma hipnotizante.

Inclinei a cabeça na direção do fogo.

— Ainda vai ficar quente por mais algumas horas.

— Acredito que sim.

Ela me olhava um pouco a cada segundo, só o suficiente pra dar esperança de que olharia por mais tempo da próxima vez.

— Sou Albert Moore. Vim com meu primo Fuzz, quer dizer, Emory Beasley. Nós o chamamos de Fuzz. Ele é daqui. Um dos Beasley.

— Estudei com Emory no primário — comentou ela, agindo como se eu não tivesse me engasgado todo. Antes que pudesse me dizer seu nome, um homem mais velho caminhou em nossa direção, com passos longos e rápidos, até chegar ao lado dela. Ele se posicionou quase entre nós.

— Rapaz. — Ele acenou com a cabeça. — Sou Rex Tobin.

— Olá, senhor.

Fiquei meio surpreso, pensando que ele era um marido mais velho.

— Vejo que já se apresentou para a minha filha.

Sorri, esperando que ele visse aquilo como uma expressão amigável, não de alívio.

— Sim, senhor. Albert Moore.

Leta passou o braço pelo de seu pai.

— Eu não me apresentei, pai. Leta Tobin.

— Prazer — falei.

Fiquei um mês indo pra casa dela, antes de podermos passear sozinhos. Naquela noite, conversei mais com o pai dela do que com ela. Ela ficou com vergonha, me contou depois, por ter soltado os cabelos, algo que considerava desleixado. Mas uma faísca tinha acendido ali, e ela tinha desarrumado o cabelo tentando apagá-la. Naquela noite, ao rezar, eu me lembrei daquela faísca.

Deitado ao lado dela na cama, senti seu cabelo caindo sobre o meu braço. Frio e pesado. Não podia ver o seu rosto. Só o contorno de uma orelha e do queixo, e um pedaço macio da bochecha, no escuro. Somente sombras.

Fiquei pensando em como eu realmente a vi naquela noite e o quanto eu modifiquei aquela memória, alterando até que ficasse bem ajeitada. Durante anos pensei na doçura escrita na escuridão dos seus olhos, na maciez da sua boca. Isso foi o que lembrei (ou imaginei?) daquela primeira noite; eu sabia que suas mãos pequenas aliviariam as dores no meu pescoço igual a um gole de uísque, sabia que na curva do seu cotovelo se encaixaria um bebê com perfeição, como se Deus o tivesse feito especialmente para isso.

Sempre estive muito certo disso, certo de que tudo isso era pra ser. E tudo, de uma hora para outra, pareceu tão mágico, dessas coisas que a Tess gosta de inventar. Será que Deus trabalhava assim mesmo, levando a sua esposa a entrar na sua vida? Combinando os dois como aparadores de livro? Será que foi ele quem levou a mulher até o nosso poço, ou ajudou Jesse Bridgeman a se lembrar de onde tinha colocado as balas de sua arma?

Talvez ela fosse apenas uma garota bonita com um jeito agradável de ser. Sem a mão de Deus pra me puxar até ela, sem futuro nenhum escrito em seu rosto. Isso me deixou gelado, ali na cama, mesmo aquecido com cobertas e quente do contato dos nossos corpos: pensar que tudo podia não ter passado de coisa do acaso.

— Leta — chamei, bem baixinho, esperando que ela se virasse na minha direção, que eu pudesse ver seu rosto.

— Hmm — ela suspirou a resposta, sem conseguir formar uma palavra inteira.

— Leta-ree.

Ela se mexeu dessa vez, inclinando a cabeça o suficiente para que eu pudesse ver seus lábios mal se encontrarem, antes de ela me responder.

— Tudo bem? — perguntou ela.

Sua voz era suficiente. Não precisava ver seu rosto. Minha mente se esvaziou, ficou parada e calma. Eu sosseguei e me aproximei dela.

— Tudo bem — falei.

Virgie Dentro da minha cabeça, eu repetia a mim mesma como iria abordar Lola Lowe. "Olá, sra. Lowe", diria eu. "Pensamos que a senhora gostaria de comer umas maçãs."

Considerei dizer que *mamãe* pensou que ela gostaria das maçãs, mas isso seria pura mentira. Ela ficaria contente em ganhar as maçãs de qualquer forma, e talvez aquilo a deixasse com uma disposição favorável. Eu tinha quase certeza de que ela só diria "obrigada" e nos convidaria para entrar, e então nós poderíamos ver se o bebê dela estava lá ou não.

Eu segurava a cesta com tanta força que ela cortou a minha mão.

— Você quer que eu bata na porta? — perguntou Tess.

Eu disse que iria fazer isso. Que iria falar e lidar com tudo.

— Está tudo bem — falei.

Endireitei bem as costas, coloquei um sorriso no rosto e bati duas vezes na porta.

Lola Lowe disse "as garotas de Leta Moore" em vez de dizer olá, quando abriu a porta. Mesmo ela não sendo exatamente gorda, seu corpo era bem mole, com pele solta pendurada. A parte de trás de seus braços tremia quando ela andava. Tentei não olhar. Crianças ocupavam o lugar todo, em maior quantidade que móveis, de pé, sentadas, largadas no chão. Nem sinal do bebê.

Eles moravam em uma casa de madeira construída em cima de lajes de cimento, espremidos em uma grande sala de estar e uma cozinha. Se eu colocasse a cabeça perto da parede externa, poderia ver o interior através dos buracos nas tábuas. Não que tivesse muito para ver: um fogão, duas cadeiras de balanço com os assentos desfiando, uma mesa com cadeiras e uma pequena cama de ferro a um canto. Provavelmente as crianças dormiam no chão.

Demorou uma hora para que eu e Tess subíssemos na árvore e pegássemos um número suficiente de maçãs maduras para encher a cesta: levaria pelo menos uma semana ainda para que elas começassem a cair no chão, prontas para serem comidas.

— Olá, sra. Lowe — falei, estendendo a cesta. — Trouxemos umas maçãs.

— Muito generoso da sua parte — disse ela, e ficou apenas olhando para nós, sem sequer sorrir. Ela não parecia cheia de boa vontade. Nós nunca tínhamos ido até sua casa antes, e mamãe e ela não eram mais que conhecidas. Ninguém era amigo da sra. Lowe. O que ela mais fazia era ficar em casa com todos os seus filhos.

— Vieram visitar Ellen?

Ellen estava na mesma sala que Tess. Ela só tinha um vestido, gasto, fino como uma folha de papel, com mais remendos do que vestido mesmo. Nós deveríamos ter imaginado que a sra. Lowe iria querer saber por que nós passamos por lá.

— Não, senhora — respondi. — Tínhamos umas maçãs sobrando e achamos que vocês iriam gostar delas.

Ainda nenhum sorriso.

— E ainda não vimos seu bebezinho — comentou Tess. — Mas ouvi dizer que ele é uma graça.

Ela deu um sorriso largo ao dizer isso, com covinhas aparecendo em suas bochechas e inclinando a cabeça um pouco, daquele jeito que fazia seus cachos balançarem. Eu disse que cuidaria de toda a conversa, mas não era capaz de fazer o que Tess fazia. Ela conseguia ser simpática sem fazer o menor esforço: as palavras certas saíam brilhantes e fáceis da sua boca. Os adultos sempre davam tapinhas em sua cabeça, rindo, sussurrando para papai e mamãe que ela era muito esperta, que coisa mais fofinha. E ela nem tinha que tentar: acontecia. Minhas mãos estavam suadas, a boca seca e os ombros doíam de segurar a cesta sem me mexer, e eu tinha ensaiado o que queria dizer durante todo o caminho, mas então Tess disse as palavras certas.

E fiquei tão contente por ela ter feito isso que seria capaz de chorar.

A sra. Lowe nos encarou mais uns momentos, depois deu um passo para trás e abriu bem a porta.

— Entrem.

Eu entrei primeiro, depois Tess. Lola Lowe teve o dobro de filhos que o número de maridos, e eles continuavam morrendo.

O quinto estava em Kentucky tentando arranjar emprego. Um caiu de pernas pro ar ao sofrer um ataque do coração, outro se engasgou comendo moela de frango, outro, ainda, foi atropelado por um carro voltando para casa à noite. Eu não conseguia me lembrar do que aconteceu com o quarto.

A sra. Lowe pegou a cesta e a carregou até a cozinha, que era só um canto do cômodo com prateleiras, a mesa e o fogão.

— Vão querer a cesta de volta agora? Eu posso tirar as maçãs.

Era só uma coisinha velha feita de palha, com os cantos desgastados.

— Não tem pressa, senhora. Fique com ela até acabarem as maçãs — respondi.

— Sentem-se — falou ela.

Havia quatro cadeiras com assento de palhinha ao redor da mesa, então puxei uma. Tess puxou uma também. A sra. Lowe puxou a terceira, que tinha um pedaço de corda amarrado ao redor de duas pernas. Ela me viu olhando.

— Os meninos ficavam apoiando os pés na barra de madeira e ela acabou quebrando — explicou. — A corda também segura as pernas. Desculpem, mas não temos sofá.

— A gente também não — disse Tess, rapidinho. — Só cadeiras de balanço. E meu irmão faz a mesma coisa, sempre destrói tudo. Os meninos só criam confusão.

A sra. Lowe sorriu ao ouvir isso, provavelmente não pelas palavras, mas pelo modo como Tess balançou a cabeça como se fosse uma adulta, muito séria.

Então sentamos e olhamos uma para a outra, e tentei pensar em algo mais que eu soubesse a respeito de sofás, cadeiras ou maçãs. Era um silêncio diferente do que havia em nossa casa. Quando nenhum de nós estava falando, era cômodo, calmo, como durante a noite, depois que os pássaros e grilos já tinham ido dormir. Mas esse tipo de quietude daqui me fazia querer pular da cadeira e correr sem parar até Jasper.

— Você disse que queria ver o bebê? — perguntou a sra. Lowe.

— Sim! — respondemos ambas, muito alto e muito rápido. Ela provavelmente pensou que estávamos ali para raptá-lo.

Ele estava vivo e bem, pelo que pudemos ver, um pouco cheinho e bem vermelho. A sra. Lowe o segurava como mamãe costumava segurar Jack, e pensei como é que toda mulher parecia saber onde colocar as mãos, e como encaixar os pés, joelhos e cotovelos contra seus corpos, para que ficasse tudo bem ajeitadinho. Mamãe me avisou certa vez para nunca deixar o pescoço de Jack cair para trás e para nunca balançar a cabeça dele. Eu fiz isso uma ou duas vezes por acidente, e rezei para que o cérebro dele não desse tranco demais e escorresse pelo nariz.

— Ele se chama Franklin, Frankie é o apelido. — A sra. Lowe abaixou o corpo dele para que pudéssemos ver melhor o rosto. — Ele não é grandão e alegre? Só tem quatro meses.

Ele era grande, mas muito quieto. Não conseguia me lembrar de Jack sendo tão quieto assim: quando ele não estava chorando, fazia barulhinhos e bolinhas com a saliva e tentava falar. Mas a sra. Lowe sorria para seu filho – ela tinha um dente da frente lascado, eu notei – e não parecia se importar que ele fosse quieto. Acho que ela apreciava um filho que fosse assim.

— Posso segurar? — perguntei.

— Claro — respondeu ela, já o estendendo para mim. Eu coloquei um braço atrás das costas dele, segurando a cabeça como mamãe me ensinou, e o puxei contra meu peito. Depois não tive mais certeza do que fazer.

— Ele prefere que eu me sente ou fique em pé? — perguntei para a sra. Lowe.

— Tanto faz — respondeu ela. — Só balance ele de um lado para o outro um pouco.

Então eu fiz isso, andando e balançando o nenê pelo cômodo. Eu não havia segurado o bebê da sra. Stanton e nem o da sra.

Torrence quando passamos pela casa delas – fomos até elas primeiro, porque moravam mais perto da escola. (Durante essas duas primeiras visitas, eu me senti enjoada o caminho inteiro. Pelo menos ao chegar na casa de Lola Lowe, meu enjoo, consequência de ficar praticando uma boa introdução, já tinha passado.) A sra. Stanton até estava na varanda, ninando seu filho George, então daquela vez nós apenas acenamos e passamos perto para elogiar um pouco o bebê, falando que ele era lindo, mesmo ele estando de cara franzida e todo enrugado. Não ficamos mais que cinco minutos em cada lugar, e não precisamos entrar nas casas. Esta era uma visita mais social, o que na verdade era mais trabalhoso.

— Ele é bonzinho — comentei.

— É. Não tem cólica nem nada. Um docinho.

Eu me sentei de novo e me inclinei para a frente e para trás na cadeira. Frankie parecia feliz de qualquer jeito. Tess parou atrás de mim e acariciou a penugem em sua cabeça.

— Sua mãe está bem? — perguntou a sra. Lowe.

— Sim, senhora — respondeu Tess.

— Sabiam que nós estudamos juntas em Townley?

— Não, senhora — respondemos ambas.

Mamãe nunca mencionou ter conhecido Lola Lowe quando era pequena. Mas mamãe não falava muito sobre a sua infância.

— A gente se conheceu quando eu tinha mais ou menos a sua idade — disse ela, inclinando a cabeça na direção de Tess. Concluí que ela não sabia nossos nomes, mas já era muito tarde para dizê-los a ela. — Ela tinha a trança mais comprida que eu já vi.

— Nosso cabelo não cresce tanto assim — falou Tess. — Ele chega até os ombros e depois pára de crescer.

A sra. Lowe continuou, como se Tess não tivesse falado nada.

— Ela era muito bonita. Doce, também. Uma das poucas garotas que eu admirava na escola. Claro, ela continuou estudando e quase terminou o colegial, enquanto eu parei no ginásio pra ajudar a minha mãe. Casei com meu primeiro marido mais ou menos um ano depois.

Ela não deveria ser muito mais velha que eu quando se casou.

— Sua mãe me trouxe bolo inglês quando eu me casei. Ninguém mais trouxe nada. Achei aquilo muito simpático. Diga a ela que mandei lembranças.

Uma menina que mal conseguia ficar de pé, usando nada além de um pano de chão preso ao redor do bumbum, cambaleou até a sra. Lowe, com xixi escorrendo pelas pernas, pingando no chão. Seu rosto estava todo franzido e ela começou a choramingar.

— Deus tenha misericórdia! — disse sua mãe, pegando-a do chão, mas segurando-a longe do próprio corpo. Ela puxou um lençol manchado – provavelmente limpo – de uma pilha de roupas no canto e o colocou sobre a mesa em que estávamos sentadas. Quando começou a desamarrar a fralda do bebê, empurrei minha cadeira para trás e virei o rosto para o outro lado. O xixi tinha atravessado o lençol e molhado a mesa.

Observei a sra. Lowe colocar um pano ao redor do bumbum do bebê com dificuldade, procurando alfinetes no bolso do que já havia sido um vestido florido, e não a vi sequer perder a calma. Parecia serena e branda, da mesma forma quando nós entramos na casa, sem ligar para o xixi, a mancha ou o choro. Das mulheres da lista, eu tinha pensado que ela era a mais provável de ser culpada, porque tinha menos dinheiro e mais filhos. Logo, estaria mais cansada, pensei. Ela se mantinha afastada das outras mulheres – talvez não de propósito, mas de qualquer jeito afastada. Claro que assim que batemos os olhos no bebê eu soube que estava errada, mas comecei a me sentir envergonhada de ter sequer pensado naquilo. Minha língua estava grossa e minha temperatura havia subido igual ao dia que um professor me chamou a atenção na sala, ou quando eu voltei para casa com Henry Harken. Eu disse a mim mesma que estava sendo tímida e boba como Ella falou, mas a sensação só aumentou mais. Meu estômago se embrulhou enquanto eu estava sentada ali, olhando o bebê em meu colo enfiar a mão na boca.

Para mim, teria sido mais fácil entender – e esquecer – a questão do bebê no poço se quem o tivesse atirado lá fosse a sra. Lowe. Eu saberia que ter filhos não fazia ninguém perder a cabeça, mas ter uma casa cheia deles, sim. E a culpada não seria nenhuma mulher que se sentou em nossa cozinha para tomar chá. Lola Lowe mal era alguém real para mim. Pelo menos não até eu entrar em sua casa e vê-la sorrir para os filhos. Comecei a perceber o problema do meu plano: eu passaria a conhecer todas essas mulheres, caso conversasse com elas por tempo suficiente. E aí elas se tornariam reais.

Um menino com cabelos loiros na altura das sobrancelhas apoiou as duas mãos em meu joelho. Ranho escorria, espesso e amarelo, de seu nariz; manchas tinham secado em suas bochechas. Eu tinha um lenço no bolso, então mudei a posição do bebê um pouco para poder pegar o pequeno quadrado e dar para ele. (Mamãe sempre dizia que uma moça devia sempre andar com um lenço.) Ele olhou para o lenço como se eu tivesse lhe estendido galochas roxas, então eu limpei o nariz dele e depois lhe dei o pano.

— Qual o seu nome? — perguntei.

Ele resmungou algo e enxugou o nariz com a manga da camiseta, por isso não consegui entender o que ele disse.

— Como é? — perguntei de novo.

— Mark.

— Igual ao apóstolo — falou sua mãe, olhando por cima do ombro.

— Eu sou Virgie.

Ele me encarou. Apontei para Tess.

— Aquela é minha irmã, Tess.
— Quantos anos você tem? — perguntou Tess.
Ele olhou para a mãe.
— Seis — respondeu ela.
Um ano mais novo que Jack, e ele não tinha nem metade do tamanho do meu irmão. Mal parecia ter parado de usar fraldas.
— Você consegue me mostrar seis dedos? — perguntei, levantando seis dos meus atrás das costas do bebê.
— Seis — falou ele. — Eu tenho seis anos.
Ele não largou o lenço que eu lhe dei, sequer mexeu os dedos.
— Maçã — completou ele, apontando para a cesta. — Eu gosto de maçã.
— Ele gosta de tudo — comentou a sra. Lowe, falando com o canto da boca, segurando um alfinete entre os dentes. — Nenhum deles é chato na hora de comer.
— O que que a gente vai comer no jantar, mamãe? — perguntou Mark, abanando o lenço. Ele não parecia muito curioso. Seu nariz começou a escorrer de novo.
— Amoras e pão.
A expressão dele não mudou.
— Eu adoro amora — comentou Tess.
— Fica bom em torta — falou Mark.
— Gosto delas sozinhas — disse Tess.
— Eu gostava.
Ouvi papai e mamãe comentarem sobre uma pessoa ou outra que não conseguia arranjar emprego, que elas morreriam de fome não fosse pelas amoras e pelo pão, e por que mamãe não levava comida de verdade para eles?
A garotinha na mesa começou a gritar, provavelmente não estava gostando do ar gelado batendo em seu bumbum molhado, e o bebê em meus braços pareceu se contagiar com o mau humor dela. Ele contorceu o rosto e começou a choramingar, en-

tão eu me levantei e passei a andar. A porta se abriu e Ellen entrou, parecendo surpresa por ver a mim e Tess. Ela ajeitou o seu único vestido, e eu vi os pensamentos surgirem em seu rosto, tão claros como se tivessem sido escritos em uma bolha acima da sua cabeça, como nas tirinhas de A *pequena Annie*. Ela percebeu como estávamos vendo tudo aquilo: sua mãe trocando uma fralda em cima da mesa da cozinha, seu irmão com ranho seco no rosto, nossa cesta de maçãs sendo a única comida visível por ali. O fogão não estava aceso, e eu sabia que eles não tinham madeira nem carvão para queimar. Uma coisa era ser pobre de marremarré, mas outra completamente diferente era alguém de fora se intrometer. Ela disse oi sem nem olhar para nós, esticou os braços para receber o irmãozinho e foi para o outro lado do cômodo, tão logo o recebeu. Nós ficamos apenas mais alguns minutos, mas Ellen não olhou mais nem uma vez em nossa direção.

    Nós não conversamos no caminho de volta para casa. Eu me sentia suja, triste e contente por ter deixado meu lenço com aquele garoto.

Tess   Faria mais sentido pensar que Lola Lowe tinha um berço cheio de ovos, e que aquela casa cheia de crianças tinha sido chocada de uma vez só. Imaginar cada uma daquelas dez crianças magrelas e com olhos esbugalhados dentro da barriga dela me fazia sentir dor. Era muito melhor imaginar cada uma guardada em segurança dentro de um ovo, tendo bastante o que comer e um corpo quentinho pra aninhá-las.

    — Por que alguém teria tantos filhos? — perguntei pra Virgie.

    A gente se sentou na escada da varanda quando chegou em casa, e ninguém nos tinha visto ainda. Eu tava tentando fazer com que uma borboleta amarela pousasse em meu dedo, mas a danada não queria nem saber.

    Virgie deu de ombros, com as mãos cruzadas sobre o colo.

    Então continuei falando.

— Porque eu não sei pra que ter filhos, se você não vai dar comida pra eles.

— Não acho que ela planejou deixar todo mundo passar fome — respondeu ela. A borboleta idiota pousou no seu ombro. Ela não notou, e eu não falei nada.

— Aposto que ninguém a visita faz tempo — comentei. — Aposto que ela ficou feliz de nos ver.

— Cale a boca, Tess.

— Quê?

Ela se levantou rapidamente.

— Você não consegue ficar sentada sem falar nada? Você vai me deixar com dor na cabeça!

Ela gritou. Isso me surpreendeu. Virgie nunca ficava irritada – ela se fechava, ficava fria, dura e distante. Mesmo da vez em que enfiei meu dedo nas cinzas e desenhei sobrancelhas grandes e um bigode no rosto dela enquanto ela dormia, ela só pulou da cama e saiu batendo os pés, sem falar nada. Mas dessa vez ela estava quase tremendo.

— Eu tava só falando. Não precisa gritar — falei.

— Então pare de falar.

— Você pare de escutar.

— Você é mesmo um bebezinho.

— Você é uma chata.

— Eu mandei parar de falar.

— Pode continuar mandando o quanto quiser!

Ela suspirou e caminhou em direção ao bosque, e, mesmo feliz por ter dado a última palavra, eu continuava confusa. Isso foi mais forte.

— O que deu em você? — gritei na direção dela, bem quando ela chegou ao fim do jardim.

Ela parou, mas não se virou.

— Não acho que foi algo tão legal o que fizemos hoje — respondeu ela.

Naquela noite tive um sonho, mais som do que imagem. Frankie, o bebê da sra. Lowe, gritava debaixo d'água, mas, em vez da voz, um jato de bolhas saía da sua boca. Eu tava na água, mas ela só batia nos meus joelhos, então eu me abaixei e coloquei um dedo na boca dele. Ele sorriu sem parar, sugando com vontade, e eu não fiz nada pra tentar tirar ele da água.

LETA As meninas estavam muito quietas durante o jantar. Eu podia jurar que elas gostavam de pãozinho com molho. Mas elas comeram tão devagar que era como se estivessem tendo que engolir à força. O molho ficou um pouco empapado, e o pão não cresceu tanto quanto eu gostaria. Minha irmã Merilyn fazia um pão tão fofinho, mais ar que massa, mas o meu nunca parecia ficar assim tão macio. E provavelmente eles ficaram escuros demais embaixo.

— Está tudo bem, Tess? — perguntei. Era mais certo que ela falaria, e não Virgie.

— Sim, senhora.

— Você não gostou do pão?

— Gostei. Está bem gostoso! — Ela enfiou metade de um pão na boca, para me mostrar.

— Você acha que elas estão bem, papai? — Olhei para Albert, que havia terminado de comer sua parte e estava pegando outro pão.

— Quê? — perguntou ele, obviamente preocupado apenas com a colher do molho, que não sabia onde estava. Eu a puxei de baixo de um pano e passei para ele.

— Eu disse que as meninas estão muito quietas.

— Provavelmente muito ocupadas comendo pra falar — comentou ele. — São os melhores pãezinhos do mundo, Leta-ree. Melhor cozinheira no mundo não existe, crianças. Não se esqueçam.

5
Jonah

Jack   Algumas vezes me deixavam ir acampar com os garotos da escola. Não passar a noite inteira – isso só depois dos dez, doze anos –, mas ficar o bastante para poder assar *marshmallows* e sentar ao redor da fogueira.

    Era uma turma, e Paul Kelly era sempre o centro das atenções. Um garoto grande, três anos mais velho que eu, capaz de atirar em qualquer esquilo ou pássaro que mirasse. Ele sempre acendia a fogueira. Já o tinha visto lutar contra garotos do colegial e vencer. Uma vez ele comeu uma barata só porque foi desafiado.

    Certa noite, ele apostou que conseguiria segurar o fôlego durante o tempo todo que levasse para acender a fogueira. E segurou mesmo: em questão de segundos as faíscas da sua pedra caíram na pequena pilha de folhas e galhos. Ele nem ficou vermelho. Paul Kelly. Era ele que sempre falava dos pretos. Já tinha ouvido falar disso na escola, mas não do jeito como ele mesmo tinha falado. Ele disse que os odiava. Deve ter repetido isso umas vinte vezes, com aquele fogo iluminando seu rosto.

    Estava escuro e silencioso e, com aquele fogo brilhando sobre ele, mais a imagem que eu já tinha construído de Paul na minha cabeça, pareceu-me igual a João Batista (que comia gafanhotos) ou a algum outro profeta capaz de trazer à Terra todos os tipos de coisa dos céus.

Na escola, aprendemos sobre Caim e Abel. Abel cuidava do rebanho e Caim trabalhava a terra, e o Senhor preferia as oferendas de Abel, sacrifícios dos animais primogênitos bem alimentados, às oferendas de Caim, verduras. (Mesmo depois de adolescente, Tess não parava de falar sobre essa passagem durante todo o caminho da igreja até em casa: "Você acha que Deus gosta de abobrinha? Acha que Caim se meteu nessa confusão toda só porque Deus tinha alergia a ervilha ou algo assim?" E, depois de um tempo, papai lhe mandava ficar quieta, porque estava sendo sacrílega, e tentava manter a boca fechada, para não rir.) Porém, Caim tinha inveja do fato de Deus preferir Abel, e matou o irmão. O Senhor ouviu o sangue de Abel gritar por ele do chão e lançou uma maldição sobre Caim, que teria agora de andar sem rumo pelo mundo. E, para garantir que Caim só morresse depois de passar a vida inteira vagando, Deus lhe colocou a Marca de Caim.

Então o professor da escola dominical, um homenzinho tímido com mãos de mulher, nos contou que assim foram criadas as pessoas de cor: Deus lhes colocou a marca dos amaldiçoados. A marca dos criminosos. Sentenciados a nunca encontrar paz e a serem desprezíveis. Eu tinha a Bíblia para respaldar a predileção de Paul Kelly pelo termo "crioulo", o que conferia à palavra certa virtude. Havia feiura nela também, eu percebia isso, mas a igreja era cheia de coisas feias – sangue, crucificação, espinhos, espadas e orelhas cortadas fora – que faziam parte do plano perfeito de Deus.

Tess   O homem de cor bateu com força na porta enquanto estávamos dormindo. Nossa cama ficava no quarto da frente, e tanto Virgie como eu acordamos assustadas com o barulho. Então ela enrolou o lençol em volta dos ombros e foi até a por-

ta, embora não tivesse permissão. Pulei da cama também e espiei pelo vão da porta. Ouvi papai se levantar quando Virgie gritou:
— Quem é?
— Virgil, senhora. Eu trabalho pro seu papai.

Trabalhava mesmo; eu me lembrei que ele já tinha vindo em casa antes. Algumas vezes os homens de cor passavam em casa pra que papai os tirasse da cadeia, porque a polícia tava sempre prendendo eles por jogos de azar ou vadiagem, se eles estivessem andando por lugares errados. A polícia tirava dinheiro dos supervisores desses negros, se queriam que eles aparecessem pra trabalhar no dia seguinte.

Virgie abriu a porta, e papai apareceu com sua camisa abotoada pela metade por cima da camiseta.
— Algum problema, Virgil?
— Sim senhor, sr. Moore. Jonah tá preso.

Ele parecia tomar cuidado pra não olhar pra Virgie ou pra mim, embora a gente estivesse bem na direção da porta.
— Jonah? — Papai pareceu surpreso, e levei um segundo pra me dar conta de que Jonah era o sr. Benton. — Por quê?
— Disseram que ele tava bêbado e causando confusão.
— Jonah? — perguntou papai de novo, em tom baixo. Ele foi até o quarto e falou algo pra mamãe, depois voltou carregando suas botas. — Já vou, Virgil. Espere bem aqui.

Virgil ficou parado na varanda, de costas pra casa, enquanto papai começou a calçar as botas encostado na parede. Ele parou quando viu Jack sair arrastando os pés e esfregando os olhos. A luz da lua que passava pelo vão da porta caiu sobre ele e fez a sua camisola cintilar. Jack franziu a testa ao ver Virgil e disse:
— Por que tem um crioulo na porta, papai? Eu odeio crioulos.

Antes que eu pudesse piscar, papai se preparou e bateu com tanta força na bunda dele que eu ouvi Jack soltar o ar de uma vez, de susto. Aí papai o agarrou pelos braços e o levantou do chão, ficando cara a cara com ele. Jack tava tão surpreso que nem se mexeu – nem sequer chorou.

— Onde foi que você aprendeu a falar assim? — perguntou papai, áspero, como se fosse um estranho.

Jack não disse nada.

— Não me venha falar essas coisas de odiar as pessoas! — disse papai, com uma sacudidela que fez o queixo de Jack estalar. — Deus não permite o ódio entre as pessoas.

Jack continuou de boca calada e com os olhos cheios d'água; seus pés descalços tavam suspensos no ar sem se mover. Mamãe tava parada ao meu lado na porta do quarto, carrancuda, mas não disse nada. Papai olhou pra ela, depois colocou Jack no chão com muito cuidado, tirando as mãos e vendo onde ele tinha deixado marcas vermelhas nos braços de Jack. Parecia meio arrependido, mas não falou nada. Em vez disso, fez um sinal pra Virgil.

— Peça desculpas pro sr. Virgil — disse ele.

— Desculpe, sr. Virgil — falou Jack, com a voz solene, constrangida e confusa ao mesmo tempo.

Papai deu tapinhas na cabeça de Jack e trocou olhares com mamãe por um instante. Então enfiou os pés nas botas e foi até Virgil.

— Volto logo — falou ele, por cima do ombro.

Quando a porta se fechou, mamãe se ajoelhou ao lado de Jack, que tinha começado a fungar e enxugar os olhos. Ela passou a mão por seus cabelos e o abraçou.

— Ora, não chore, filho. Você é um bom menino e seu pai não está bravo com você. Mas já sabe que não deve falar coisas odiosas desse tipo. Não foi assim que a gente criou você.

Às vezes mamãe fazia isso: amenizava a dor e depois a fazia doer mais ainda. Nunca a vi se irritar com nenhum de nós, mas desapontá-la era pior do que uma surra de papai, mesmo de cinto. Dito e feito, uma cascata de lágrimas já corria pelo rosto de Jack quando ela parou de falar. Mamãe o pegou do chão, gemendo um pouco por causa do peso, e o carregou de volta até o estrado dele. Ela o botaria pra dormir e beijaria sua testa, pra que ele não fosse dormir chorando. Pra mim e pra Virgie, ela disse:

— Já pra cama, meninas. Daqui a pouco vai amanhecer.

— Papai não conseguiu dormir muito — falou Virgie, ainda olhando pra porta, de testa franzida.

Minha irmã, mesmo quando estiver no céu em sua própria nuvem macia, sempre vai encontrar algo com que se preocupar.

Mamãe também olhou de novo pra porta e rodou um pouco os ombros depois de colocar Jack no chão. Fiquei vendo ela e Virgie encararem a porta por um tempinho e, quando bocejei, tentei não fazer barulho. Se era pra alguém falar alguma coisa, então que fosse algo importante de se ouvir, senão era melhor ficar quieto.

O rosto de mamãe tava na sombra, por isso eu não conseguia ver a sua expressão.

— Seu papai vai ficar bem — comentou ela. — Para machucar seu pai é preciso mais que perder umas horas de sono. Mas — e aí ela ficou bem quieta, como se estivesse falando consigo mesma, o que significava que não deveríamos estar ouvindo aquilo, mas ela não podia evitar falar —, eu achei que ele já estava cansado de correr para tirar essa gente da cadeia o tempo todo.

Eu e Virgie não dissemos nada. Subimos na cama, batemos boca sobre quem tinha mais cobertas e, por fim, nos ajeitamos.

— Ela não quer que papai ajude o sr. Benton — sussurrei pra Virgie. Ela empurrou meu rosto porque falei muito perto da sua orelha, o que lhe fazia cócegas e a deixava muito irritada.

— Ela só não quer que ele fique cansado — devolveu Virgie. Ela não conseguia suportar a ideia de que mamãe e papai pudessem discordar.

— Você acha que ela não gostou de ele bater em Jack? — perguntei, ficando um pouco afastada de sua orelha.

Ela se virou tão rápido que seu cotovelo bateu em mim.

— Ele falou "odeio" — respondeu ela, como se fosse só isso. E acho que era mesmo.

— Você acha que a mulher era de cor? — sussurrei em seguida. Ela sabia de quem eu tava falando.

— Por que você acha isso? — sussurrou ela de volta.

— Mais provável, né? Mamãe diz que eles são diferentes da gente, não têm os mesmos costumes.

Ela tinha dito que os homens negros viviam com mais de uma mulher, às vezes tinham famílias inteiras em lugares diferentes. Algumas vezes, quando Virgie, Jack e eu passávamos perto do bairro dos negros, Nigger Town, as crianças gritavam pra nós. Eu berrava de volta, chamando todos de balas de chocolate, e depois a gente saía correndo. Ninguém gritava quando os adultos estavam junto. De alguma forma, seria muito mais fácil pensar que não foi uma mulher qualquer que fez aquilo, mas uma mulher de cor. Aí nada mudaria de fato. Seria tudo obra da maldade que já tinha sido separada da gente, como os negros que moravam no seu próprio pedacinho da cidade.

Virgie ficou quieta um tempo.

— Papai diz que todo mundo é igual coberto de carvão: não tem como saber quem é preto e quem é branco. E ele gosta do sr. Benton.

Pensei um minuto, e Virgie começou a rir baixinho.

— E, com toda aquela confusão pra tirar ele do poço, você acha que ninguém falaria nada se o bebê fosse de cor?

Ela se achava tão esperta. Eu não tinha bem certeza de como essas coisas funcionavam, pra dizer a verdade. Eu sabia que porcos tinham porcos, e galinhas tinham galinhas, mas, por outro lado, algumas vezes a mamãe podia ser manchada quando o filhote não era... ou o contrário. A gata que ficava no celeiro teve uma vez um lindo filhotinho cinzento, fazendo com que os filhotinhos marrons de sempre da ninhada parecessem bem menos fofos. Os Hudson tinham um bichano cinza bem bonito.

— Bom, o pai podia ser branco, né? — sussurrei, por fim. Ela não respondeu à pergunta.

— E seria um bom motivo pra matar um bebê.

— Hora de dormir, não de falar — disse mamãe da sua cama.

E a gente se calou.

Virgie Para papai, o bem era algo que se podia segurar nas mãos. Duro e sólido como pedra de carvão. Dava para pesar, medir, ver o começo e o fim. Nunca se devia odiar ninguém. Sempre devíamos chamar os adultos de "senhora" ou "senhor" ao falar com eles. Devíamos ajudar mamãe sem ela pedir. Não deveríamos nunca desobedecer os pais. Se você respeitasse essas regras, você era bom. Se não, bem, eu não sabia o que acontecia. Nenhum de nós realmente sabia, embora Jack e Tess às vezes levassem uma surra por responder a papai, de quando em quando. Eu o ouvia comentar sobre homens que deixavam a família – simplesmente pegavam suas coisas e iam embora sem dizer nada. Ou mulheres que não acolhiam as mães dos seus maridos quando elas ficavam muito velhas e fracas para cuidar de si mesmas. Essas coisas eram imperdoáveis.

Havia algo reconfortante nisso, em saber o que ele queria, o que ele esperava, e saber o que iria decepcioná-lo. Porém, significava que muitas vezes não havia como conversar com ele, porque ele conhecia a própria mente tão bem que não precisava conhecer a sua.

E havia coisas ainda mais imperdoáveis para o papai. Um velho homem de cor, Old Romy, vinha até nossa porta de tempos em tempos dizendo que estava com fome. Ele trabalhou com papai nas minas quando papai era jovem. Sempre que Old Romy passava por aqui, papai ia buscar um frango e lhe torcia o pescoço, mesmo que nós não tivéssemos comido frango há semanas. Qualquer um podia bater na nossa porta pedindo comida, que papai lhe arranjava algo. A bem da verdade, qualquer um podia pedir o que fosse, que papai lhe daria. Logo depois que todos perderam o emprego e os negócios, nosso primo veio pedir um relógio de bolso de ouro que pertencia ao pai de papai. O primo disse que levaria várias joias até uma joalheria em Birmingham para vendê-las, que levaria o relógio para papai e nos traria o dinheiro que conseguisse. Papai lhe deu o relógio, pensando que iríamos fazer melhor proveito de uma geladeira, de sapatos novos ou de roupas do que de um relógio. O primo nunca mais voltou: ele se mudou para o Tennessee com todo o dinheiro que conseguiu com as joias dos parentes. Papai nem ficou bravo com isso. Ele disse:

— A gente está aqui pra dar, não pra receber.

Ele nunca queria receber nada. No geral, ele era muito mais exigente consigo mesmo que com os outros.

Mamãe só parecia se importar com o bem e o mal quando algo acontecia debaixo do nosso teto. Ela não gostava de lamúrias, mas, mesmo assim, se nós insistíssemos em dizer que estávamos cansados ou doentes, ela cuidava de todo o serviço sozinha, dizendo apenas:

— Bem, então fique sentado.

Eu nunca ouvi mamãe dizer que estava cansada, com dor ou frustrada, embora continuasse trabalhando mesmo depois de papai já estar se balançando na cadeira, fumando. Uma vez vi uma bolha vermelha brilhante na parte de cima da mão dela, com a pele esticada como se fosse explodir a qualquer minuto. Perguntei o que era, e ela respondeu que tinha esbarrado a mão na frigideira no dia anterior. Fiquei pensando em todas aquelas horas em que eu nem tinha notado a bolha, que ela não tinha cuidado da mão, recuado do fogo e nem sequer dito "ai".

Algumas vezes parecia que papai e mamãe é que tinham sido colocados na fornalha, em vez do carvão, só que em vez de queimarem, eles haviam endurecido e solidificado até se tornarem algo imutável.

Albert A gente foi de carro. Virgil disse que nunca tinha andado de carro antes e, já que estava escuro, eu o deixei sentar no banco da frente. Dei carona até um ponto a alguns quarteirões da casa dele, a caminho da delegacia.

Não era a primeira vez que eu ia até lá a essa hora da noite, e sempre parecia estranho pra mim que um prédio que não valia nada pudesse deixar a vida de alguém de cabeça pra baixo. Era só uma caixa feita de pedra, com alguns degraus pra se chegar até a porta, três janelas em um dos lados, nenhuma na frente nem atrás. Teto reto. Estacionei bem em frente à porta – não havia nenhum outro carro. O xerife ia trabalhar a pé.

— Devia ter lhe trazido um café, Ted — falei, entrando depois que ele atendeu a porta. — Não é seu assistente que fica à noite, em geral?

Ele se sentou à escrivaninha, um aparato gigantesco que o fazia parecer um garoto de calças curtas ali sentado atrás dela. Ted Taylor não era um homem ruim, mas não era muito bom, também. Ele sabia que eu pagaria pra tirar Jonah de lá, da mesma maneira que sabia que Jonah não tinha feito nada de errado. Provavelmente não dissera "senhor" o bastante quando Ted lhe perguntou aonde ele estava indo.

— O pobre do meu assistente está com gripe — disse ele. — Fiquei por aqui nessas últimas noites.

Pude ver Jonah sentado empertigado em sua cela, parecendo mais preparado para ir à missa do que para a prisão. Ele não falou comigo, nem sequer sorriu. Mal acenou com a cabeça. Fiz o mesmo, focando a atenção no xerife.

— Tudo certo com a mulher e as crianças?

— Normal. Meu filho mais velho foi procurar emprego em Tupelo. E com os seus?

— Todos estão bem.

— Bom saber. Então, imagino que esteja aqui por causa dele — falou Ted, inclinando a cabeça na direção de Jonah, mas sem olhar pra ele. Ted era vários centímetros mais baixo que eu, mas tinha um tórax tão grande que era de pensar que ele seria obrigado a andar com os cotovelos arqueados. A barriga era um pouco menor que o peito, porém os botões da camisa sempre pareciam estar a ponto de estourar. Eu achava que ele era um daqueles homens que se irritavam tanto por não serem mais altos, que resolviam ser mais largos.

— Pois é — respondi. — Um dos meus rapazes foi me contar que você o trouxe pra cá, por algum motivo.

— Dava pra sentir o uísque no bafo dele do outro lado da rua.

Caminhei até Jonah, que ainda estava sentado olhando para a porta.

— Não sinto nenhum cheiro, Ted. Pra mim, parece que está tudo bem.

— Deve estar sumindo.

— Ele te deu trabalho?

— Não. Dócil como um carneiro. Tentou me dizer que estava procurando madeira pra queimar no fogo. Só se ele achou que encontraria madeira no fundo de uma garrafa!

Jonah não disse nada, o que era o melhor a fazer.

— Acho que ele estava mesmo procurando madeira — comentei, de maneira casual. — Noite fria, hoje.

Ted me ignorou.

— Se a gente deixa esses aí escaparem impunes das menores coisas, acaba tendo um bando de vadios pelas ruas, e aí fica perigoso pras mulheres e as crianças ficarem na varanda de noite.

Eu já tinha me cansado de andar em círculos. Já estava tarde demais da noite para ficar hesitando.

— Quanto isso vai me custar? — quis saber.

— Não dá pra saber o que ele poderia ter feito, se eu não o tivesse prendido.

— Quanto, Ted?

— Quatro dólares.

Suspirei.

— Ele é um dos meus melhores homens. Nunca tive problema com ele. Você sabe que ele nunca deu problema nenhum em dez anos que está morando aqui. Eu não sou nenhum dos chefões. Esse dinheiro vai sair do meu bolso.

— Acho que dá pra ficar por dois dólares. — Ele finalmente olhou pra Jonah. — Mas considere isso um aviso, rapaz.

Pela primeira vez, Jonah olhou para nós. Seu queixo se mexeu e a língua passou pelos dentes da frente. Porém, sua boca logo ficou parada, e seu rosto, calmo e inexpressivo.

— Sim, senhor — disse ele, com uma voz tão vazia quanto seu rosto. — Pode deixar.

Pude perceber que Ted queria encontrar algo de errado, queria ouvir vergonha e medo na voz de Jonah. Vi que os músculos da mandíbula de Johan ainda estavam tensos, porém, e eu não queria nem pensar no que ele diria em seguida. Só que também não queria pagar quatro dólares.

— Muito decente da sua parte — eu disse a Ted. — Melhor ir andando, então, pra voltar logo pra casa. Talvez Leta até goste; com certeza vou ter bastante tempo pra tirar o leite da vaca antes de sair para a mina.

Ted então se virou de lado, olhou pra mim e se apoiou nas barras da cela.

— Isso me lembrou uma coisa; tenho mais notícias que podem te interessar. Sobre aquele bebê.

Esperei que ele continuasse. Ted sempre continuava falando quando você simplesmente ficava quieto.

— O médico disse que ele não morreu afogado, no fim das contas — falou ele. — Abriram o bebê e ele não tinha água no pulmão. Então, pelo jeito, não foi assassinato.

Custei a acreditar no que estava ouvindo.

— Está me dizendo que ela jogou um bebê morto lá dentro?

— Isso aí. — Ele parecia satisfeito consigo mesmo. Pude jurar que o rosto dele estava ainda mais redondo e vermelho que o normal.

— E ele só descobriu isso agora, um mês depois da gente encontrar o bebê?

— Diacho, ele já sabia disso um dia depois! Só que depois não vi mais você.

— Então o que o matou?

— Não sei. — Agora ele parecia menos satisfeito. — Pode ter sido qualquer coisa. Mas não havia nenhum hematoma, nem sangue. Pelo jeito ele não foi nem sacudido, nem cortado e nem levou pancada.

— E agora, o que você vai fazer?

— Não tem muito o que fazer. Vou perguntar por aí, mas aposto que foi uma mulher de mente frágil que perdeu a cabeça quando o bebê dela morreu. Problemas nervosos, talvez. Porém, nada que sirva para acusá-la, mesmo que a gente a encontre, já que sua água está boa. Provavelmente a gente consegue multar a mulher, se você quiser.

— Não — falei. — Não, eu não me importo. Só que não faz sentido nenhum. Se ela não queria matar o bebê, por que o jogou no nosso poço, então?

Dava pra ver que Ted não estava perdendo o sono por causa daquilo. Ele conseguiu me contar algo que eu não sabia e isso já era o bastante para deixá-lo satisfeito. Apanhou meu dinheiro e soltou Jonah.

Quando saímos, Jonah girou o pescoço e estalou as costas como todos nós temos mania de fazer. Depois de passar anos abaixado, a gente ficava com uma espécie de punho fechado em cima da coluna, e esse punho apertava como o diabo quando você ficava sentado por muito tempo. Fora o estalo, ele não fez muito barulho e foi arrastando os pés pela terra até o carro. Ele nunca foi de falar muito e não esperava que eu dissesse nada também. Poderíamos trabalhar por horas a fio carregando os carrinhos e cavando nas minas sem trocar uma palavra sequer. Quando um de nós tinha a ideia de falar algo, é porque havia um motivo.

Começamos a andar e eu o senti me olhando.

— Desculpe por ter feito você sair de casa, acordar sua família — falou ele, pigarreando. — Muito obrigado. Num teria te chamado se eu inda tivesse dinheiro sobrando. Palavra que vou te devolver na semana que vem.

Pelo menos o pagamento agora era feito a cada duas semanas, o que tornava as coisas mais fáceis. Quando eu comecei, antes de me casar com Leta, era uma vez por mês. Assim, a maioria dos empregados pegava dinheiro emprestado da Galloway uma ou duas semanas antes do pagamento, e então, quando finalmente recebia o salário, praticamente era obrigada a deixar todo o dinheiro com a empresa, por conta dos juros. Fazer greve não adiantou muita coisa pra gente (não deu mais dinheiro), mas garantiu o mesmo dinheiro dividido em dois e pago em vezes separadas.

— Não tem pressa — falei.

Teria sido um insulto se eu dissesse que ele não precisava me pagar.

— Eu num tava bebendo, não senhor. Acho que você precisa saber.

— Não achei que você estivesse.

— Minha mulher ficou ocupada co' meus dois filhos doentes hoje. Num teve tempo de pegar madeira, e só quando a gente tava indo dormir que eu percebi que o fogo tava apagado. Pensei em ir apanhar lenha no bosque só pra resolver o problema – num queria que as crianças ficassem com frio, principalmente porque elas tão doentes.

O carro já estava em movimento, e nós dois olhávamos pra frente.

— Ele já aprontou alguma com você antes? — perguntei.

— Não. Antes de hoje, eu nunca tinha me encontrado com ele.

— Ele deve ver por aí os homens de cor vagabundos, acho. Não sabe a diferença entre você e eles.

— 'Cê vê diferença? — Ele não falou como se tentasse ser esperto, eu acho.

Dei a primeira resposta que surgiu na minha cabeça.

— Tem diferença. Eu sei que você anda na linha. Diferente de outros.

Ele não respondeu, continuou olhando pela janela. Acho que estava contente. Então ele falou de uma só vez mais coisa do que eu já tinha ouvido sair da sua boca até então:

— Tem um primo meu em Birmingham que tá sempre falando em ascensão. De como nós negros precisamos fazer o que o chefe manda, dar duro, não torrar dinheiro co' jogo ou bebida, que só então a gente pode ter algo que vale a pena. Bom, eu num bebo desde que casei, há nove anos. Minha mulher num gosta de bebida, igual a sua. Mas num beber nem jogar num faz dinheiro aparecer como mágica no meu bolso quando lá já num tem nada. O chefe paga sete dólares por semana, mas a comida e o aluguel e as roupas das crianças custam sete dólares e cinquenta centavos por semana, num adianta querer culpar o pecado por 'tar no fundo do poço. Muitos companheiros tão no fundo do poço e não se divertiram chegando lá.

Eu pude perceber que ele olhava pra mim, mas continuei olhando pra rua. Eu não tinha uma boa resposta.

— 'Cê tem terras, num acho que entende muito isso — falou ele. — Num tô reclamando, mas pra gente é diferente.

Continuei parado como uma árvore, pensando. Ele se inquietou pela primeira vez naquela noite.

— 'Cê num ficou bravo por eu ter falado minhas ideias? Num quero ofender.

— Não ofendeu — respondi. Os postes de luz mal iluminavam a rua direito. — Acho que de alguma coisa eu até sei. Sei que Ted Taylor não me arrastaria pra cadeia só por andar na rua. Sei que eu sou o "sr. Moore" e que você nunca recebe nenhum título na frente do seu nome. Sei que não mandam ninguém na casa de um homem branco pra ver se ele está mesmo doente. Que nenhum supervisor se atreveria a olhar torto para Leta. Sei que já trabalhei contigo o mesmo tempo que Tess está viva e nunca vi você com preguiça ou bêbado.

Continuamos em frente, ambos pensando em todas essas palavras, procurando os significados delas e tentando entender.

— 'Cê é um homem meio estranho, Albert — falou Jonah — Um bom homem, certeza. Mas esquisito.

A gente parou na esquina da rua da casa dele com a Main, mas antes que ele puxasse a maçaneta da porta, eu o chamei. Ele me olhou.

— Você ouviu o que Ted disse sobre o bebê morto — falei.

— Ouviu alguém comentar algo sobre isso? Sobre a mãe dele? Ele tirou a mão da maçaneta.

— Num ouvi nada.

— Parece, pra mim, que uma mulher capaz de fazer isso chamaria a atenção. Que seria algo doído demais pra ela. Você não viu nenhuma mulher perturbada?

— E não são todas?

Eu ri.

— Alguma mulher que parecia perturbada com alguma coisa? Negra? Ou branca, também, se você viu alguma.

— Ora, Albert, 'cê sabe muito bem que nem fico por perto de mulheres brancas. Se fico, crio problemas co' certeza. Já as negras... — O tom de voz dele mudou, ficou mais áspero do que antes. — Elas têm seus motivos pra se preocupar.

— Você não tem ideia de quem fez isso?

Ele fez que não, e eu acreditei. Eu também não tinha a menor ideia.

— Só que tenho cá minhas opiniões — disse ele, me surpreendendo.

— É?

— Só uma mulher triste faria isso, Albert. Não uma maldosa. Pegar o próprio filho morto e atirar num poço de gente boa... Pra mim, aí tem. Talvez ela seja meio doida, mas isso num é nada em comparação co' tamanho da tristeza dela.

Ele parou de falar e não começou de novo. Por fim, eu perguntei:

— Por que você diz isso?

— Imagino que ela desistiu dessa vida e, se essa vida num importa, aquele corpinho também num importa nada. Ela já começou a pensar na vida seguinte. Uma em que o bebê num liga praquele corpo, então ela também num liga.

Eu entendia aquilo. Não respondia nenhuma das minhas perguntas sobre quem ou quando (já que o poço era meu), mas ele tinha conseguido entender a cabeça dela bem melhor que eu. Eu não esperava isso dele; admiti pra mim mesmo naquele momento. Isso não me dava orgulho. Eu não conseguia saber o que me fazia sentir.

— Isso faz sentido, Jonah.

E, sei lá como, abri a boca outra vez antes da mão dele encostar na porta.

— Você soube que Jesse Bridgeman se matou?

Jonah fez que sim.

— Ando pensando nisso. Eu cruzava com o homem na rua pelo menos uma vez na semana, sempre o via indo pra igreja no domingo. Nunca percebi nada nele. Sinto que só via uma casca que não servia pra nada, a não ser pra ser jogada fora. Mas eu nunca soube que aquilo era uma casca, nunca soube que tinha de descascar ou quebrar aquilo pra ver o que tinha lá dentro.

Ele sorriu, um brilho branco que eu raramente via nas minas, e eu olhei bem pra ele e observei seus olhos. Eram profundos e escuros, quase iguais aos de Leta e das crianças, pensei, e aquilo me assustou, vê-los me olhando de volta. O que mais me balançou era como eles estavam claros às quase três da manhã, sem nenhuma vermelhidão, e senti um arrepio dentro de mim, o mesmo que sentia quando Leta explicava alguma coisa de um jeito simples que me fazia entender como seus olhos captavam palavras inteiras para as quais os meus nem piscavam.

O sorriso de Jonah o fez parecer mais velho, não mais feliz.

— Diacho, isso eu num tenho como saber — falou ele.

Pensei a respeito no caminho de casa. E também sobre como nós tínhamos gastado a mesma quantia de palavras que diríamos em um ano.

Tess Então não tinha água no pulmão daquele bebê. Os médicos o abriram porque o xerife Taylor precisava ter certeza de como o bebê morreu antes de começar a levar mulheres pra cadeia. E ele não tinha nem um pouquinho de água nos pulmões. Nadinha. Ou seja, o bebê não tava respirando quando foi jogado no poço. Ele tava morto antes de cair na água. E isso levou a gente a repensar nossa lista.

— O que isso quer dizer, Virgie?

Eu segurava meu bornal com dois dedos; ela carregava o dela no ombro, como uma bolsa. Antes de sair, a gente se aqueceu bem, mas a caminhada até a escola duraria o bastante pra fazer a gente perder todo o calor e nos deixar prontas pra encarar o fogão quentinho.

— Ando pensando nisso — disse ela. — Quer dizer que ela não era assassina, pra começar. Achei que estávamos procurando alguém que queria se livrar do bebê, alguém que foi levada a isso por maldade, cansaço ou pela miséria. Mas talvez nem desesperada ela estivesse. Talvez fosse outra coisa.

— Como o quê?

— Não tenho certeza.

— Ela jogou um bebê morto no nosso poço. — *Croc, croc*, as folhas se desfaziam sob meus pés. — Isso não me parece melhor que jogar um bebê vivo.

— Mas é diferente — insistiu ela.

— Por quê? — perguntei, tão teimosa quanto ela.

Eu não entendia por que ela queria dividir os tipos de maluquice em seções diferentes. A gente tava procurando uma mulher doida, e isso não tinha mudado.

— Não sei.

Ela pegou meu braço e olhou pra escola, lá no fim da rua. Os garotos em geral ficavam brincando por ali até o sinal tocar, e algumas vezes os pais das crianças pequenas ficavam na rua conversando.

— Espero que não tenha ninguém na rua agora. — Ela mordeu o lábio ao olhar a rua e depois me puxou pro outro lado. — Ah, vamos pelo caminho mais comprido. Não quero ter de dizer oi pra todo mundo.

Aposto que Virgie achava que era um fardo ter de acenar e falar com as pessoas. Mas eu a segui até as árvores na direção do riacho, onde ninguém chamaria a gente a não ser os esquilos. Virgie adorava o bosque, gostava mais de estar ao redor de árvores que de pessoas. Eu não gostava muito de ficar no meio dos galhos, troncos e arbustos com espinhos. Não colocaria os pés no bosque sozinha. Ele parecia mais escuro que antes, e qualquer coisa podia estar se escondendo ali. Jack tinha me feito pensar no porquê de a gente nunca ver fadas no bosque. Eu imaginava que algo as estava comendo. Algum tipo de lagarto, talvez, ou aqueles gambás com dentes afiados. Particularmente, eu achava que eram os gambás, com seus olhos vermelhos e caudas de rato. Eles podiam se pendurar de ponta-cabeça e capturar as fadas no ar, rasgando as asas delas e mastigando as coitadas como pipoca. As asas deviam ser a parte mais gostosa. Se você fosse mau.

Foi algo importante pra mim imaginar todas as criaturas mágicas ruins que tavam por ali pra lutar contras as boas, e logo, logo eu já estava com a cabeça cheia delas.

— Talvez a gente nem tenha ficado sabendo que ela estava grávida — disse Virgie, enquanto eu ficava de olho nos olhos vermelhos. — Talvez ela tenha escondido de todo mundo.

— Escondido que ia ter filho? — Isso chamou minha atenção. Logo pensei na solução. — Então a gente tá procurando uma mulher grande e gorda?

Ela franziu a testa e pulou um tronco podre.

— Ela pode ter usado um espartilho.

— Mas seria mais fácil de esconder, se fosse gorda. A gente devia pensar numa lista de mulheres grandalhonas.

Ela não parou de franzir a testa, só começou a morder o lábio de novo.

— Eu bem que estava achando a nossa lista muito simples. Talvez não devêssemos levar em conta os bebês. E talvez também não pensar em quem é do tamanho de uma casa. Devíamos pensar em que tipo de mulher jogaria um bebê morto num poço.

— Uma doida — falei.

Ela me ignorou.

— Não foi uma mulher que fez maldade com seu bebê. Ela provavelmente o amava.

— Ela pode ter matado ele antes. Dado uma pancada na cabeça dele.

Eu sonhei com machucados na noite anterior. Não meus. Só com uma pele muito pálida e manchas roxas. Água pingando de todo lugar, fazendo o machucado brilhar. Não conseguia me lembrar mais do que isso.

Virgie fez que não.

— Papai disse que o xerife falou que não tinha prova nenhuma disso. Nenhum roxo nem nada. Mais provável que ele tenha morrido de doença.

Choveu o suficiente pra encher o riacho até a margem, e as tábuas em que a gente pisava estavam molhadas. A água quase as tocava, respingando nelas de tempos em tempos. Nós duas levantamos as saias.

— Prefiro pular as pedras — falei. — É mais divertido.

— É só do que nós precisamos, que você caia no rio — disse ela, já na metade do caminho.

Acho que foi o fato de ela ter olhado pra trás pra me dar uma bronca igual a papai que a desequilibrou. Ou talvez ela tenha pisado numa folha ou algo assim. Seja como for, Virgie caiu no riacho com a mesma lentidão que um copo cheio de leite, quando você derruba ele da mesa.

O riacho não ia além da cintura na sua parte mais funda, mas ela ficou bem molhada. Conseguiu manter a cabeça acima da água, então seus cachos não ficaram molhados, e sua mão direita segurou o bornal pra cima. Mas cada centímetro abaixo do seu pescoço ficou encharcado. Ela não ficou sentada ali muito tempo; antes que eu pudesse dizer qualquer coisa, ela se levantou e caminhou até a margem. Ou melhor, bateu os pés.

— Ohhhh — Foi só o que eu consegui dizer. — Oh, Virgie.

Aí olhei bem pra ela, com água escorrendo do fundo do vestido, e não consegui deixar de sorrir.

— Não tem graça — disse ela. — Eu vou me atrasar; vou ter de correr até em casa e trocar de roupa.

Só que ela também tentou esconder um sorriso. Ela quase riu, aí o riso virou uma tosse molhada, e percebi que ela tava arrepiada.

— Você vai ficar doente — falei, preocupada. — Corra até em casa. Eu falo com a sua professora.

— Não na frente da classe toda!
— Tá bom, eu falo só pra ela.
Ela decidiu acreditar em mim e saiu correndo de volta pra casa. Tinha quase chegado na rua quando eu gritei seu nome.
— Você devia ter pulado as pedras — falei; ela nem se virou pra olhar.
Eu caminhei pelas tábuas na ponta dos pés sem problema algum – era mais rápido que pular as pedras, e eu não tinha tempo extra se fosse passar primeiro na sala de Virgie. Comecei a correr do outro lado do riacho, mas diminuiria a velocidade quando tivessem pessoas ao redor. (Eu me movimentava melhor na água que na terra. Minhas pernas eram um pouco compridas demais pra mim e meus joelhos estavam toda hora machucados de tanto eu tropeçar no nada. Parecia que eu tinha mais que dois pés.)
Então Virgie achava que a Mulher do Poço não era malvada. Mas, se ela não era malvada, ela tinha de ser maluca. Eu não conseguia encontrar outro motivo pra isso; nenhuma mãe como a nossa faria uma coisa dessas. Só que ouvi a voz de Virgie em minha cabeça: se é tão fácil de perceber, por que então ela não se destaca? A maldade ou a loucura devem ter uma aparência diferente do que a gente imagina.

VIRGIE Eu me atrasei só meia hora. Mamãe me ajudou a tirar as roupas de baixo e o vestido molhado. Isso depois que eu abri a porta dos fundos com força – ainda na varanda, para que não ficasse pingando água no chão – e contei que caí no riacho.
Mamãe tirou os olhos da louça do café e piscou na minha direção, depois veio para o meu lado com uma toalha antes de eu falar qualquer outra coisa.
— Tire os sapatos e deixe aí — disse ela, primeiro.
Depois continuou:
— Como foi que você caiu, e Tess não?

No quarto, com a toalha enrolada no corpo e sem uma peça de roupa sequer, fiquei parada enquanto mamãe procurava calções e meias-calças para mim.

— Acho que você nunca caiu no riacho antes — comentou ela. — Quase nunca vi você com os joelhos ralados.

Continuei quieta.

Ela mais parecia intrigada do que qualquer outra coisa, nem um pouco brava. Segurou minhas mãos nas delas, depois colocou uma mão na minha testa para ter certeza de que eu estava quente o suficiente... mas não tão quente, que fosse uma febre. Então beijou a minha testa e deu um tapinha no meu bumbum quando me virei na direção da porta.

Eu não gostei de ter ficado molhada, desarrumada e atrasada, e sentei à minha carteira fazendo o mínimo possível de barulho. Tess devia ter falado algo à srta. Etheridge, porque ela não me disse nada, e normalmente você seria chamado na frente da sala por estar atrasado. Se chegasse atrasado duas vezes, levaria uma batida com régua nos dedos. Bem, a srta. Etheridge nunca usava a régua, mas o professor de Jack o deixou com marcas no ano passado, quando Jack se esqueceu da hora cavando e procurando lagostim antes da escola.

A três carteiras do fogão de aquecimento, eu já podia sentir o seu calor. Se nos sentávamos muito perto dele, ficava quente demais, acabávamos grogues e bobas por causa do aconchego. Três carteiras de distância era o ideal.

Os olhos da srta. Etheridge cruzaram rapidamente com os meus, e ela sorriu o suficiente para me dizer que eu não estava metida em encrenca. Fiquei imaginando qual seria a idade dela. Ela só tinha algumas marcas ao redor dos olhos. Era até bonita, magra e arrumada, com cabelo cor de bronze. Ella e Lois a achavam um pouco reservada, mas eu não ligava para isso. Ela era simpática de um jeito quieto, sempre contente em ficar depois da aula para rever uma tarefa. E, quando ela lia em voz alta, ficava bonita, com olhos brilhantes e bochechas rosadas. Sua voz se transformava em algo novo, forte e encantador quando ela lia as palavras de outra pessoa, em vez das dela.

Uma vez eu lhe perguntei se ela gostava de ser professora, e ela disse:

— Eu gosto, Virgie. Gosto bastante.

Depois ela me perguntou se eu achava que gostaria de ser professora um dia, e respondi algo sobre pensar que talvez sim. O que eu queria dizer é que eu sabia que teria de trabalhar, e achava que dar aula seria melhor do que ser enfermeira. Ela disse que eu era bem capaz e esperta, e outras coisas que gostei de ouvir, mas o tempo todo eu pensava na aparência que ela tinha quando lia Shakespeare ou Emily Dickinson. Minha prima Naomi lia o tempo todo, mas aquilo nunca me entusiasmou. Fiquei imaginando se eu me entusiasmaria quando fosse professora, se fazia parte do treinamento.

"Bastante." Realmente, ela gostava de uma forma que acendia uma luz em seu rosto. Gostava daquilo de um jeito profundo, não familiar, que era extremamente diferente de puxar água do poço, lavar o chão e costurar até a cabeça doer por causa da pouca iluminação.

Claro, ela teria de se demitir caso decidisse se casar. E, se continuasse dando aulas por muito tempo, talvez nunca se casasse, porque se tornaria uma solteirona e ninguém iria querer casar com ela. Uma solteirona instruída era a pior de todas, ficava no fim da lista. Tia Célia disse que nenhum homem queria uma mulher que se importasse mais com livros que com ele. Quando eu estava aprendendo divisões complexas, os números se embaralhavam todos, e eu odiava aquilo. Tia Célia disse então que não valia a pena ser muito esperta, que isso não me serviria de nada mesmo. Acabei aprendendo as divisões complexas de qualquer forma, em parte porque fiquei brava, mas também porque, quando repeti aquilo para papai, ele falou:

— Não vale a pena ser burra, também.

Fiquei pensando na srta. Etheridge e em como ela ocupava o resto do dia depois que as aulas acabavam. O que ela fazia em casa, se não tinha de cuidar de ninguém? Era possível assar um pão de milho ou fritar um frango só para uma pessoa? Será que ela comia toda noite em um restaurante, com um guardanapo no colo e a bolsa de mão do seu lado, e a única coisa que existia na sua cozinha era um bule de chá? Algumas vezes as professoras viviam com senhoras mais velhas que alugavam um quarto para elas. Será que ela morava em um sótão sem janelas, com som de ratos correndo pelo chão? Ou será que a janela do quarto dela deixava o sol entrar e ela acordava olhando para os arbustos todas as manhãs?

Leta   Quando me ajeitei ao terminar de mexer as roupas, vi as botas de uma mulher com as solas se desfazendo. Eis que com elas vinha Lola Lowe. Ela nunca tinha vindo em casa antes, então me espantei. Mas, antes mesmo que eu pudesse lhe dizer bom dia, ela falou:

— Suas filhas foram me visitar.

Aquilo me chocou.

— Virgie e Tess?

— Você não tem outras, tem?

Ela nem sorriu ao dizer aquilo, mas não me ofendi. Era o jeito dela. Se eu tivesse a mesma quantidade de filhos, não me preocuparia demais em ser educada, também.

— Acho que não.

Não queria que ela não se sentisse bem recebida, mas não podia deixar as roupas de lado. O fogo tinha ficado mais forte e as roupas estavam fervendo, o que me deixava presa à panela. Eu me peguei desejando que ela tivesse aparecido algumas horas antes, quando eu teria recebido uma pausa com prazer.

Tive de fazer doze viagens até o riacho até preencher a tina de ferro que ficava perto dos olmos, e, depois da sexta viagem, meus braços pareciam que iam se deslocar. Depois tive de colocá-las em fogo baixo, o que pelo menos não exigia muita força. Enquanto a palha e os galhos se acendiam e faziam a lenha maior queimar, eu tinha separado as roupas, montando pilhas de escuras, claras e brancas. Só precisava ferver as roupas de trabalho, os lençóis e qualquer outra coisa muito suja. Ou seja, quase tudo o que pertencia a Jack.

Mas, depois que a madeira pegava fogo, eu não podia desperdiçá-la fazendo uma pausa, mesmo que meus braços gritassem de dor ou que meu rosto queimasse ou que minha garganta implorasse por um pouco de ar seco e frio, em vez do vapor que saía da panela. As roupas estavam se remexendo, os macacões, as camisas e as meias apareciam e sumiam por entre a espuma. Eram as roupas mais sujas, que precisavam ficar de molho mais tempo. Eu lavaria os lençóis em separado. Os vestidos e o resto das roupas – as que não precisavam ser fervidas – eu esfregaria na tábua, enquanto as outras ferviam. Os vestidos limpos e ensaboados estavam amontoados em cima de um cobertor antigo, esperando para serem enxaguados. Olhei para Lola, depois para a pilha de roupas, depois para baixo, para as roupas ainda cozinhando, e as mexi com o antigo cabo de vassoura. Lola falou antes que eu descobrisse o que eu queria dizer.

— Não precisa parar — disse ela. Ela estava parada na frente da pilha de roupas ensaboadas. — Essas estão limpas?

— Essas estão.

— E essa é a bacia de enxaguar?

— É — respondi, inclinando a cabeça na direção da bacia prateada cheia de água limpa. — Mas não precisa fazer nada, Lola. Puxe uma cadeira da cozinha e converse comigo um pouco. Eu faço uma pausa antes de enxaguar as roupas.

Lavar roupa levava um dia inteiro, uma vez na semana. Seria bom ter ajuda, mesmo que eu não quisesse admitir. Se o sol estivesse forte, talvez eu conseguisse terminar de passar a roupa antes da hora de dormir. Mas, se o dia estivesse nublado e frio, teria de esperar até o dia seguinte. Eu gostava de lavar as roupas no riacho, por causa do calor do fogo, mas, sem a ajuda das meninas, não valia o esforço de ter de ir até lá e voltar.

Lola fez um barulho indelicado, igual a um cavalo.

— Pra que que eu vou ficar aqui tagarelando enquanto você trabalha? — falou ela. — Tenho tempo; Ellen tá cuidando dos pequenos.

Então continuei mexendo as roupas, enquanto ela ia enxaguando as peças uma por uma, molhando a roupa e depois torcendo, e, por fim, colocando no varal.

— Depois você pendura elas como quiser — falou ela.

Continuamos assim por um tempo, sem som algum a não ser o da água se mexendo e o da madeira queimando. Tirei um macacão da tina, sacudi-o até que o vapor parou de sair e o observei. Usei a ponta dos dedos para primeiro segurar uma perna, depois a outra, aí estiquei a parte de cima até ver o macacão sem sombras ou dobras. Quase todo limpo. Sem cheiro. Coloquei-o na tina de enxaguar, que Lola havia esvaziado quase toda.

— Eu vou ensaboando esses aqui — disse ela. — Você começa a pendurar quando terminar aí.

Ao terminar de limpar os lençóis, o fogo havia se apagado sozinho. Fiz como ela me disse, vendo que não teria sentido argumentar ou discutir. Se ela estava enxaguando, então eu devia estar pendurando. Estávamos num ritmo bom quando ela começou a enxaguar a segunda leva de roupas, passando para mim uma peça por vez, para pendurar. Depois de o calor fazer meu rosto pingar de suor ("transpiração", eu sempre corrigia as meninas) e de o vapor deixar meu cabelo armado, eu gostei de ficar pendurando, que era fácil. Nada além de chacoalhar, prender e esticar.

— Suas filhas são boas meninas — disse Lola. — Bonitas.
— Gentil da sua parte dizer isso — falei.
Passei os olhos e notei o cesto ao lado dos pés dela – nosso antigo cesto de palha. Lola percebeu meus olhos fixos nele e abanou a mão molhada em sua direção.
— Suas filhas levaram ele pra mim, cheio de maçãs. Gentil da parte delas.
— Não precisava ter trazido de volta. Mas eu agradeço.
Fiquei pensando no que tinha dado nas meninas para levar maçãs para Lola. Eu não ia à casa dela já fazia mais de um ano. Da última vez que fui, levei alguns ovos, e mal podia me lembrar de ter conversado com ela. Mas o ano anterior tinha sido difícil, e estávamos dando tudo o que tínhamos extra. No meio dos parentes de Albert e dos meus, além de quem quer que batesse na nossa porta perguntando se podíamos doar algo, eu nem tinha sequer pensando em visitá-la.
— Elas queriam ver o meu bebê.
Lola tinha colocado de novo as duas mãos na água.
Aquilo era ainda mais estranho do que a história das maçãs. As meninas não eram loucas por bebês, nunca foram de brincar com bonecas nem de lançar olhares pros pequenos. E nem conheciam Lola.
— Não sei nem dizer o que as levou a fazer isso — falei, mais para mim que para ela.
A sacola de prendedores batia contra meu quadril enquanto eu seguia até o final do varal. Meu rosto já tinha secado, mas eu ainda sentia o sal nos dedos quando colocava um prendedor de madeira na boca enquanto prendia outro na corda.
— Acho que elas tavam preocupadas com Frankie — disse Lola.
Eu só olhei para ela, com o prendedor no meio dos dentes.
— No começo, não consegui entender por que elas passaram em casa — continuou ela. — Pensei que talvez você tivesse

mandado as duas virem dizer oi, mas elas nem sabiam que a gente cresceu juntas. Perguntei pra Ellen se era amiga delas, e ela disse que não especificamente. Depois lembrei do bebê morto. Comecei a achar que agora elas tavam interessadas em bebês. Talvez precisassem ver um saudável.

Se as meninas tinham ido até a casa de Lola por causa do bebê, eu desconfiava que tivesse sido por mais motivos que só o consolo de ver uma criança saudável. Desconfiava que Lola também achasse o mesmo. Ela continuou enxaguando, com a cabeça voltada para as roupas e as mãos rítmicas, como se estivessem no compasso de uma música.

— Eu dou comida pras minhas crianças, Leta — disse ela, bem quando eu começava a aproveitar a brisa que bagunçava meu cabelo e balançava meu vestido. — Cuido bem delas. Tiraria o último cobertor da minha própria cama e a comida do meu prato por elas.

— Claro que sim.

— Você acha que elas tão numa situação ruim?

A brisa já não estava mais tão relaxante quanto antes. Balancei a sacola de prendedores, sem tornar a pegar outro.

— Não tem ninguém em situação boa agora — falei. — Você está fazendo o melhor que pode, como todo mundo.

— Não quero que sua família pense mal de mim.

Tive vontade de dar um tapa em Tess e Virgie. Quis dizer a Lola que ninguém pensava mal dela, embora não fosse verdade. Porém, existiam coisas piores que ser pobre. Quis dizer a ela que eu achava que ela tinha encarado uma vida dura sem nem um pingo de sorte tão bem quanto qualquer um o teria. Seu pai era um bêbado, e a mãe nunca teve nada para dar às crianças. Ela fez o que pôde para mantê-las longe dele, mas Lola aparecia na escola com marcas nas pernas, nos braços e sabe lá onde mais, quando ainda era uma menininha. Até aí nenhuma novidade – eu podia nomear uma dúzia de mulheres que haviam tido a mesma história – o que não tornava as coisas mais certas só porque não era a primeira vez nem a primeira mulher. Pensei que ela realmente amava o primeiro garoto com quem se casou, mas ele morreu logo depois que o primeiro filho nasceu. E, dez crianças depois, ela não tinha mais com quem contar, já que o bocó com quem ela se casou não conseguia encontrar trabalho num raio de trezentos quilômetros... E, mesmo que conseguisse, ela não veria nenhum centavo. Eu achava que o fato de Lola ainda estar de pé e ainda ter um coração bom igual a quando brincávamos de ciranda na idade de Tess era um sinal de que ela era feita de algo raro e precioso. Claro que a gente não diz essas coisas.

— Não tenho nada de ruim para dizer a seu respeito, Lola. Nada.

Talvez ela tenha sorrido, mas estava olhando para baixo, e voltei a pendurar as roupas. Acho que nunca mencionei qualquer coisa sobre Lola para as meninas – não tem coisa que odeio mais que fofoca – e fiquei imaginando o que elas pensaram a respeito dela. Talvez o fato de elas terem fuçado um pouco não tenha sido algo tão ruim. Virgie já estava quase crescida e ficava tão ocupada ajudando em casa que quase nunca via a casa dos outros. A não ser a dos parentes e a dos seus amigos. Seria bom que ela e Tess vissem como nós éramos abençoados pelo trabalho e pela determinação do pai delas. Tess tinha a mania de ver o mundo somente como um parque de diversões cheio de coisas boas. Isso a fazia uma criança feliz, sempre sorridente, mas eu me preocupava com o tipo de adulto que ela se tornaria. Uma vez ela reclamou por eu tê-la mandado para um piquenique só com uma batata assada fria. Ela achou que era vergonhoso. Será que Lola e seus filhos a fizeram pensar naquela batata assada? Percebi que ela falava menos sobre coisas mágicas no fundo do poço agora que estava vivendo mais nesse mundo que naquele que existe dentro da cabeça dela. Eu esperava que isso fosse bom.

Se as minhas filhas queriam enxergar o que viver custava a algumas dessas mulheres, eu não achava que seria ruim para elas.

Virgie Henry Harken foi me encontrar depois da igreja mais duas vezes. Eu tinha cada vez menos o que dizer, e ele tentava cada vez mais comprar doces para mim.

A última vez que ele me acompanhou até em casa, quis parar para cumprimentar o dr. Marshall, cujo escritório ficava em frente ao banco. Todo mundo sabia que o dr. Marshall precisou pagar pelo vitral do banco três vezes, porque sempre o destruía com o carro quando tentava estacionar. A gente era cliente do dr. Grissom, então tudo o que eu sabia do dr. Marshall era que ele tinha problemas de direção.

— O carro dele está aqui, então ele deve estar aí dentro — disse Henry.

— Sua família é cliente dele? — perguntei.

— Meu pai é amigo dele, então, sim.

— Ouvi dizer que ele é péssimo motorista.

Henry riu.

— Ele vive dizendo "opa" em vez de pisar no freio.

Essa foi a primeira vez que Henry me fez rir. E ele ficou interessante naquele segundo. Porém, eu continuava não gostando muito dele e não via motivos para mudar de opinião. Havia outro garoto na igreja que tinha começado a se sentar do meu lado – Tess e eu algumas vezes nos sentávamos no banco na frente de mamãe e papai –, mas ele se atrasava muitas vezes, e aí já não havia lugar para ele. Nesses dias, ele esperava no fundo e andava comigo até o carro. Mas só até o carro.

Papai nem sequer comentou nada sobre esse garoto, e concluí que devia ter a ver com a pouca distância: quanto mais longe um rapaz me acompanhasse, mais interessado ele estaria. Uma caminhada curta até o carro não preocupava papai.

Vez ou outra um garoto me acompanhava da escola até em casa, mas Tess ia conosco, e papai, em geral, nem ficava sabendo. Eu contava para mamãe e deixava a critério dela decidir se valia a pena ou não contar algo. Em geral ela não falava nada, e eu ficava contente. Porque, mesmo que Henry tenha me assustado na primeira vez em que apareceu na igreja, logo eu já não ficava mais preocupada com as caminhadas, nem um pouco. Eu me acalmei quando percebi que aquilo não significava que um garoto amava você nem que queria casar com você; ele só achava que passar cinco minutos na sua presença podia ser um jeito legal de ocupar o tempo. Ou talvez ele gostasse de olhar para você e quisesse olhar um pouco mais. As caminhadas eram coisas fáceis, naturais, nas quais se esperava pouca coisa de mim. Os garotos gostavam de falar, e não era difícil escutar. Eu podia balançar a cabeça e dizer "Hum, eu não sabia disso", e os garotos ficavam perfeitamente contentes. Ou, se eu queria dizer algo – qualquer coisa –, eles também se alegravam muito com isso. Era difícil errar quando percebi que a única coisa que eles queriam era despertar meu interesse por eles.

Então todas aquelas caminhadas serviram seu propósito, e depois de algumas semanas passou a ser normal que esse garoto ou aquele outro estivessem ao meu lado. Por algum motivo, o fato de Henry ter me pedido (ou melhor, pedido a papai) daquela primeira vez abriu a possibilidade para os outros, e fiquei agradecida a ele por isso, por alguma coisa me forçar a enfrentar aquilo que tanto me amedrontava.

E fiquei agradecida por ele ter me apresentado ao dr. Marshall. O médico veio atender a porta naquela tarde de domingo, e de repente eu estava olhando um montinho de cabelos brancos e um sorriso grande e largo, com os dentes mais retos que já vi. Gostei dele logo de cara. Ele me cumprimentou como se eu fosse um homem adulto, com um aperto de mão firme em vez de segurar a ponta dos meus dedos. Ele disse que eu era adorável e perguntou o que eu fazia acompanhando "o camarada Harken".

— Eu não passei aqui para você falar mal de mim — disse Henry.

— Só achei que deveria avisar a moça — falou o dr. Marshall, olhando para mim. — Ele se arruma bem, mas é pura encrenca.

Então ele perguntou se eu gostaria de ver o consultório, mas eu respondi que tinha de ir para casa para almoçar.

— Virgie Moore — disse ele. — Eu não tinha me dado conta antes; foram vocês que encontraram o bebê.

— Sim, senhor — falei e repeti o que eu tinha ouvido sempre depois que qualquer pessoa mencionava o bebê: — Não é a coisa mais horrível do mundo?

Mas ele foi a única pessoa que não deu a resposta normal: "Certamente".

Em vez disso, ele disse:

— Não *a* mais terrível.

Nem eu nem Henry respondemos, e o sorriso dele surgiu de novo, não tão grande, e pensei que as marcas em seu rosto combinavam com ele. Não consegui imaginá-lo jovem.

— Eu não devia ter dito isso. — Ele deu de ombros. — Mas existem jeitos horrorosos e demorados de bebês morrerem. Coisas horríveis podem acontecer. Ser enterrado em um poço não é nem de perto o pior que consigo imaginar.

— Qual o pior em que você consegue pensar? — perguntou Henry.

Parte de mim achou que ele assistiu a *Frankenstein* vezes demais e que estava interessado em coisas mórbidas. E parte de mim ficou imaginando o que o dr. Marshall iria dizer.

Nenhum sorriso dessa vez, mas o médico ficou considerando a pergunta de Henry por um bom tempo.

— Bem — disse ele para Henry. — Não sei o pior, mas estar sozinho, realmente sozinho, está lá em cima da lista. Pelo menos a mãe do bebê o deixou com pessoas que se importariam com ele, que fariam a coisa certa por ele.

E então, sem ele nem mesmo olhar para mim, muito menos me perguntar algo, eu respondi. As palavras saíram da minha boca fluidas e fáceis, como se eu falasse com adultos desconhecidos o tempo todo.

O que eu quis dizer, acho, era que queríamos saber quem tinha feito aquilo.

Eu disse:

— Queríamos saber o nome dele.

O dr. Marshall reagiu como se o que eu tivesse dito fosse exatamente o que ele esperava que eu fosse falar. Como se em todas as outras conversas que ele tivera com garotas que encontravam bebês em seus poços, as garotas dissessem exatamente a mesma coisa.

— É isso — comentou ele. — É exatamente isso.

Tess   Fui com a minha prima Emmaline ao culto batista ao ar livre. Tio Bill e tia Merilyn se sentaram atrás de nós, mas não ficavam de olho na gente tanto quanto mamãe e papai. E também por ser culto ao ar livre a gente estava do lado de fora, só com postes de madeira ao redor e um teto feito de arvorezinhas e mato misturados. Era uma tenda caseira, montada em pleno bosque. Só isso já tornava o culto deles melhor do que o nosso – dava pra sentir o vento no rosto, e algumas vezes uma mariposa voava bem na nossa frente, procurando uma das lamparinas que estavam penduradas em volta do púlpito, que era na verdade só uma mesa alta e estreita com uma prateleirinha perto dos pés. As mariposas voavam em volta das lamparinas e desciam até a tenda toda vez que o pastor estava falando, como se elas também tivessem ouvido o chamado de Deus.

E não vamos nem falar que aquelas lamparinas eram uma péssima ideia, porque bastava um passo em falso de alguém e a congregação inteira pegaria fogo de uma vez só. Acho que a presença de Deus estava tomando conta disso.

Uma coisa boa nos batistas era que eles cantavam muitas das mesmas canções que a gente. Quando eu ia nos cultos metodistas com Emmaline, tinha de fingir estar cantando pra parecer que eu sabia o que estava fazendo.

Desse pastor batista específico, eu não gostava muito. Pra começar ele era muito magrelo. Dava a impressão que a gente poderia se cortar com os ossos da bochecha dele. E ele parecia bravo, gritando cada palavra que dizia. Achei que talvez fosse porque ele não comia o suficiente. Só que o mau humor dele impregnou o sermão; ele pregou sobre como esta terra não era nosso verdadeiro lar e como a gente só estava aqui por um curto tempo, até chegar ao nosso verdadeiro lar. Ele falou sobre não se apegar ao dinheiro ou a coisas materiais e sobre como devemos nos afastar deste mundo e amar o outro. Será que ele estava certo? Nunca gostei de sermões falando que este mundo era apenas uma parada de trem. Aqui sempre me pareceu um lugar bem legal, com magnólias, bolo de chocolate e pintinhos. Mas podia ser que eu não tivesse entendido algo importante, que realmente a terra era um lugar cheio de ódio e perigos, como o pastor disse. Que a Mulher do Poço era só o começo das coisas importantes que eu veria. Talvez os gambás comedores de fadas importassem mais que as magnólias.

Muitas pessoas que não eu devem ter achado que aquela era uma lição extraordinária. Um punhado de mulheres e alguns homens se acotovelaram até a frente, enxugando os olhos, se abaixando no chão na frente do pastor e esperando que ele abraçasse eles e desse tapinhas nos ombros deles. Nunca vi tanta gente ir lá na frente. Será que todos eles queriam ser batizados? Achei que poderia ser interessante, já que nesse caso a gente teria de levar as lamparinas até o riacho. As mariposas provavelmente iriam com a gente.

Mas, ao que tudo indica, nenhum deles precisava ser salvo – eles só se sentiam tomados com seus pecados e queriam que rezassem por eles. O pastor começou a cantar *Amazing Grace*, depois se abaixou para reconfortar – ou assustar, eu não sabia direito – as pessoas que tinham se aproximado. Muitas das mulheres choravam, e uma com tanta força que seu colarinho estava molhado. Ela não parecia nem um pouco familiar.

— Quem é ela? — sussurrei pra Emmaline. Tia Merilyn e tio Bill não lançaram nem um olharzinho em minha direção.

— Não sei — respondeu ela.

Outros homens e mulheres estavam cercados por grupos de pessoas que os cumprimentavam com abraços e, às vezes, beijos no rosto. Aquela mulher estranha não tinha ninguém ao seu lado. As pessoas passavam por ela, davam tapinhas nela e sorriam, mas ninguém ficava tempo suficiente ao seu lado pra que ela chegasse a formar seu próprio grupo.

Tia Merilyn devia ter ouvido minha pergunta. Ela se inclinou e cutucou meu ombro.

— Acho que ela é de Brilliant — sussurrou ela. — Veio morar com a irmã em algum lugar por aqui. Não me lembro quem.

Bom, já que ela mesma tinha quebrado a regra de não falar na igreja, decidi quebrá-la de novo também.

— Ela não tem ninguém, tia Merilyn — sussurrei, por sobre o ombro. — Ninguém parou pra ficar com ela.

Tia Merilyn, que Deus a abençoe, nem mesmo me respondeu. Ela observou a mulher por um tempo, olhou pros outros pecadores que tinham ido lá na frente e pulou da cadeira em direção ao púlpito. Aquilo me pegou de surpresa, mas eu com certeza preferiria andar a ficar presa em uma cadeira. Além do mais, era preciso levar em consideração os sentimentos da mulher. Eu segui tia Merilyn, e Emmaline me seguiu.

A mulher ainda estava chorando quando chegamos lá, e tia Merilyn tinha se sentado ao lado dela e estava acariciando seu cabelo escuro, afastando ele de seu rosto. Fiquei imaginando como ela e mamãe aprenderam a confortar as pessoas do mesmo jeito. Ela até mesmo alternava acariciar com a palma da mão e depois com o nó dos dedos, igualzinho a mamãe. Só que aquilo não estava ajudando muito a mulher. Eu não conseguia ver o rosto dela por causa do jeito como ela chorava forte, balançando os ombros e com a respiração entrecortada.

— Deus tenha piedade de mim — dizia ela, entre uma fungadela e outra. — Eu não mereço o perdão.

— Deus perdoa você do mesmo jeito, meu amor — disse tia Merilyn. — Ele ama você.

Não parecia uma boa hora pra eu me apresentar.

— Ele não ama — falou a mulher. — Não agora. Como Ele poderia?

Tia Merilyn soltou um som de desaprovação e continuou alisando o cabelo da mulher e batendo nas suas costas, aí a mulher se acalmou um pouco e não disse mais nada. Tia Merilyn enxotou Emmaline e eu de volta pros nossos lugares. Fiquei pensando comigo mesma que tinha encontrado outra pessoa que concordava que, se havia fadas na floresta, então devia existir algo feio que as comia.

ALBERT — Ficou sabendo dos terriers? — perguntei a Bill Clark.

No jornal da manhã tinha uma matéria sobre dois terriers que mataram uma pilha de setenta e duas ratazanas, mais alguns ratos do campo que o fazendeiro não se deu ao trabalho de contar. Uma quantidade e tanto de ratos.

— O que você faz quando tem setenta e dois ratos em uma pilha? — perguntou ele, sorrindo.

Mesmo sendo um homem grande, bem maior que eu, quando sorria Bill era capaz de fazer você esquecer o tamanho dele.

Aquele sorriso era metade "cabulei aula" e metade "amarrei o rabo do gato". E eu pensava que aquele sorriso era uma das razões pelas quais seus negócios iam tão bem: ele tinha uma loja de móveis também. Vendia boas mercadorias, com preços justos, e era um homem honesto. Mas, acima de tudo, todos gostavam dele. Se as pilhas de revistas e os bolos decorados não faziam sua cabeça, aquele "Como vai?" em tom alto de Bill faria.

— Espera os gatos chegarem — respondi.

Ele riu, devagar e em tom baixo, sem apressar a diversão. As caixas espalhadas à sua frente não estavam abertas, e, com uma mão frouxa, ele segurava um canivete.

— Bom ver você, Albert. Faz mais de uma semana.

Estávamos no fundo da loja, e meus filhos corriam soltos na parte da frente. Eles nunca se cansavam de vir visitar – as garotas beijavam o tio no rosto, depois iam admirar as prateleiras. Sapatos cobriam a parede esquerda, ao lado dos rolos de tecidos. No fundo, havia *cookies* em prateleiras do tamanho de dois homens lado a lado. Tinha uns cobertos com chocolate; com glacê amarelo, vermelho e verde com coco ralado; com açúcar; com chocolate granulado... Virgie sempre estava lá. Tess ficava perto do barril de biscoito água e sal, parecendo que queria pular, e Jack estaria olhando as facas.

— Leta foi se encontrar com Merilyn durante o dia, antes de eu chegar — comentei com meu cunhado. — Então decidi que se quisesse ver você, precisava dar um pulo até aqui.

— Leta está aqui?

— Em casa.

Na casa dele havia um pequeno piano para a filha e, mesmo não entendendo bem dessas coisas, eu sabia que os vestidos de Merilyn eram um pouco mais modernos que os de Leta. Leta nunca comentava nada. Eu não poderia bancar um piano, mas, também, minhas filhas não eram voltadas à música, então isso não me preocupava muito. A família dele tinha bastante dinheiro, mas também não era milionária. Jesus, Walter Bank-head construiu uma casa de vinte mil dólares em Jasper. Gastando tudo isso, ele deve ter fechado um contrato com Deus Todo-Poderoso pra ter ruas pavimentadas com ouro e portões de pérola.

— Pelo jeito os negócios vão bem.

Bill parou de se mexer completamente, de costas viradas para mim, e por fim abaixou a cabeça e soltou o fôlego explosivamente.

— Não duro até o ano que vem, se as coisas continuarem assim. Vou ter de fechar.

Eu não teria ficado mais chocado se ele tivesse me contado que durante a noite ele se transformava num gambá e se pendurava em árvores.

— Não faz sentido. Não passa nem dez minutos sem alguém comprar algo.

Ele passou uma mão grande e enrugada pelos cabelos.

— Eles não estão pagando.

Aí entendi e me senti envergonhado por ter inveja do piano.

— Quanto você está deixando que eles levem sem pagar?

— Quanto precisarem. Não sou eu quem vai dizer não para uma pessoa que não pode dar comida pros filhos só porque as minas estão fechando.

— Quanto eles estão lhe devendo?

Ele correu a língua pelos dentes.

— Você sabe que eu não vou falar pra ninguém — falei.

— Acho que uma dúzia deles está me devendo duzentos, trezentos, cada um. Alguns milhares, no total.

— Merilyn sabe que você está fazendo isso — falei, certo de que ela sabia.

— Claro. Ela me enforcaria se eu não fizesse isso. Você já viu ela enxotar um homem tentando comprar comida?

Eu nem me dei ao trabalho de responder.

— Qual o tamanho do estrago?

Ele deu de ombros.

— Ah, não tanto que eu não vá mais ter comida na mesa. Ainda estamos melhor que muita gente. Tô planejando fechar a loja de móveis mês que vem; talvez um pouco depois. Essa loja aqui talvez dure até a primavera.

— Não sei como ajudar você.

A quantidade que ele estava falando era alta demais pra eu sequer imaginar. Qualquer ajuda que eu pudesse lhe dar não seria muito mais que troco pras crianças comprarem doces.

— Não; eu nem pediria ajuda. Não devia nem ter dito nada, só que isso tem pesado na minha consciência ultimamente. Eu me sinto bem melhor agora, depois de ter contado.

— Sua família sabe?

— Não todo mundo.

— Vou rezar por vocês, torcendo pras coisas melhorarem.

Pras coisas melhorarem pra ele, elas teriam de melhorar pra toda a cidade, claro, então havia várias orações sendo ditas com essa intenção, mesmo sem a minha contribuição.

— Vai dar tudo certo — disse ele. — Eu tenho ideias pro que possa vir depois.

O sorriso dele estava de volta e suas mãos estavam ocupadas pela primeira vez desde que ele começou a falar da loja. Eu sabia que ele queria que eu perguntasse sobre essas ideias dele, então foi o que fiz, e ele abriu mais algumas caixas sem erguer os olhos.

— Não posso dizer mais nada por enquanto — respondeu ele, por fim.

Bem, isso levantou os ânimos. Aquilo era Bill Clark puro, conduzindo e provocando a conversa do mesmo jeito que alguém conduziria e provocaria um cavalo com um torrão de açúcar. Ele queria que eu insistisse em saber o que ele tinha em mente, mas eu não iria fazer isso.

— Bill, você nasceu pra atormentar as pessoas. Nunca conheci ninguém que gostasse de contar meia história e depois só ficasse esperando as pessoas espumarem.

— O mais provável é que eu esteja esperando você me ajudar com essas caixas.

Ele inclinou a cabeça na direção de uma pilha de três caixas ao lado da parede.

Balancei a cabeça e caminhei até atrás da mesa de contagem de estoque. Ele fez um sinal pra umas caixas de papelão de tamanho médio em um dos cantos, e nós dois nos abaixamos, fazendo os joelhos estalarem como folhas secas, e apanhamos uma.

— Como vai Tess? — perguntou ele, com a camisa esticada nas costas.

— Acho que melhor.

— Deve ter sido difícil pra ela. Merilyn me disse que ela ainda está tendo pesadelos.

— Agora já melhorou.

Colocamos a carga no chão e voltamos pra pegar mais.

— Eu me lembro de que Merilyn sempre esfregava as orelhas das meninas quando elas tinham sonhos ruins. Jurava que isso tinha o poder de acalmar.

— Leta fez isso. Deu leite quente, também. Algo deve ter funcionado; não a ouvi mais gritar ou gemer esses dias.

Bill sempre levava um caderno no bolso da camisa, junto com uma caneta-tinteiro azul que estava sempre vazando. Era comum vê-lo com uma camisa branca brilhante, passada até ficar como uma folha de papel, mas com uma mancha azul escorrendo pelo peito. Eu já estava vendo um ponto azul. Após mexermos em três caixas cada um, fiquei de lado enquanto ele abria a que estava mais em cima e começava a tirar punhados de meias brancas. Os lábios dele se mexiam enquanto ele tirava um par atrás do outro, e logo ele abriu o caderno.

— Setenta e cinco pares — disse ele. — Deve ter mais setenta e cinco de meias pretas.

Ele abriu a próxima caixa. Seus dedos grandes separaram as abas depois que o canivete cumpriu sua função.

— As pessoas podem apertar o cinto comprando menos pão ou café, ou até mesmo sapatos, mas elas sempre vão precisar de um par de meias novas — comentou ele. As meias pretas formavam uma pilha ao lado das brancas. — Sabe, você teve sorte de seu poço ser abastecido pelo riacho e não ter se envenenado. Essa não é uma boa hora pra cavar um novo poço.

Não passei muito tempo pensando por esse lado.

— Você acha que alguém queria estragar a água?

Ele olhou pra mim, com a faca na mão.

— Não disse isso. Não quis dizer isso, também. Acho que tudo isso não passa de uma mulher que perdeu a cabeça.

— E neste último mês ninguém daqui notou uma mulher doida andando por aí sem seu bebê?

— Pois é.

A caixa seguinte estava lotada de botões. Parecia que um arco-íris tinha sido quebrado em pedacinhos por um martelo.

— Ela deve ter tido um motivo pra escolher nossa casa — tentei novamente.

Eu não me importaria de ouvir mais do que duas palavras de comentários.

— Não. Não precisa de razão, quando a cabeça está perturbada.

Quando eu fui reunir as crianças na frente da loja, ele ainda estava separando os pedaços de arco-íris. Engraçado, pensei entre passos, deixando Bill pra trás e indo pegar as crianças, ele não tinha ajudado muito a completar o quebra-cabeça. Apesar de ser um homem de negócios, que tinha mais educação que eu e mais dinheiro, ele nem parecia enxergar direito um quebra-cabeça.

Voltei pra casa com as crianças, arrastando-as pra longe dos biscoitos e doces de um centavo e das carreiras de botões. Elas correram na minha frente a maior parte do caminho, e eu gostei de seguir suas pequenas pegadas na poeira.

Senti o cheio do jantar assim que entrei em casa, e Leta deve ter ouvido a porta de tela, porque me chamou tão logo coloquei os pés dentro da casa. Pãozinho branco quente com fatias grandes de tomate e pedaços grossos de cebola e uma panela de feijão branco e abobrinha frita. Ela tinha se superado.

Nenhum homem poderia ter filhos mais bonitos. Algumas vezes, ao me sentar pra jantar – embora Leta sempre brincasse comigo por comer como se alguém fosse arrancar o prato de mim a qualquer instante –, eu me esquecia de dar uma garfada por estar olhando pras crianças. De repente eu pensava que o cabelo de Tess estava mais preto do que o normal, ou que Jack não tinha antes tantas sardas no nariz, ou que Virgie tinha um jeito de morder os lábios que me fazia lembrar a minha mãe. É de pensar que após todos esses anos eu conheceria meus filhos, mas eu sempre encontrava algo novo. E o jantar era praticamente o único momento em que eu via todos eles juntos e quietos.

Havia algo de perfeito em uma colher de feijão grosso e um pedaço de cebola doce. Aquela mistura de quente e frio, macio e crocante. Leta era uma ótima cozinheira, melhor do que qualquer outra mulher que já conheci, mas o maior mistério era como ela sabia o que devia combinar, que mistura de alimentos encheria a boca do jeito certo. Feijão e cebola. Abobrinha e tomate. Eram aqueles gostos diferentes juntos, aqueles que não faziam o menor sentido colocar na mesma garfada, de que sua língua realmente se lembrava.

6
Colheita de algodão

JACK   Em 1934, depois que foi obrigado a fechar a loja, tio Bill concorreu a uma vaga na câmara legislativa estadual e venceu. Perto do fim da Grande Depressão, ele conseguiu os endereços de todos os mineiros que haviam se mudado e escreveu mais de cinquenta cartas, as quais diziam: "Caro Tom: Você me deve trezentos e setenta e cinco dólares em conta de supermercado. Se me pagar cento e cinquenta, estou disposto a quitar a dívida."

Uma carta simples e direta, cada uma com um valor e um nome diferente.

Vi aquela lista de nomes e endereços escrita no garrancho de tio Bill nos papéis de carta pautados de tia Merilyn. Ele datilografou as cartas e montou uma lista com os nomes, para checar ao receber as respostas.

Alguns nunca responderam. Outros lhe enviavam cinco dólares de tempos em tempos, dizendo que agradeciam sua compreensão e que o pagariam em parcelas. Um deles escreveu: "Você alimentou minha família quando ela estava quase morrendo de fome. Vou lhe pagar cada centavo que devo". Levou cinco anos, mas ele pagou.

Esse homem foi o único que teve um círculo azul desenhado ao redor do seu nome na lista de tio Bill. Eu o via sempre que passava pela folha de papel fixada na escrivaninha de meu tio, bem ao lado do calendário dos Navios da Marinha. Ainda me lembro do nome, posso vê-lo com o azul cortando os topos dos "t"s: Norman Bett.

Tio Bill repetia aquele nome sempre que recebia um pagamento dele: "Mais um do velho Norman!"

Não sei se ainda resta alguém que conheceu Norman e poderia reconhecê-lo em uma foto desbotada e manchada que passou tempo demais guardada em uma caixa de sapatos ou no fundo de uma gaveta. Porém, seu nome está gravado em minha cabeça, mais que apenas um punhado de cartas juntas.

Seu nome não desbotou, de jeito algum.

Uma das irmãs de mamãe, Emmaline, morreu aos dezoito anos, e tia Merilyn deu esse nome para sua filha mais nova em homenagem a ela. A neta dessa filha deu o nome de Emmaline para a filha mais nova. Quando a família e os amigos se juntaram em um pequenino quarto de maternidade em Boston, Massachusetts, em 2004, enviando mensagens de texto com as boas novas enquanto esperavam a vez para tocar nos dedinhos de um bebê de cabelos negros, eles também estavam tocando parte de uma garota que morreu silenciosamente sobre uma colcha feita à mão em 1906.

TESS   Com a escola fechada para a colheita de algodão, a gente costumava ajudar em casa; algumas vezes subia a montanha ou recolhia a correspondência, se tinha sorte. Mamãe dava bastante serviço pra mim e pra Virgie – quase sempre limpar o chão – e Jack pegava sapos ou peixes, algo que não fosse serviço pesado. Mas nunca colhíamos algodão: era trabalho duro, dizia papai, não era pras crianças, e as pessoas que viviam nas fazendas tomavam conta disso.

Mas, em frente ao fogo, certa noite naquele outono, papai curvou o dedo na direção de nós três depois de chamar nossa atenção assoviando bem alto e rápido. A gente estava sentado lado a lado a quase um braço de distância da lareira; éramos esponjas de calor com os olhos pesados. (Eu ficava pensando se ficar bêbado era igual a ficar muito perto do fogo. Ouvi gente dizer que uísque queimava a garganta. E uma vez, quando fui à casa de Marianne, aconteceu que o pai dela guardava um pouco de cerveja caseira na batedeira de manteiga que ficava na varanda, e aquilo de alguma forma virou. Quando Marianne e eu fomos lá fora, vimos o gato naquela bagunça andando em ziguezague por toda a varanda. Ele quase bateu na parede. Eu não disse nada pra mamãe e papai. Só que foi assim que eu me senti, quando tentei andar do fogo até a cama. Pra mim, a polícia poderia às vezes confundir alguém muito aquecido com alguém bem bêbado.)

Todo mundo se assustou com o assovio de papai, e começamos a nos virar na direção da sua cadeira. Mas ele levantou a mão e deslizou o corpo pela cadeira de balanço, estalando os joelhos depois de alcançar o chão. Ele fez uma careta.

— Vocês vão ter que ir lá levantar seu pai — disse mamãe, sem tirar os olhos da sua costura.

— Eu levanto o senhor — respondeu Jack sem demora, parecendo contente de estar em pé de igualdade com papai em alguma coisa. Papai o puxou e atirou por sobre os ombros, enquanto Jack ria e gritava, se debatendo.

— Que tal se eu levantar você?

Eu me lembro de papai segurando meus pulsos com uma mão e os de Virgie com a outra, para levantar nós duas do chão até a gente ficar mais alta que sua cabeça. Ele conseguia fazer isso até a gente perder o equilíbrio – pra baixo, pra cima, chão, teto, os joelhos de papai, seu sorriso largo. Ele dizia que precisava se exercitar pra não ficar cansado e assim não perder o pique.

Ele colocou Jack de pé. Jack estava vermelho como uma beterraba, por causa do calor e de ter ficado de ponta-cabeça.

— Escutem — falou papai. — Tenho uma proposta pra vocês. Se quiserem colher algodão amanhã, podem ficar com o dinheiro do que conseguirem colher. Eu vou ajudar os Talbert, mas não vamos conseguir colher tudo. Na temporada passada, um quarto da produção ficou lá e apodreceu.

— Você nunca nos deixa colher algodão — comentou Virgie.

Isso todo mundo já sabia, então não sei por que ela se deu ao trabalho de dizer.

— Não faria mal nenhum vocês tentarem uma vez — disse ele, olhando para mamãe.

— Vocês vão ver o que é um dia na vida das garotinhas e dos garotinhos que têm de fazer a colheita — falou ela.

Ela e papai olharam um para o outro, e torci pra me lembrar de mais tarde perguntar pra Virgie se ela sabia o que aquele olhar queria dizer.

— O máximo que a gente conseguir colher? — perguntou Jack.

— É — respondeu papai.

— A gente não sabe fazer isso — falei.

— Eu ensino — disse ele. — Mas precisamos sair de casa amanhã às seis.

A gente nunca passava tempo só com papai. Algumas vezes ele e Jack trabalhavam no jardim juntos, e talvez uma vez por ano ele me levava ou levava Virgie até a cidade sem mais ninguém no carro. Mas um dia inteiro com papai? Eu não conseguia me lembrar de um dia assim.

— Então vamos tomar café da manhã juntos? — perguntou Virgie, meio que pra si mesma.

— Depende da sua mãe. — Papai tinha apoiado as mãos no assento da cadeira de balanço e se colocado de pé de novo.

— Vamos, sim. Não vejo por que não — respondeu mamãe. — Isso se o pai de vocês já tiver saído do chão. — Ela sorriu um pouco, só uma curva dos lábios. Quase nunca vi os dentes de mamãe.

Papai não respondeu, só deu um impulso na cadeira pra ficar em pé. Ele caminhou até a cadeira de mamãe no maior sossego e tirou a agulha e a meia das mãos dela. Ela só conseguiu dizer um "quê...?" antes de ele fazer ela ficar de pé, se abaixar e jogar ela sobre os ombros.

— Albert Moore! — estrilou ela. — Minha nossa, você merece ser chicoteado! Ponha-me no chão!

Ela não chutou nem bateu nas costas de papai como Jack fez, mas se remexeu um pouco. Sua trança se desprendeu do coque e caiu, quase tocando o chão. As solas dos pés dela eram estranhas daquele ângulo, pequenas, com calcanhares sujos e dedos e curvas pálidas.

Eu, Jack e Virgie soltamos um grito e saltamos de pé também. A gente nunca tinha visto mamãe no ar antes.

— Albert! — gritou ela, de novo.

Então ele se virou e piscou para nós, se abaixou de novo, quase se sentando, e com um só movimento colocou ela nos braços, se sentou na cadeira dela e colocou ela no colo. Dessa vez ela começou a se remexer de verdade, tirando as mãos dele da sua cintura.

— As crianças, Albert — disse ela, com o rosto rosado.

— Pode sentar no colo dele, mamãe — avisou Jack. — A gente não liga.

Mamãe bufou e parou de se contorcer. Ela deu o mesmo meio-sorriso para papai, e logo ele tirou as mãos da cintura dela, pousando-as em seu quadril. Ela se levantou em um pulo e logo estava do outro lado da sala, antes mesmo que papai começasse a rir. Sua risada era seca e intensa, o mesmo som de quando a gente passa a mão no bigode dele.

— Sem-vergonha — disse mamãe.

Ela voltou andando, parecendo que fugiria a qualquer segundo, fazendo círculos ao redor dele pra recolher sua costura. Ele só reclinou e sorriu largo. Com as meias e a agulha na mão, mamãe parou e se virou para nós, olhou pro papai e passou a mão nos cabelos dele. Só por um segundo, ela deixou os dedos ali, mas aí ela os tirou logo, olhando feio na direção dele até ele sair da cadeira dela.

Na manhã seguinte fomos até a fazenda a pé, e não de carro, porque o dia estava claro e gostoso, mesmo com o sol ainda fraquinho. A fazenda tinha plantações de melancia e milho, grandes terrenos pra cada um, mas era o algodão que precisava ser colhido. Cada planta tinha um cronograma bem marcado.

Quando chegamos perto do algodão, aquilo virou quase tudo o que dava pra ver: fileiras e fileiras de algodão. A casa simples de madeira e o quintal sujo onde os Talbert moravam estavam ali só como um detalhe. Eu vi dois chapéus – ambos de palha e com abas largas – caminhando pelas fileiras. Papai deve ter visto também, porque gritou:

— Vamos começar pelas fileiras de trás.

E com isso o sr. e a sra. Talbert surgiram por entre o algodão. Baixa e atarracada, a sra. Talbert parecia um cogumelo com aquele chapéu.

— Encontramos vocês no meio da plantação — gritou de volta o sr. Talbert. — Ao menos assim espero.

Foi tudo o que a gente disse pra eles. Papai nos levou até o outro lado da plantação de algodão. Pegou o primeiro pé e puxou uma haste até nós. Era uma nuvem em uma vareta, meio suja, mas com cara macia e fofa. Seria o mesmo que colher travesseiro. Papai explicou como tirar a parte fofa da cápsula espinhenta, arrancando com um puxão só. Ele o colocou no saco de Jack, dizendo que aquele era de graça. Pôs Jack e eu em lados opostos da mesma fileira e instruiu Virgie a ir pra próxima fileira com ele. Tive vontade de estar na mesma fileira que papai. Só que não tive tempo de ficar com ciúmes, porque logo ele e Virgie estavam de volta à nossa fileira.

— Vocês tomem cuidado e não misturem a parte marrom com o algodão — disse ele. — Tudo deve ser branco quando levarmos até o descaroçador.

Perdi meu tempo me preocupando por que Virgie passaria mais tempo com papai do que eu: ele já estava de volta à sua fileira, jogando algodão dentro do saco, antes mesmo de qualquer um de nós abrir os nossos.

— Tudo bem com vocês? — perguntou ele.

Ele colhia tão rápido que suas mãos eram borrões.

— Sim, senhor — respondemos todos, embora nenhum de nós ainda tivesse colhido nada. Coloquei um dedo ao redor da minha primeira cápsula. Não era nem um pouco parecida com um travesseiro; era dura e grudenta, e lutou pra manter seu tanto de algodão bem ali onde estava.

— Ai — falou Jack, ao meu lado. — Isso morde.

Continuamos por mais alguns metros, curvados e lentos, enfiando a ponta dos dedos embaixo da bolinha de algodão e tentando tirar mais a parte macia do que a grudenta. O sol ainda não tinha batido no alto das fileiras, e meus dedos já estavam esfolados. Olhei pra ver se tinha sangue e não vi nada. Ouvi um barulho de folhas vindo da fileira de Virgie, mas ela não disse nada.

— Tá conseguindo, Virgie? — Examinei o algodão, empurrando o cabelo que tinha caído no rosto de volta para o laço de fita.

— Tentando pegar o jeito.

— Meus dedos tão doendo — disse Jack.

— A gente mal saiu de onde começou — falei. Eu me endireitei e tentei amarrar de novo meu laço de fita. — E meu cabelo tá se soltando. Virgie...

Ela já estava empurrando minhas mãos pra longe antes mesmo de eu terminar de falar. Prendeu um rabo-de-cavalo bem firme, quase machucando minha cabeça, mas eu sabia que ficaria preso.

— Pronto — disse ela. — E não olhe para o fim da fileira. Isso só nos faz ir mais devagar. Olhe para uma planta de cada vez. Daí você perde a conta.

Continuamos assim, desajeitados e desastrados, até que finalmente eu vi uma gota de sangue em um pedaço de algodão. Meus dedos estavam bem vermelhos, sensíveis e machucados em vários lugares. Eu me senti orgulhosa. Coloquei o algodão ensanguentado no dedo que estava pingando e puxei a fita do cabelo pra amarrar ao redor dele. Não dava pra ter todo aquele trabalho e manchar o algodão.

Os galhos e as pedras cortavam meus joelhos até mesmo através da saia, e minhas costas doíam.

— Virgie — chamei, por cima do algodão. — Eu te falei da mulher no culto?

— Nuh-uh — disse ela.

Eu me levantei, mas dava pra ouvi-la se mexendo, então tentei colher ao mesmo tempo em que falava.

— Teve uma mulher que ninguém conhecia que foi até o altar e chorou sem parar, aí quando eu e tia Merilyn fomos até lá, ela disse que tinha cometido um pecado e que Deus não deveria amar mais ela.

— Você foi até o altar?

— Não, não pra pedir perdão. Tia Merilyn foi consolar a mulher, e eu fui junto. Só que isso não parece estranho pra você? Ela falar sobre Deus não a amar mais?

— Você a reconheceu?

— Bom, não. Só que ela tava sentada e não deu pra ver direito, com ela toda encolhida.

Passei a mão pela testa, e uma pequena chuva de suor caiu.

— Reconhecer de onde? — perguntou Jack, que tinha se esquecido do seu saco de algodão. — De colocar o bebê no nosso poço?

— Quieto, Jack — respondi. — Você é pequeno demais pra falar sobre isso.

— Não sou, não.

— É, sim. Pare de interromper.

— Eu quero saber quem fez aquilo — disse ele.

— Você vai ter muito mais algodão do que Tess, já que ela está ocupada tagarelando — falou Virgie.

Isso fez com que ele sorrisse, e ele voltou à colheita.

— A gente não a conhece? — perguntou Virgie.

— Tia Merilyn disse que ela é a irmã de alguém e morava em Brilliant.

— Mas não faz sentido ela ter vindo até o nosso poço! Por que alguém que não conhecemos escolheria o nosso poço?

A gente ficou pensando sobre isso um tempo. Um mosquito voou no meu olho e eu o tirei todo enrolado em forma de bolinha, como se fosse dormir.

— Será que ela tava só passando por ali? — disse Jack.

Nenhuma de nós duas respondeu, mas eu não conseguia pensar em uma resposta melhor.

— Não pode ser ela — falou Virgie, afinal. — Essa mulher podia estar chateada por ter gritado com os filhos ou por ter pensado coisas ruins do seu vizinho. Podia ser por qualquer motivo.

Não dava pra discutir com ela, e eu sabia que uma parte de mim não queria abrir mão da ideia de que a Mulher do Poço não era alguém que a gente cumprimentava todo dia. Logo deixei aquilo pra lá, e não tinha nada além de algodão na minha mente, nas minhas mãos e até mesmo na minha boca. Já brilhava o sol do meio da manhã, e eu parecia não conseguir me desligar do tempo. Nunca vi um sol andar com tanta lentidão. A gente não conversava, só colhia, se curvava e atirava o algodão no saco. Eu sabia que os negros costumavam cantar enquanto faziam a colheita de algodão. Só não podia entender por que eles faziam isso. Eu não sentia a menor vontade de cantar. A parte de trás do meu vestido tava molhada de suor. As mãos de Jack sangravam, eu notei. Virgie não tinha visto. Ele tinha amarrado algodão ao redor delas como se fosse uma atadura.

Eu me levantei e espreguicei, curvando pra trás. Aí Jack jogou o saco no chão, parecendo muito sério.

— Acho que não levo muito jeito pra colher algodão — comentou ele.

— Bebezinho — falei.

Ele olhou pro saco como se quisesse pegá-lo novamente, depois mostrou a língua pra mim.

— Continue você então, espertinha. Não vai sobrar um só dedo seu.

Olhei pra ele e depois pros meus dedos. Eu teria adorado provar pra ele que estava errado, mas aí ele poderia ficar sentadinho, relaxado e se refrescando enquanto eu continuaria suando e sangrando, e isso não me parecia nem um pouco justo.

— Também não gosto muito — anunciei.

Virgie era só uma sombra com chapéu do outro lado dos pés de algodão. (Ela não queria tomar sol no rosto, mas eu não deixei mamãe colocar um chapéu em mim. Mamãe disse que, se eu queria ficar feia e enrugada antes mesmo de terminar o colegial, ela não iria me impedir. Aí já era tarde pra eu dizer que tinha mudado de ideia.)

— Nem eu — falou Virgie, logo depois.

Ficamos parados olhando um pro outro durante uns dez segundos, pegamos nossos sacos e fomos encontrar papai pra dizer que a gente não queria mais fazer a colheita. Ele não pareceu surpreso. E, já que ele não se importava, sentamos embaixo de uma árvore de noz pecã, comparando nossos dedos sangrentos e sentindo que não havia ninguém além de nós que merecesse mais um pedaço de grama quente. Então pegamos os pãezinhos com linguiça que mamãe tinha separado pra gente, achando que já era quase hora do almoço. Papai costumava fazer a melhor linguiça, e a gente ansiava por ela. Pão sem recheio não era a mesma coisa. Ele tinha montado um defumador ao lado do celeiro, e a linguiça vinha de lá. Eu sabia que tinha mais coisa envolvida, que você pegava partes do porco e colocava em outras partes dele, mas nem quis ouvir aquilo direito quando papai começou a explicar.

A gente só tinha dado uma ou duas mordidas quando ergueu a cabeça e viu um garoto e uma garota estranhos parados na nossa frente. Não tínhamos nem percebido eles chegarem. Nenhum dos dois estava de sapatos, mas estava um dia gostoso, e eu também não gostava de sapatos.

— É linguiça? — perguntou o garoto. Não disse nem "oi".

— É — respondemos eu e Jack ao mesmo tempo.

— Vocês são do sr. Moore? — perguntou a garota.

— Ele é nosso pai — disse Virgie. Estava escrito no rosto dela que ela achou aquela pergunta mal-educada.

— A gente mora aqui — falou o garoto.

Foi então que eu vi que eles tinham sacos como os nossos, só que cheios de algodão.

— Vocês tavam colhendo algodão também? — perguntei.

— A gente fez isso pela primeira vez hoje.

Eles olharam pra nós como se a gente fosse idiota quando mostrei meus dedos e Jack esticou os dele também. Os deles eram calejados e duros como os de papai, e eles eram bem mais morenos que nós, até mais do que Jack, que tinha a cor de uma noz. Mas, mesmo sendo tão morenos, havia algo estranho com a cor deles. Eles tinham olheiras como papai quando ele trabalhava turnos dobrados e chegava cansado e irritado com a luz do sol. E o cabelo deles não era loiro, preto ou castanho: parecia que não tinha sido pintado com cor alguma.

— Vocês nunca colheram antes? — perguntou a garota. Notei que o vestido dela era feito de tecido de saco de farinha branqueado, igual aos nossos panos de prato. — A gente sempre ajuda mamãe e papai.

— Os Talbert? — perguntou Virgie.

Eles concordaram, e o garoto franziu a testa ao ver nossos sacos de algodão.

— Talvez vocês consigam um dólar por isso — disse ele, não parecendo muito certo. — Talvez menos. Só tem alguns quilos aí.

— A gente consegue colher três dólares por dia — disse a garota.

Logo eles pararam de olhar nossos sacos, no entanto, e voltaram a olhar nossos pães.

— Vocês já tão almoçando? — perguntou a garota. — A gente não para pro almoço. Trabalha do dá ao não dá.

Ela balançou a cabeça quando viu que não falamos nada.

— De quando dá pra ver até quando não dá. Do dia à noite.

Cada um de nós só tinha um pão, mas deveríamos ter cortado e compartilhado, de verdade. Não fizemos isso. E, mesmo eu tendo me sentido culpada por eles não terem almoço, o que eu mais queria mesmo é que fossem embora pra que eu não tivesse de saborear a culpa junto com o pão. E acabou bem rápido – tão logo os dois foram embora. Eles se viraram e voltaram pras fileiras de algodão sem nem sequer dizer "muito prazer". Nenhum de nós comentou nada a respeito. A gente engoliu os últimos pedaços e lambeu os dedos, dispostos a engolir um pouco de sangue, terra e algodão se isso significasse comer as últimas migalhas. Catei as migalhas na minha saia com o dedo molhado, e Virgie passou a mão dela na grama. Aí a culpa voltou como azia.

Ninguém nunca pediu comida pra mim. As pessoas vinham até nossa porta com frequência, mas na verdade iam lá atrás de papai e mamãe. Eles decidiam quem ganhava uns ovos, um prato de feijão ou um frango inteiro. Foi assim desde que me entendo por gente; as pessoas vinham até a porta e você com certeza daria algo pra elas.

Eu, Virgie e Jack devíamos ser o tipo de gente que ajudava. Mas não demos nada aos filhos dos Talbert, e isso me deixou mal, não só pela culpa, mas porque transformou algo que era tão simples em confuso. Odiava isso, embora eu não devesse odiar.

Desde que aquele bebê morreu, os pedaços já não se encaixavam tão bem quanto antes. Algumas coisas já eram enroladas antes daquilo, claro. Papai era o homem mais forte do mundo, então claro que nada o machucaria, mas ele tava todo quebrado das minas. Deus era bom, só que ele podia decidir mandar você pro inferno. Ser batizado no rio limpava sua alma, mas eu ainda precisava tomar banho nas noites de sábado, mesmo se tivesse acabado de nadar.

Só que em geral eu tentava ignorar os pedaços que não se encaixavam tão bem, mesmo quando algo grande e pesado cutucava a minha mente e tentava forçar sua entrada lá dentro. Aliás, especialmente quando isso acontecia. Quando fui almoçar na casa de Missy Summerfield um dia – mamãe disse que eu podia –, descobri que eles tinham mais que uma empregada. Eles tinham uma mesa polida quase tão larga quanto a nossa cozinha, com uma tigela de porcelana vermelha e branca cheia de laranjas no meio dela. Sete laranjas, tantas que talvez até estragassem antes que os Summerfield conseguissem comer todas. E, por algum motivo, eu não achava que eles sentiriam falta das laranjas, mesmo que isso acontecesse. A gente só ganhava laranja na meia de Natal, com guloseimas.

Eu também estive lá nas tardes de domingo, quando a irmã mais velha de Missy recebia visitas de garotos, e Missy me levava pro andar de cima enquanto ela passava pó nas costas da irmã pra que elas ficassem limpas e com cheiro bom durante uma tarde inteira de visitas. Eu ficava encantada com o pó que voava pelo ar quando Missy batia a esponja nas costas da irmã.

Outra coisa que eu gostava da casa de Missy – e que descobri numa visita anterior à descoberta da tigela de laranjas – era que eles comiam frango, costelas de porco ou algum pedaço grosso de carne em todas as refeições. Então não seria nenhum incômodo ser chamada também pra jantar. Todo mundo era servido pela empregada, uma negra magra com um lenço branco na cabeça que dizia "Senhorita Missy" quando falava com Missy. Aquilo me pareceu engraçado. No dia das laranjas, eu pensei que eles deviam ter a melhor vida do mundo. Tava pensando em pedir uma laranja de sobremesa quando a empregada me perguntou se eu não gostaria de uma fatia de tomate fresco. Eu respondi:

— Sim, senhora.

Missy me corrigiu bem na frente da empregada.

— Não diga "senhora" pra ela. Não fazemos isso.

Papai sempre nos ensinou a dizer "senhora" pra qualquer mulher adulta, e pensei que fosse falta de educação não dizer. Então um dos nossos pais tinha nos ensinado errado, e claro que eu sabia que só podia ser o Summerfield, mas pensei que Missy provavelmente tinha certeza de que era o meu. Depois daquilo tentei ficar longe da empregada quando eu visitava Missy, porque nunca cheguei a uma conclusão se deveria continuar chamando ela de senhora ou não. Aquele era o jeito mais fácil, mas algo me pressionava, insistindo que havia algo mais a respeito daquilo. Eu ignorava essa insistência.

Outro pensamento pesado e grande me importunou depois que as crianças dos Talbert foram embora, ou talvez fossem vários pensamentos juntos. Era uma imagem mental dos filhos de Lola Lowe comendo apenas amoras e pão. O que quer que fosse, era grande demais pra caber na minha cabeça. A gente contou pro papai sobre as crianças quando ele apareceu mais ou menos uma hora depois pra comer a sua linguiça com pão, e percebi que eu nem sequer sabia o nome delas. Apenas os chamei de filhos dos Talbert, e isso pareceu quase tão ruim quanto não dividir o meu pão.

Porém papai não ficou bravo por não termos partilhado nada.

— Vou trazer algo especial para eles — falou meu pai. — Não se preocupe mais com isso.

E, de fato, no dia seguinte a gente teve linguiça o bastante pro café da manhã, mas meu pai deu pra eles todo o resto da linguiça. Nem fiquei triste por não ter mais, e isso de não ficar triste me fez sentir mais cristã, como se eu ainda fosse boa, no final das contas.

Albert Não tirei da cabeça aqueles rapazes de Scottsboro. Em março, nove garotos negros que estavam indo de Chattanooga para Memphis acabaram em um vagão de trem com duas garotas brancas. Duas garotas vestidas com roupas de homem. Elas disseram que os negros as estupraram, e não demorou para eles serem presos em Scottsboro e oito dos nove serem condenados à morte. O júri só não condenou o de doze anos, e não foi por falta de tentativa. Ouvi os companheiros de cor da Galloway conversarem a respeito, de como aquelas garotas estavam vendendo o corpo, mas ficaram envergonhadas por serem apanhadas com homens de cor. A maioria de nós, homens brancos – eu inclusive –, concluiu que as garotas tinham sido sinceras e que os rapazes não deviam viver.

Sempre achei que o que realmente importava era como alguém tratava as pessoas. Não importava se fossem homens de cor, homens brancos, homens pintados: eu iria tratá-los com justiça e bondade. E pronto. Leis e coisas do tipo não me preocupavam; eram apenas cercas e cordas arrumadas de um jeito, e eu não via por que dar importância à forma como elas eram arranjadas. Na maioria das vezes, eu até caía onde as cordas apontavam. Porque dentro delas, eu estava agindo certo.

Tess e aqueles pães. Ela não fez nada, não dividiu o que tinha com os pobres Talbert. Só que pensou a respeito, se sentiu culpada, soube que devia ter agido diferente. Isso me fez indagar sobre a diferença entre fazer e pensar. Eu nunca teria imaginado que Jonah solucionaria um problema que eu não seria capaz de resolver, que enxergaria dentro da mente daquela mulher com tanta clareza. Entretanto, Bill, sendo tão bem-sucedido..., eu imaginava que ele teria todos os tipos de percepção. Eu nunca nem havia considerado que as coisas pudessem ocorrer ao contrário. Eu me abalei ao continuar ouvindo as palavras de Jonah na minha cabeça sem parar, quando tentava entender o que tinha acontecido com a mulher e o seu bebê.

Desde que eu não fizesse mal a ninguém, as fronteiras separadas, as igrejas separadas e as vidas separadas não me importavam muito. Provavelmente importavam pros garotos de Scottsboro, que ficaram bem amarrados naquelas cordas pras quais eu não ligava. E eu, eu me senti um pouco enrolado também.

LETA Difícil acreditar que estrume tenha algo a ver com roseiras. Em um dia de outono com ventania, as pétalas caíam em padrões vermelhos delicados, e eu tinha de catá-las antes de espalhar o adubo. Algumas vezes, Tess me via com o carrinho de mão no cercado dos animais e corria para apanhar as pétalas, querendo secá-las ou jogá-las no ar. Ela as adorava. Eu não era tão ligada, mas, se as deixasse no chão, daria chance para o fungo da cladosporiose. Então eu salvei as pétalas das pás de esterco de cavalo – o melhor tipo de esterco. Eu adubava bem as rosas no começo do verão e no fim dele, guiando um carrinho de mão cheio de estrume, espalhando bem e depois furando a terra.

Recolhi as flores mortas, examinei para ver se havia vestígios de marrom no caule. Os insetos e fungos tomavam a planta com mais facilidade se algo morto ficasse perto dela. Eu não queria podá-las demais – as rosas podiam apodrecer de tanta atenção, igual às crianças. Geralmente eu mexia com elas sempre que tinha uma folga no meu dia, só uma verificação rápida das folhas mortas, talvez aguá-las um pouco. Mas, nos dias de adubar, eu me mimava um pouco junto com minhas rosas. A maioria das minhas tarefas era feita com pressa, porém, esta eu não apressava. Eu dispensava o conteúdo da pá com precisão, alisava como se estivesse fazendo a camada de um bolo. Verificava cada flor, cada caule em busca de doenças ou insetos. Eu me inclinava para respirar o ar de rosas. Elas eram todas vermelhas, exceto por um pé de rosas escuras. Deixei Virgie me convencer a plantar aquele.

Meu pai não conseguia plantar rosas por nada. Ele tinha problemas até com um canteiro de legumes. Uma vez ele plantou rabanetes que ficaram grandes como laranjas, totalmente ocos por dentro. Ele disse que o problema foi que eles cresceram tão rápido que não tiveram tempo de encher. Ele havia trabalhado nas minas quando jovem, mas, na época em que eu nasci, ele já era fazendeiro em tempo integral, então era de se esperar que já tivesse pegado o jeito para a coisa.

Minha mãe começou com as roseiras, plantando uma especial para cada um de nós. Ela havia plantado para mim uma de cor rosa-chá antes de morrer, embora eu não conseguisse me lembrar dela fazendo isso. Porém, aquele arbusto foi uma das minhas primeiras lembranças. Eu gostava tanto dele que, no mesmo ano em que comecei a ir à escola, passei a levar rosas e cuidava delas em um balde. Já que minhas irmãs mais velhas mal conseguiam manter suas roseiras vivas, passei a cuidar de todas quando tinha oito ou nove anos.

Engraçado como as pétalas são sempre frias, mesmo se a luz do sol bater direto nelas.

Mas, quando era uma menininha, eu gostava de rosas. Eu era a mais nova, então minhas irmãs faziam a maioria das tarefas domésticas e me deixavam livre para cuidar das rosas. Elas me mimavam um pouco também, por eu ser a caçula, e tentavam não me dar nenhuma tarefa mesmo quando eu já tinha idade suficiente para isso. Então passei anos envolvida com as minhas rosas de manhã à noite, conversando com elas quando não estava cuidando delas. Eu lhes dei nomes que nunca contei para as minhas irmãs – Esmerelda para a extremamente rosa e desesperada por atenção; Beulah para a de cor vermelho forte e sólido; Virginia para a branca, delicada, que murchava quando tomava sol demais. Eu furava o dedo em seus espinhos e nós nos tornávamos irmãs de sangue. Colocava pétalas de rosa na fronha do meu travesseiro para poder sentir o cheiro delas ao dormir.

Era um apego estranho que me confunde hoje, já crescida e casada, vendo aquilo à distância. Eu tinha três irmãs que me mimavam, mas contava meus segredos para as rosas. Elas eram tão bonitas, e eram atraentes em tudo: no cheiro, no aspecto, na suavidade. E eram a única parte da casa que ainda tinha minha mãe marcada nela, ou pelo menos eu sentia isso na época. Acredito que o cheiro e o jeito das rosas se tornaram o cheiro e o jeito de minha mãe em minha mente. Janie, dois anos mais velha que eu, sentava-se comigo algumas vezes: ela não conseguia se lembrar muito de mamãe também, então nós a imaginávamos juntas. (Eu tinha uma lembrança clara dela, deitada morta na cama, mas eu a deixava sempre tampada e guardada.) Nós sempre queríamos que Merilyn e Emmaline contassem histórias a respeito dela, porém, já que elas estavam ocupadas cozinhando e cuidando da casa, ficávamos sozinhas muito tempo. Nós recolhíamos pétalas caídas e tentávamos fazer um tapete, enfiando cada pétala no chão depois que o deixávamos um pouco mais mole com água.

Tive sorte de ter aqueles anos, tão fantásticos e sem sentido. Durante meu último ano na escola primária, no entanto, Janie teve febre tifoide. Ela andava cansada e se sentindo mal, mas, quando mostrou a papai as manchas rosadas na barriga e nos lados do tronco, ele quase derrubou a cadeira ao pegá-la no colo e gritar para meu irmão preparar a mula e ir buscar o médico.

Mais tarde, ouvi dizerem que a culpa era da água ruim do esgoto da cidade. Alguns estabelecimentos e hotéis no centro da cidade despejavam o esgoto diretamente nos canais coletores de chuva, que exalavam um cheiro horroroso. Era só andar perto de uma vala que podíamos jurar que tínhamos sido transportados para um banheiro. Muitas crianças lutaram contra a diarreia e a disenteria, mas aquele verão foi o primeiro que papai se lembra de um surto de febre tifoide.

De qualquer forma, nós todos tomamos a vacina contra o tifo, que creio que deveríamos ter tomado de qualquer forma, e depois mal consegui dormir de tanta dor no meu braço. Tremi de febre pelos dias seguintes, sentindo frio mesmo debaixo dos cobertores, e fiquei pensando se não tinha contraído febre tifoide. Mas me disseram que não era doença, era só a vacina. Depois descobrimos que nossa irmã mais velha, Emmaline, também tinha ficado doente – era raro a gente vê-la longe de Janie. Emmaline nos vestia de manhã, preparava nossas marmitas, colocava panos frios na nossa cabeça quando tínhamos febre. Estava sempre ocupada e, vendo agora, ela deveria ter arrumado um namorado em vez de ficar cuidando de nós. Entretanto, ela sempre estava lá, a primeira a se levantar e a última a ir se deitar. Ela nos dava suco de limão e mel quando a garganta doía. E conseguia dar estrela quatro ou cinco vezes seguidas.

Janie melhorou aos poucos, porém Emmaline morreu. Acordei uma manhã com papai parado na entrada do quarto, dizendo que ela havia morrido durante a noite.

A roseira dela era a branca, Virginia. Cortei dez rosas com caules longos para o funeral, até tirei os espinhos, com o propósito de colocá-las sobre o caixão. Mas, como estava muito nervosa, eu as destruí enquanto ouvia o pastor falar. Emmaline já havia se tornado um borrão para mim quando nasceu Virgie – eu me lembrava de que ela era bonita, mas mal conseguia descrever um só traço seu. E tudo o que tínhamos era uma fotografia de família com ela, um quadrado do tamanho de um estojo de pó-de-arroz. Ela não estava nem sequer sorrindo, embora eu me lembrasse que ela tinha um sorriso torto e atraente. Claro, ninguém queria segurar um sorriso tempo suficiente para a foto ser tirada, então, a julgar por aquele quadradinho, com certeza seríamos uma família séria e carrancuda.

As rosas duram até boa parte do outono, também, outra coisa que me agradava quando era menina (e ainda agrada). Meu jasmineiro tem um cheiro doce, mas basta surgir um friozinho no ar e ele se desfaz. Mesmo assim, sempre adorei o seu cheiro exalando cozinha adentro. Nunca deixo as meninas tocarem no jasmim, que plantei bem ao lado dos pés de alfazema, para que os cheiros se misturem.

Papai ficou meio perdido com tantas filhas, mas era um homem bom. Suas mãos sempre estavam sujas de terra, e não manchadas de carvão como as de Albert, e ele tinha uma voz boa para cantar, com a qual acordávamos de manhã algumas vezes. Uma vez ele construiu uma treliça para mim, quando quis tentar plantar rosas trepadeiras, e a única coisa de que eu realmente consigo me lembrar daquela tarde foi de quando papai tentou arrumar meu rabo-de-cavalo. Ele não fez direito, seus dedos grandes não sabiam como lidar com a fita de cabelo e o rabo ficou torto, mais para um lado da cabeça do que para o outro. Eu deixei do jeito que ficou.

Albert nunca tentou arrumar os cabelos das meninas, que eu saiba. Eu tinha certeza de que ele não faria um bom trabalho, por mais que ele adorasse meu cabelo, gostasse de tocar nele e tirá-lo do meu rosto, até cobrir suas mãos com ele, quando éramos recém-casados e acordar com o travesseiro cheio de cabelo ao seu redor era algo estranho e novo para ele.

Eu ainda o deixo solto à noite, claro, mas acho que há muito tempo ele já não repara no meu cabelo. Um rapaz pode observar o cabelo de uma moça, mas isso não acontece muito entre marido e mulher.

Eu costumava adorar os ombros de Albert. Eu empurrava o músculo o mais forte que podia para ver se conseguia fazê-lo ceder. Se meu cabelo era fascinante para ele, a firmeza dos seus ombros (braços e costas tão sólidas quanto) era um mundo novo para mim. Dava para observar os ombros de um homem o dia inteiro sem nunca imaginar que eles eram daquele jeito.

Pisei em uma pedra pontuda o suficiente para me fazer olhar para baixo e notar a sujeira que estavam meus pés. Cobertos de poeira e – levantei um para trás – pretos nos calcanhares. Tess teria adorado me ver, adoraria poder me mandar ir lavar os pés. Se conseguisse lembrar, eu a deixaria me ver antes de ir me limpar.

Toda a maciez das rosas começou a se desgastar logo.

A morte de Emmaline começou o processo. Depois papai ficou doente um ano depois de meu casamento com Albert. Foi diferente de quando Emmaline morreu: daquela vez ninguém foi visitar, mantendo distância da casa. Já com papai morto, tanto sua casa quanto a nossa se encheram de gente, a mesa de jantar ficou lotada de assados, frango, tortas e bolos. Demorou meses até eu conseguir comer algo com açúcar sem me sentir enjoada.

Cuidei das fileiras de roseiras que se curvavam no lado leste da casa. Antes de passar para a seção embaixo da janela da cozinha, verifiquei tudo que já tinha feito, para ver se eu tinha adubado todas igualmente. Tinha, mas tornei a erguer a pá e espalhei um pouco mais de esterco na roseira de Virgie. Ela fora plantada por último, depois que ela pediu a de cor rosa no seu aniversário. As flores eram as menores de todas, e eu me preocupava que não recebessem sol suficiente, talvez por ficarem muito na sombra, por conta da calha.

No mesmo ano em que papai faleceu, Robert, o único garoto entre nós, morreu na Primeira Guerra, aos dezenove anos. Com ele, dois dos cinco filhos estavam mortos. Engraçado que as rosas nunca me fizeram pensar na morte, embora nós sempre cortássemos um monte delas para levar ao cemitério.

Ao contrário, eu me pegava divagando enquanto as podava, e sentia Emmaline ao meu lado, calma e quieta. Algumas vezes eu imaginava que papai estava atrás de mim, que eu o sentia puxar o meu cabelo, tentando me assustar. Ou então imaginava Janie correndo pelos degraus, implorando para que eu a ajudasse com os retalhos. Ideias que não levavam a nada. Eu não as deixava entrar em casa, mas elas conseguiam me invadir do lado de fora.

    Sempre desejei morrer durante o verão, ou talvez no outono. Tudo o que papai conseguia dizer nas suas últimas semanas era o quanto ele gostaria de comer uma pera, crocante e suculenta. Era janeiro, e o máximo que conseguimos de pera foram aquelas em conserva, servidas na torrada. Com seus dentes praticamente todos caídos e o estômago não aguentando muito, eu podia entender como ele estava desejando uma fruta, como um pouco de sol e brisa deviam invadir seu pensamento quando ele estava enrolado em cobertores, com o corpo doendo de não sair da cama há tempos. Quando se morre no verão, os outros podem trazer o verão até você. Peras, nectarinas, pêssegos e tomates, o quanto coubesse no seu criado-mudo. Poderiam deixar uma pilha grande o suficiente para você se alimentar sozinha por dias: você nem daria muito trabalho.

ALBERT Tínhamos sorte em ter uma jaula. Antigamente, os homens tinham de andar de quatro ou mesmo rastejar com a barriga no chão pelos túneis pra chegar ao poço da mina e não recebiam nem um centavo surrado por todo o tempo e esforço. Nós só tínhamos de fazer uma descida.

    A jaula de metal me levou pra baixo, e fiquei imaginando Ole Sol a operando na outra vida, levando a gente para além do carvão até o fogo lá embaixo. Mas a cada manhã a gente parava no meio do caminho – em algum lugar abaixo da terra, mas um pouco acima do inferno. Pisei na escuridão, abaixando o corpo logo em seguida pra não bater a cabeça, e caminhei na direção da última câmara, com as luzes tremendo à minha frente, ao meu redor e atrás de mim. O carbureto nos transformava em pirilampos dos subterrâneos: um homem ficava indistinguível a alguns metros de distância, a não ser que você soubesse identificá-lo pela altura de sua lanterna.

A luz do meu próprio capacete se espalhava à minha frente. Ela reluziu no telhado feito de carvão e pedra, apoiado em tábuas de madeira, pilares de rochas e carvão que eram deixados para trás caindo do teto a fim de segurá-lo quando o carvão era retirado. Como contramestre daquela seção, eu mesmo tinha feito as marcas nas paredes na noite passada, então o cortador de carvão passou pela câmara depois que saímos de lá, fazendo cortes na mina com seu círculo de dentes cegos. Ele dava o primeiro golpe, irritava o carvão, mostrava quem era o chefe ali. Depois vinham os homens que cavavam buracos para a dinamite ao longo de toda a parede de pedra, buracos de um metro e meio a dois e meio de distância entre um e outro. Os detonadores viriam colocar as cargas dentro, depois todos sairiam dali. Elas explodiriam, deixando carvão, rocha e poeira. Vez ou outra o carvão também daria um golpe próprio, levando um telhado ou alguns homens a voar pelos ares. Mas, ultimamente, isso não acontecia. Os perfuradores e detonadores vinham fazendo um bom trabalho e, quando minhas botas caminhavam por onde as deles passaram, o pó, a fumaça e a poeira de carvão da explosão já haviam se assentado.

Eu tinha feito vários carregamentos, trabalhado lado a lado com vários dos homens que enchiam as câmaras. Agora eu não tinha mais uma câmara própria, e não era pago pela tonelagem. Era pago por hora, o que pra mim era ótimo. A maioria dos homens trabalhava em duplas responsáveis por uma câmara; eu havia trabalhado várias horas com Jonah ao longo dos anos, prendendo meu número – 72 – na parede do carrinho quando ele estava cheio. Os chefes somariam esses círculos de "72" – moedas de latão – e essas moedas se tornariam dólares no pagamento, quando o carvão fosse pesado.

Supervisionando, no entanto, eu ia de câmara em câmara verificando o ritmo de trabalho, vendo se todos os suportes estavam firmes, se o equipamento estava funcionando como deveria, quem havia encontrado problemas, se os homens estavam bem.

Alguns dias aquilo era tão ruim para as costas quanto fazer o carregamento. A segurança era o importante, e eu tinha de manter a atenção em quase cem homens distribuídos em dezenas de câmaras, algumas do tamanho do porão de casa. Às vezes ouvia um grito de alguém dizendo que o ar parecia parado, com cheiro estranho, e ia verificar a ventilação. Ou então uma bomba ou o cabo de uma pá quebravam, ou às vezes uma discussão acontecia. Mas eu passava a maior parte do tempo andando, me abaixando, cutucando e procurando, saindo de uma câmara para entrar em outra, dizendo oi às vezes, em geral só acenando. Verificando as fissuras na rocha, a madeira e o sistema de transporte, com os ouvidos e o nariz abertos pra coisas que eu esperava não escutar ou cheirar.

Eu tinha caminhado até uma das maiores câmaras e notado uma fenda num dos postes perto do chão. Fiquei contente por ser um lugar grande – eu podia ficar de joelhos com as costas eretas que o capacete nem tocava o teto.

Eu sempre gastava os joelhos dos meus macacões, mas Leta nunca dizia uma palavra a respeito.

A estrutura de um e meio por dois e meio era sólida o suficiente, e a fenda não parecia estar se espalhando. Não era funda, também – mal consegui colocar uma unha nela. Enquanto eu ainda estava de joelhos, um dos rapazes veio até mim, um negro de passo lento e bom caráter. Red era seu nome, e eu nunca soube por quê. Não havia sequer uma mancha vermelha naquele homem. Fui até o outro lado do poste, passando as mãos nele e esperando o garoto falar.

— Sr. Albert — disse ele.

— Qual o problema, Red?

Ele não perdeu tempo, por isso tenho de lhe dar crédito.

— Acho que eu vi uns fósforos com B.

Eu me endireitei o máximo que pude, com os joelhos frios e rígidos por causa do chão. O nome verdadeiro de B tinha tantas letras e sons diferentes que nem compensava dizê-lo. Eu nunca tinha tido problemas com ele nem com qualquer outra pessoa por tentar trazer fósforos escondidos – os companheiros daqui seguiam as regras. Não conseguia imaginar o que tinha dado naquele menino.

— Disse algo pra ele? — perguntei.
— Não, senhor.
— Onde ele os guardou?
— Na barra da calça.
— Volte ao trabalho, então — falei. — Vou verificar isso.

Red concordou, virou-se e começou a caminhar na direção da câmara mais ao fundo, onde ele estava trabalhando. Fui atrás dele, inclinando o corpo do mesmo jeito que ele tinha feito. Algumas das minas de Birmingham contavam com homens que verificavam se os mineiros levavam fósforos antes de deixá-los colocar o pé num túnel. Todos os homens daqui fumavam, e todos sentiam falta dos cigarros embaixo da terra, mas tentar surrupiar um trago era mais do que burrice. Porém, vários faziam isso mesmo assim, principalmente quando o ar estava cheio de fumaça depois de uma explosão – aquele era o momento de fumar o cigarro. Ainda assim era besteira, principalmente porque alguns idiotas muitas vezes iam fumar escondido noutro lugar e iam até um cantinho do túnel acender um fósforo. Algumas das minas menores não eram tão rígidas, mas a Galloway tinha dinheiro demais investido na operação toda para ser condescendente com a fraqueza de um homem. Se alguém fosse pego com fósforos, seria demitido no mesmo dia.

B estava dando duro, pelo menos. Levou um segundo pra me ver – ele estava mudando de lugar pra dar espaço pra Red voltar à sua posição.

— Preciso falar com você, B — falei.

Red não estava olhando para B, só olhava fixo pro carvão que ele estava mirando.

— Sim, senhor. — B se apoiou na pá.

Eu o observei por alguns segundos e não me apressei. Não dava pra ver bem as pernas da calça dele sem posicionar a luz do meu capacete direto nelas.

— Você sabe que é proibido trazer fósforos aqui pra baixo — comentei.

— Sim, senhor.

Ele saberia que Red o havia dedurado, de qualquer forma. Pensei em dizer que eu mesmo tinha visto os fósforos, mas não colaria. Segui logo atrás de Red. Fazer o quê, Red era um homem adulto – eu deixaria que ele mesmo curasse qualquer mágoa.

— Você trouxe uns fósforos aí na sua bainha? — perguntei, apontando.

B não respondeu.

— Não vou contar pra ninguém — falei. — Mas vou mandar você embora agora, se mentir pra mim.

— Tenho alguns, sr. Albert — disse ele.

— Você está doido ou é idiota mesmo?

Ele não tornou a responder, apenas abaixou o olhar até a altura dos meus joelhos.

— Tire os fósforos — falei.

Ele levantou as pernas da calça e catou um maço de fósforos de dentro da dobra da bainha.

— Passe pra cá.

Ele passou, sem levantar os olhos até meus ombros, muito menos pro meu rosto. Eu não conseguia entender. Eu conhecia ele já fazia alguns anos, e ele nunca tinha dado um passo em falso no serviço. Claro, eu mal disse cinco palavras pra ele além de "bom dia", "boa tarde" e "eu iria mais pra baixo", porém esse tipo de tolice era difícil de esconder.

— O que deu em você, B? — Nada. — Não vai doer me responder.

Não era fácil ter uma conversa séria com o tronco inclinado e luzes grudadas nas cabeças cegando um ao outro. Não podíamos olhar nos olhos um do outro, então direcionar um olhar severo na direção dele não teria utilidade nenhuma.

— B?

— Esqueci completamente — respondeu ele, por fim.

— Esqueceu que tinha fósforos?

— Sim, senhor. Fui direto pra casa ontem sem trocar de roupa. Queria tentar pegar um coelho ou esquilo ou algo assim antes de escurecer. Coloquei os fósforos na calça assim que cheguei em casa. Juro que não pretendia fumar. Nem tenho cigarro aqui.

— Está dizendo que não se lembrou dos fósforos em nenhum momento entre sair da cama e vir até aqui?

— Não, senhor.

Bem. Eu não sabia o que dizer. Sabia que ele podia estar mentindo na cara dura. E, quanto a não ter cigarros, ele poderia ter escondido papel para enrolar e um saquinho de fumo em qualquer lugar na roupa. Isso me deu a ideia de checar a outra barra da calça. Porém, a questão era que ele tinha quatro filhos, nenhum deles maior que a altura do seu joelho, e ele tinha tido sorte de conseguir esse emprego. Se eu o tirasse da minha equipe ou contasse ao supervisor, ele não teria mais nada. Nem terra, o que significava nada de comida. Nunca mais encontraria trabalho quando metade da cidade já estava seguindo para West Virginia e Kentucky atrás de emprego, qualquer coisa, e mesmo assim não conseguia juntar dinheiro suficiente pra mandar pra casa.

— Você soube do que aconteceu em Sipsey? — perguntei, afinal, e isso o pegou tão de surpresa que ele olhou diretamente no meu rosto, cegando-me por um segundo antes de ele mover a cabeça.

— Sipsey?

— Um companheiro de lá, há alguns anos, foi pra uma das câmaras dos fundos e se escondeu lá pra dar uns tragos, sem ninguém mais por perto. Ele acendeu o fósforo, pelo menos isso é o que acham que aconteceu, e o fogo entrou em contato com ácido carbônico, fazendo o camarada explodir pelos ares. Não conseguiram nem reconhecer o corpo. A câmara ao lado também pegou fogo e queimou alguns companheiros. Não sobrou nada além de cinzas. Três famílias sem pai. Não ouviu falar disso?

— Não me lembro.

— Só quero ter certeza de que você entendeu por que existem regras, só isso.

— Sim, senhor.

— Eu fico com isso — falei, segurando os fósforos. — Não vai acontecer nada. Mas, se eu ficar sabendo que aconteceu de novo, você vai embora na mesma hora. Não vou nem te dar tempo de apanhar suas coisas. Entendido?

— Sim, senhor. — Ele balançou a cabeça com energia. — Juro que foi um acidente.

Deixei os dois cavando. Red não disse uma palavra sequer enquanto eu ainda estava em distância de escutar. Caminhei até o escritório do supervisor, perto do elevador. Havia só uma cadeira e uma mesa lá e a porta ao lado do quadro onde a gente pendurava nossas fichas quando começava o turno. Bati na porta para chamar a atenção dele, e ele fez sinal para eu entrar.

— Encontrei isso — falei e joguei os fósforos sobre a mesa. A sua única sobrancelha gigante se ergueu na testa.

— Viu de quem era? — perguntou ele.

— Só encontrei. Não queria que ninguém pegasse do chão.

Ele deixou passar. Eu mesmo já havia estado no escritório do supervisor algumas vezes em minas menores. Havia trabalhado com tudo, menos dinamite. Comecei quando garoto, separando o carvão da ardósia para o basculador. Já sabia lidar com as mulas de carga antes mesmo de terminar o primeiro grau – pobres criaturas cegas que deviam pensar que nasceram e cresceram no inferno. Depois que vieram os carrinhos elétricos, elas deixaram de ser usadas: correias puxavam os carros até a entrada da mina. Já tinha operado o cortador de carvão, o que dava um bom dinheiro, mas primeiro era preciso conseguir o cortador. Fui chefe de segundo turno do basculador por um bom tempo em Moss e McCormick. O basculador da Galloway ficava na superfície, mas também tínhamos o novo canal na linha Frisco, na saída da 78, que só conseguimos em 1929. A madeira trabalhada e os detalhes de concreto cobriam mais canais e correias do que eu já vi na vida.

Quando parei pra almoçar, dei uma passada na câmara de Jonah e vi que ele ainda estava comendo. Então acenei e fui até ele. Bebi um gole d'água antes de me sentar.

— Até que está bom hoje — disse Jonah.

— Passável.

A estratégia era segurar o sanduíche em só um lugar da mão. Uma vez eu vi um homem desperdiçar uns goles de água tentando lavar as mãos, e ele nunca superou a gozação. Teria sido melhor se tivesse usado um vestido. Desembrulhei meus pães, vi os pedaços grossos de cebola no fundo da marmita e dois ovos cozidos. Só com o dedão e mais um dedo deslizei a cebola pra dentro do pão (Leta já o havia cortado) e peguei o sanduíche. Terminei de comer em três mordidas, depois parti para o seguinte.

Jonah e eu estávamos agachados a apenas alguns metros de distância, descansando apoiados nas pontas dos pés. Nunca se devia ficar parado por muito tempo. Sentar só tornava ainda mais difícil levantar.

— Um pouco de presunto não teria caído nada mal — comentou Jonah, olhando do seu pão para o meu. Concordei, sorri um pouco. Mencionar quem tinha carne e quem não tinha era um assunto meio delicado pra alguns dos homens, mas a gente conhecia a marmita um do outro tão bem quanto a nossa.

— Num esqueci do seu dinheiro — disse ele. — Vai ser a primeira coisa a sair do meu pagamento.

— Eu nem estava pensando nisso — falei.

Mas claro que tinha pensado: dinheiro não nascia em árvore pra eu não sentir falta de dois dólares. Só que eu não estava preocupado se iria recebê-los de volta. Queria muito conversar com ele sobre como ele imaginava a mulher do bebê. Eu me peguei com necessidade de ouvi-lo falar mais. Mais estranho ainda, eu tinha vontade de lhe perguntar se sua filha mais velha já estava namorando. Ver o que ele pensava sobre como lidar com garotos que vêm de visita. Mas eu não queria interromper sua refeição, e quase ninguém conversava enquanto trabalhava. Era distração.

Jonah soltou um som de surpresa, e ergui os olhos, com a boca cheia.

— Maçã assada — disse ele, e a ergueu. O suco escorria pelos seus dedos, e eu podia sentir seu cheiro. Agora meus pães já não estavam mais tão gostosos.

Joguei o último pedaço – aquele com as marcas de dedo – para um rato de mina à espreita na parede. Eles sempre apareciam na hora do almoço. Vi um passeando na borda de um carrinho uma vez, descansando sobre uma pilha de carvão, observando a gente como se fôssemos a paisagem vista da janela de um trem. Animais úteis, mesmo sendo sujos. Não podia culpá-los. E eles pagavam de volta o lanche que conseguiam. Quando começavam a se mexer, era problema na certa. Aqueles ratos conseguiam sentir os túneis se mexendo e tremendo antes de nós. Quando começavam a correr, a gente também corria. E eles conseguiam reunir uma refeição inteira com os pedaços sujos de todo mundo. Eu não era supersticioso, mas não fazia mal seguir a sabedoria popular. Isso mantinha você vivo. Observe os ratos. Fique longe de qualquer mina onde esteve uma mulher. Observe a chama. A luz se apaga quando você chega a um bolsão de ar morto, e o melhor é você voltar rapidinho, mantendo-se perto do chão, se não quiser acabar morto também.

Tess   Mamãe tinha um jeito de misturar manteiga e açúcar na batata-doce que era de arrepiar. As batatas ainda estavam soltando fumaça, e o doce caldo da manteiga escorreria pelo prato.

— Está ótimo, mamãe — falei. — Muito bom, mesmo.

Todos concordaram e fizeram *hmm*.

— Posso comer mais uma? — perguntou Jack.

Mamãe se levantou e pegou outra pra ele do forno. Batata-doce não era algo difícil de se conseguir.

— Eu seria capaz de comer isso todo dia — falei.

Eu queria que ela entendesse direitinho.

— Está tão gostosa quanto uma torta — disse Virgie, e mamãe olhou pra baixo como sempre fazia quando a gente elogiava demais.

— Está boa, mesmo — comentou papai. — Ando pensando muito em maçãs assadas, Leta-ree. Você acha que poderíamos comer umas um dia desses?

E todos nós sabíamos que teríamos maçãs no dia seguinte.

7
Contando histórias

JACK   Papai sempre gostou de John Lewis. Para a maioria dos mineiros, ele ficava em uma posição entre Jesus e Roosevelt. E O Grande Homem veio até Birmingham em 1933, tentando conseguir apoio para a UMW* depois que Roosevelt lhe conferiu uma energia renovada.

> *In nineteen hundred and thirty-three*
> *When Mr. Roosevelt took his seat,*
> *He said to President John L. Lewis,*
> *In union we must be.*
> *Hooray! Hooray!*
> *For the union we must stan'*
> *It's the only organization*
> *Protects the laborin' man.***

---

* N.E.: United Mine Workers of America, o principal sindicato de classe dos trabalhadores da indústria de mineração. John Lewis presidiu a entidade entre as décadas de 1920 e 1960.

** N.T.: *Em mil novecentos e trinta e três/ Quando o sr. Roosevelt assumiu seu posto/ Disse ao presidente John L. Lewis/ Devemos estar em união./ Urra! Urra!/ Pois o sindicato de-*

Essa era a canção que eles cantariam mais tarde no mesmo ano, depois que as oito horas por dia e cinco dias por semana se tornaram lei e depois que o certificado monetário foi banido.

Papai dirigiu para ver o sr. Lewis naquele dia em Birmingham. Eu iria com ele, para ter uma noção do poder de Lewis e suas ideias, mas tinha caído doente com gripe ou algo assim e mal podia sair da cama sem meus joelhos cederem.

Papai ficou fora o dia inteiro, e, quando o sol começou a se esconder atrás das árvores, eu já me sentia lúcido o bastante para ficar impaciente. Para imaginar o que eu tinha perdido. Fiquei deitado tentando escutar o carro dele chegar e finalmente, bem quando mamãe ia acender as luzes, pude ouvi-lo chegando à rua. Ele veio direto até minha cama – provavelmente beijou mamãe antes, mas isso eu não vi – e começou a me contar sobre o discurso antes mesmo de tirar o chapéu da cabeça.

Eu quase podia ver Lewis, um homem grande com sobrancelhas espessas que ameaçavam tomar todo seu rosto. Ele dominava a multidão, conversando com eles como se fosse um profeta do Antigo Testamento. Papai aumentou o suspense de tudo, de pé ao lado da minha cama, balançando o punho no ar, com uma voz profunda e retumbante nem um pouco semelhante à voz dele. Então, disse ele, no meio do discurso de Lewis sobre o poder das massas, um homem na primeira fileira jogou um ovo cru que se quebrou bem na testa de Lewis e escorreu por seu rosto. O sr. Lewis mal parou, apenas limpou o rosto com uma mão imensa e continuou a discursar. Quando terminou suas considerações, com o aplauso ainda a pleno vapor, ele desceu do palanque e deu um soco no rosto do atirador de ovos.

Depois que papai parou de rir, enxugou os olhos e me lembrou de que eu deveria sempre dar a outra face. Ele passou a mão no rosto e completou:

---

vemos defender/ É a única organização/ Que protege os trabalhadores. (Tradução livre.)

— Quase sempre.

Eu fazia papai recontar essa história todos os anos, para qualquer garoto novo que eu trouxesse para jantar em casa ou garota nova com quem eu conversasse na igreja. E, com o tempo, eu juraria que havia estado naquela multidão: eu tinha visto aquele ovo voar. Eu tinha ouvido o barulho úmido que ele fez ao bater na testa do sr. Lewis. Eu havia torcido e aplaudido até que minhas mãos doessem quando o sr. Lewis socou o bêbado atirador de ovos. (Eu com certeza tinha sentindo um leve cheiro de uísque de onde estava.)

Eu tinha ouvido papai vezes o suficiente para fazer da sua história a minha.

Albert Eu sabia que era provável que a gente nem sequer soubesse se a mulher tinha mesmo tido um bebê. Ninguém mencionou um bebê perdido; por alguns meses, todos ficaram observando os filhos dos seus vizinhos (com qualquer tipo de desculpa à mão) para ter certeza de que eles continuavam ali. Surgiu um boato de que poderia ter sido uma garota ainda estudante que quis manter o bebê em segredo, embora Tess dissesse a quem quisesse ouvir que a mulher era alta demais e larga demais pra ser jovem. Não era o tipo de coisa que eu queria ficar ouvindo. E não era o tipo que eu esqueceria. Aquilo ficava se debatendo em minha cabeça sem nunca conseguir sair.

Esperei na varanda Virgie chegar do jogo de basquete.

— Você está de volta sã e salva — falei.

— Sim, senhor.

— Vocês venceram? — Guin nunca era tão bom quanto Carbon Hill.

— Vencemos.

— De quanto?

Ela torceu o nariz, mais parecendo ter quatro anos, e não catorze.

— Não sei.

Eu queria perguntar a ela o que tinha achado desse garoto Olsen, se ele havia tentando segurar a mão dela, se ele ficara observando o seu cabelo.

— Andei pensando, Virgie, sobre você ter ido ao jogo com o sei-lá-o-quê-Olsen. Dessa vez, com todas as garotas juntas, não teve problema, por ser uma ocasião especial, mas não quero que você saia mais com garotos. Não por um bom tempo — falei.

— Tudo bem — disse ela, parecendo mais feliz do que eu esperava. Já estava se virando pra ir embora quando parou e inclinou a cabeça. — Por que não, papai?

— Você é muito nova ainda. Não tem necessidade nenhuma de ficar saindo por aí com rapazes.

Ela ainda não parecia chateada, passando os dedos pelos cabelos e prendendo-os atrás da orelha como sempre fazia.

— Sim, senhor.

— Então, se algum outro rapaz chamar você para sair, diga que você só vai poder no colegial.

— Mas na verdade ele não me chamou, papai. Eu já disse isso. Era só um grupo de amigos, lembra? Ella e Lois falaram com ele, não eu.

Eu sabia tudo isso. Eu tinha dado permissão pra ela sair. Só estava arrependido.

— Eu sei o que foi. Só estou dizendo algo diferente agora.

— A gente só estava...

— Eu não esperava que você me respondesse.

— Não, papai, mas...

— Escute o que eu estou dizendo! — gritei e bati a mão espalmada contra a parede com força suficiente para fazer o chão tremer. Virgie deu um salto, e ouvi Leta chamar meu nome do quarto. Senti minha irritação escorrer até formar uma poça aos meus pés. Nunca havia levantando a voz pra Virgie – nem mesmo batido nela. Ela nunca deu motivo.

— Não quero ouvir mais nada. Eu conheço os garotos, Virgie — falei. Meu rosto estava ficando vermelho, mas estava escuro demais pra ela perceber. Isso era coisa pra Leta, não pra mim, mas eu falaria o que pensava até que ela entendesse. — Nenhum deles é bom o suficiente para você.

— Eu não quero nenhum deles, papai — disse ela, e percebi que ela estava vermelha também. Que bela dupla nós dois.

— Eu não gosto de Tom nem de ninguém em especial. Só gosto de sair com minhas amigas. E elas saem com meninos. Então eu também fico na companhia deles, é bom ter um número par.

— Eu não quero que você se envolva com um garoto nessa idade.

Ela pareceu estar com um pouco de medo de mim, mas respondeu de toda forma, com calma e tranquilidade:

— Eu não vou. Prometo. A gente só estava se divertindo, papai. Todos nós.

Leta se virou pra mim, seu cabelo frio e liso caiu sobre meu braço quando me deitei alguns minutos depois. Eu sabia que meus gritos e batidas na parede a acordariam. Ela, porém, não disse nada a respeito.

— Não se preocupe com isso — disse ela. — Aquela é uma alma velha em um corpo de jovem. Ela não vai fazer nenhuma bobagem.

Suspirei e dobrei a perna até que encostasse na dela. Não conseguia dormir. Estava tenso.

— E ela não liga para eles, de qualquer forma — sussurrou ela. — É a garota mais enjoada que já vi.

— Não quero que ela saia com aquele garoto. Ela é nova demais.

— Está bem — disse ela. — Eu concordo com isso.

Achei que ela estava adormecendo, mas ela falou de novo, com voz sonolenta e reflexiva:

— Será que ela se divertiu?
Isso eu não tinha perguntado.

Virgie Eu chamei tia Merilyn duas vezes antes de finalmente abrir a porta dos fundos. Segurei a porta de tela com o cotovelo para que não batesse, depois olhei ao redor da cozinha e chamei o nome dela mais uma vez, antes de entrar mesmo.
— A senhora está aqui, tia Merilyn? É Virgie.
Nenhuma resposta. A batedeira de manteiga estava no meio da cozinha, com uma cadeira ao seu lado. Eu podia sentir o cheiro da nata. Os pratos com flores azuis de tia Merilyn estavam empilhados ao lado da bacia, com pedacinhos de ovo ainda grudados neles. Pude ver as camas desarrumadas ao fundo (meio desconcertante ver algo tão íntimo), com os lençóis caindo da cama. Tia Merilyn não era muito de fazer tarefas domésticas. Ela limparia quando tivesse tempo, mas com alegria deixaria isso de lado para conversar, tomar um chá, ir até o correio. Ela ia lá quase todos os dias e ficava quase uma hora. Mamãe dizia que, se não fossem as mulheres se reunirem no correio, a gente encontraria tia Merilyn no galinheiro, desesperada por um cacarejinho.

Mamãe tinha uma programação exata dos serviços, cada coisa tinha de ser terminada ou guardada assim que acabasse de servir ao seu propósito. Louça lavada assim que terminávamos de comer. Camas arrumadas assim que acordávamos. E ninguém se sentava mais nelas depois que fossem feitas. Quando as mulheres passavam em casa, ela poderia limpar as mãos no avental e conversar por um minuto, mas, se quisessem ficar por mais tempo, deveriam seguir mamãe enquanto ela dobrava as roupas ou varria o chão. Suas irmãs sempre a importunavam por ela ter mania de limpeza.

Eu tinha fechado a porta e voltado para a rua quando vi tia Merilyn chegando. Pequena e rápida como mamãe, ela mal levantava poeira ao caminhar. Seu cabelo, escuro e na altura do queixo, se mexia e balançava; seus braços oscilavam, com um maço de cartas na mão. Ela era só movimento – para trás, para a frente, de um lado para o outro, todas as direções a atraíam.

Ela acenou quando me viu, as duas mãos ondulando com alegria, com cartas e tudo o mais.

– Virgie, querida! Entre em casa de novo para comer uns biscoitos.

Eu virei de costas, subi a escada e esperei por ela na varanda. Ela tinha duas filhas, Naomi e Emmaline, ambas bonitas e populares. Muito tagarelas, também.

– Boa tarde, tia Merilyn. Onde estão todos?

Ela deu de ombros e abraçou meu pescoço ao empurrar a porta para entrar.

– Por aí. As garotas foram comigo ao correio, depois quiseram dar uma volta sozinhas. Deus sabe onde estão os meninos. Em algum lugar arrancando pernas de insetos ou jogando um ao outro no riacho. Seu tio está na loja.

Para mim, a loja de tio Bill parecia não dar trabalho nenhum. Em vez de escuridão e sujeira, ele passava o dia cercado de tecidos, bugigangas e doces. Eu nunca tinha visto ele suar.

Entramos na cozinha, e tia Merilyn não pareceu nem um pouco envergonhada com a bagunça. Soltou um pequeno "humph" que parecia mais de satisfação do que de frustração ao colocar as cartas sobre a mesa e olhar para a pia cheia de louça. No segundo seguinte, ela começou a abrir as portas dos armários, pegando um pires vazio de uma prateleira e um prato coberto com uma toalha de outra.

Eu poderia ter me virado na cozinha dela tão bem quanto na nossa. Mamãe e tia Merilyn se viam quase todos os dias, e papai e tio Bill se davam bem como se fossem irmãos. Tio Bill tinha uma voz grande e retumbante capaz de fazer tremer as paredes quando ele cantava, e sua filha mais nova adorava tocar piano. Eles eram as únicas pessoas que eu conhecia que tinham um piano. Algumas vezes, Tess e eu íamos visitá-los depois do jantar – certas vezes vínhamos todos nós – para ouvir Emmaline tocar enquanto tio Bill cantava. Eles nem mesmo tinham rádio.

— Estou querendo falar com você há semanas — disse tia Merilyn. — Sua mãe me disse que você e Tess foram visitar Lola.

— Fomos — falei. — Não ficamos muito tempo. — Ela deslizou o prato de biscoitos até mim, e eu peguei um que era quase um círculo perfeito, só um pouquinho marrom ao redor. Então me dei conta de algo estranho. — Como é que mamãe soube disso?

— Lola foi até a sua casa. Devolver o cesto de vocês. Sua mãe não lhe contou?

— Não. — Ela não tinha dito nada. — Quando foi isso?

— Deus, não sei. Eu não estava lá. Semana passada, que eu me lembre. — Ela balançou a cabeça como se tivesse uma abelha nela. — Mas não mude de assunto. Você já tinha ido até a casa dela antes?

— Não, senhora. — Olhei para o que não era bem ainda manteiga. — Quer que eu prepare a manteiga para você?

— Agora, não.

— Ou talvez você queira começar o jantar...

Mamãe provavelmente estava começando a fazer o nosso, eu preferia ficar até os cotovelos de farinha de milho do que conversar com tia Merilyn sobre Lola Lowe.

— Agora, não — repetiu ela. — Virgie, por que raios você foi até lá? E por que levou Tess junto?

Hesitei. Poderia ter dito que estávamos sendo boas vizinhas. Poderia ter dito que conhecíamos as filhas de Lola da escola e queríamos visitá-las.

— Virgie? — insistiu ela.

— Achamos que o bebê dela poderia ter sido o que sumiu.

Ela não pareceu muito surpresa com a resposta, só pegou outro biscoito. Sua outra mão permaneceu parada, quase tocando o queixo; ela tinha o hábito de relaxar a mão e curvar os dedos de modo que parecia um leque. (Eu achava que parecia elegante, e praticava isso em frente ao espelho em casa.) Ela deu uma mordida no biscoito, depois o segurou enquanto falava:

— Achei que podia ser isso. Eu poderia ter dito para você que isso que não era possível. Ela é uma boa mulher. Teve uma vida mais difícil que a maioria, mas faz tudo o que pode por aquelas crianças.

— Eu sei. — Observei o biscoito subir e descer no ar enquanto ela concordava com a cabeça.

— Você pensou que ela poderia perceber a intenção de vocês?

— Não. — Eu me lembrei da expressão no rosto dela, da nossa conversa. Ela não parecia ter desconfiado de nada. — Você acha que ela percebeu?

Ela pousou o biscoito na mesa e bateu uma mão na outra.

— Vocês pediram para ver o bebê.

— Ela falou isso para mamãe?

Tia Merilyn fez que sim.

— Sua mãe não tinha certeza absoluta (Lola não é de ficar agitada), mas ela achou que Lola sentiu necessidade de se defender.

Fiquei imaginando se nós tínhamos estragado o gosto daquelas maçãs para ela ao deixá-la desconfiada com nossa visita. Torci para que não.

— Você foi visitar mais alguma assassina atualmente? — perguntou ela, com a sobrancelha erguida.

— Não, senhora. — Eu me contive antes de começar a morder o lábio. — Nós sabemos que a mãe dele não o matou, para começar. Mas também não temos mais mulheres para verificar. Vimos todos os bebês que achamos que podia ser aquele.

A porta da frente se abriu, e minha prima Naomi entrou vigorosamente, fazendo seu vestido azul celeste – com detalhes azul-marinho ao redor da gola e das mangas – girar ao redor dos joelhos. Ela segurou a porta de tela com a mão vazia; a outra segurava um livro grosso. Ela tinha os mesmos olhos cor de musgo de tio Bill, e o cabelo um pouco mais escuro que o meu, que caía em cachos ao redor do seu rosto. Seus cachos eram obedientes, no entanto, e caíam em molas perfeitas, não tinham vontade própria como os meus ou os de Tess. Mas era só isso que havia de comportado em Naomi.

— Alguém deveria estar terminando de bater a manteiga — disse tia Merilyn antes que Naomi pudesse sequer abrir a boca.

— Quem? — respondeu Naomi logo em seguida, com as sobrancelhas franzindo ao mesmo tempo em que os cantos da boca se erguiam.

— A mesma pessoa que vai cozinhar o próprio jantar, se não for logo preparar a manteiga — disse tia Merilyn, cutucando Naomi no estômago enquanto passava por ela. As duas deram risada. Tia Merilyn e suas filhas eram todas ousadas e cheias de opinião, provocando uma à outra o tempo todo e se divertindo absurdamente. Tess era mais parecida com elas, na verdade.

Naomi puxou a cadeira ao meu lado e prendeu a batedeira entre as pernas, alisando o vestido e prendendo-o debaixo das coxas.

— Desculpe, mamãe — disse ela, sincera. — Perdi a noção do tempo.

— Bem, pegue um desses biscoitos. — Tia Merilyn nunca parecia se preocupar demais com nada a ponto de lhe negar comer uns dos seus biscoitos.

— Oi, Virgie — disse Naomi, sorrindo para mim. — Como estão as coisas com vocês todos?

— Muito bem.

Naomi apoiou o livro na mesa, abriu-o e desmarcou o canto de uma página. Assim que arrumou o livro, ela pegou o cabo de madeira da batedeira com uma mão e se pôs a erguê-lo e abaixá-lo. Não começou a ler, no entanto; em vez disso, olhou para mim como se eu fosse a primeira página.

— Não vou ser mal-educada e ler enquanto você está aqui — disse ela. Mesmo sem sorrir, ela sempre parecia ter acabado de ouvir uma piada. — Eu só gosto de deixar pronto para ler.

— Essa garota nunca vai a lugar nenhum sem carregar um livro junto — comentou tia Merilyn, enfim frente à bacia lavando a louça. Com água que esfriara, eu tinha certeza.

Naomi continuou olhando intensamente para mim, mas parecia estar fazendo força para preparar a manteiga, movendo o cabo de forma constante e fazendo a nata se agitar dentro da máquina.

— Então você está saindo com Tom Olsen? — perguntou ela.

— É mesmo? — perguntou tia Merilyn. — Leta não comentou nada disso.

— Não estou, não — respondi. — Nós fomos ao jogo de basquete com um grupo de amigos.

— Achei que Henry Harken estivesse interessado em você — falou Tia Merilyn.

Depois ela completou:

— Bata.

Naomi havia parado de mexer. Sempre fazia isso, especialmente quando estava lendo. Eu já tinha apanhado ela algumas vezes absorta na leitura, com a mão ainda ao redor do cabo, mas completamente imóvel, ao visitá-la. Tinha vezes em que ela nem ouvia a porta da frente se abrir. Até que em dado momento tia Merilyn passava por ali, batia em seu ombro e lhe dizia: "Bata". Aí o braço de Naomi voltava a trabalhar de novo.

— Não, senhora — respondi, concluindo que o melhor seria dar a resposta mais simples possível. — Não acho que Henry esteja interessado em mim.

— Todos estão interessados em Virgie — disse Naomi, batendo.

— Não estão, não — falei para tia Merilyn.

E para Naomi:
— Você está tentando me deixar envergonhada.
Ela apenas sorriu.
— Talvez.

— Ora, eles deveriam estar mesmo — disse tia Merilyn, virando-se para mim e ficando tão animada que começou a falar com as mãos, embora elas estivessem molhadas. Uma rajada de gotinhas saltou pelo ar. — E você precisa se divertir bastante controlando todos eles. Nada mais engraçado do que um garoto apaixonado.

Nunca ouvi mamãe falar assim.

— Eles não estão apaixonados — falei. — E por que isso seria engraçado?

— Sabe quando você poda uma videira de tomate para que ela cresça ao redor do pedaço de madeira? — perguntou tia Merilyn. — Bem, você é a madeira, querida.

Naomi, que não parecia nem um pouco chocada, pegou um biscoito.

— Ela adora dizer que eles são videiras de tomate.

— Bata — disse tia Merilyn.

Naomi franziu a testa, mas colocou o livro sobre a mesa e segurou o biscoito com uma mão enquanto batia com a outra.

— Ela fala essas coisas quanto tio Bill está por perto? — perguntei baixinho para Naomi.

— Nossa, a senhora diz a papai que ele é um tomate o tempo todo, não é, mamãe?

Tia Merilyn deu de ombros.

— E ele não se importa? — perguntei.

— Ah, ele geralmente me diz que pelo menos o tomate produz alguma coisa. Enquanto a madeira só fica parada, sem fazer nada até apodrecer.

— E a senhora responde... — Naomi deu a deixa e tia Merilyn concluiu:

— Que é bem mais fácil esmagar um tomate.

Então as duas se dobraram de tanto rir. Eu ri também, ainda tentando compor uma imagem em minha cabeça de tio Bill e tia Merilyn conversando sobre amor e tomates. Mamãe e tia Merilyn eram tão parecidas; até nossas casas foram construídas meio iguais, mas assim que entrávamos pela porta, a coisa ficava totalmente diferente. Fiquei ali sentada imaginando todos eles em um círculo ao redor do piano, toda a família fazendo um comentário espirituoso atrás do outro, transformando a conversa em um jogo de xadrez em que todos tentavam dar xeque-mate no outro.

Fiquei por lá alternando o trabalho de bater com Naomi até que as natas viraram manteiga e esta estava pronta para ser colocada na forma. Essa era a melhor parte.

A forma de manteiga, com formato igual a uma batedeira em miniatura, prensava um desenho de margarida na parte de cima da manteiga. Mamãe e tia Merilyn tinham formas iguais, e eu adorava fazer barras grossas, redondas e lisas de manteiga. Virei a forma de madeira de ponta-cabeça, puxando bem o êmbolo para que Naomi pudesse colocar a manteiga cremosa com a colher de pau. Ela virou uma colherada atrás da outra e depois alisou a manteiga por cima da forma para que ficasse cheia até a boca. Então eu virei a forma do lado certo sobre um prato e abaixei o êmbolo, pressionando a manteiga com um gratificante som de sucção. Ela parecia tão fria e deliciosa ali, como um pudim ou uma torta sem a casca – eu e praticamente todo mundo já tínhamos surrupiado um bocadinho de manteiga tão logo tivemos altura suficiente para alcançar a mesa. Certa vez, entrei na cozinha quando Tess era pequena e, no meio da mesa, estava a manteiga, bela e faceira... com três marcas de mordidas no meio. Tess era a única que eu conhecia que continuava comendo após a primeira mordida.

— Você devia vir comigo à igreja no domingo — disse Naomi, e tomou controle da forma. Passei a colocar a manteiga. — Você ia gostar do pastor.

— Qual delas? — perguntei. Tio Bill era batista e tia Merilyn era metodista. As duas igrejas só se reuniam dois domingos por mês, então eles se revezavam. Porém, tia Merilyn acabava fazendo assados e tortas para os doentes das duas congregações.

— A metodista é a próxima que vai ter culto — respondeu Naomi. — E o pastor é um jovem da Birmingham-Southern.

Essa era uma faculdade metodista.

— Está dizendo que você gosta dele?

— Ele é pastor... claro que eu gosto dele.

Mas achei que tinha ouvido algo a mais em seu tom de voz. E ela não estava me olhando diretamente nos olhos, o que, para Naomi, era bastante incomum. Achei que tinha encontrado uma chance de poder provocá-la um pouco também, o que, para mim, era bastante incomum.

— Mas você gosta dele como algo mais do que um pastor?

Antes de ela poder responder, completei:

— A ponto de ir com ele a um baile?

Ela e a irmã mais nova podiam ir a bailes – os metodistas e batistas não achavam que isso era errado. Eu nunca tinha tido muita vontade de ir a um, mesmo porque todas as crianças pequenas iam até o ginásio onde aconteciam os bailes, ficavam com o nariz apertado nas janelas o tempo inteiro e depois saíam de lá contando para todo mundo quem estava dançando com quem, quão perto um do outro ficaram e onde colocaram as mãos. Não, obrigada, eu não queria aprender a dançar.

— Ele é uns cinco anos mais velho que eu — disse ela.

— Ele tem vinte? Vinte e um? Não é uma diferença muito grande.

Ela balançou os cachos, e eu me preocupei de que alguns fios caíssem na manteiga. Mamãe nos fazia passar uma escova nas roupas e prender o cabelo antes de colocar o pé na cozinha. Tia Merilyn não se importava muito com isso.

— Só estou dizendo que você devia ouvir esse pastor pregar. Com certeza ele fará você rir, e o tempo passa rápido. — Ela prensou um círculo branco perfeito e eu o admirei. — Podemos achar que um pastor é chato, mas...

Ela parou de falar de repente.

— Você está sonhando em se casar com ele — falei, surpreendendo a mim mesma, mas espantada com a expressão no rosto dela.

Ela não respondeu logo.

— Ele provavelmente me considera uma irmã mais nova, ou algo assim. Não o tipo de mulher com quem ele se casaria — ela soou melancólica.

— Você vai dançar com o pastor, sair com o pastor e casar com o pastor — falei, quase cantando, eufórica com a preparação da manteiga.

— Não vou — disse ela, concentrada demais em fazer outra barra.

— Você está pronta para se casar? — Ela só estava no primeiro ano do colegial e odiava meias sete-oitavos ainda mais que eu. Talvez fosse preciso entrar em um acordo com as meias antes de começar a pensar em se comprometer com alguém pelo resto da vida.

— Não agora, claro. Mas um dia, sim. — Ela balançou a forma na minha direção. — Mais manteiga.

Eu me lembrei do jogo de basquete, com o qual antes eu havia ficado apreensiva e do qual no fim até tinha gostado. Antes eu tinha ficado apreensiva com os rapazes me acompanhando, também, mas caminhar com eles era até legal. Eu ainda tinha medo de um dia casar com alguém e passar o tempo todo limpando, cozinhando, cuidando das crianças e acenando da varanda quando todos fossem embora.

— Você não tem medo de pensar nessas coisas? — perguntei.

— Medo?
— De ser esposa. Para sempre. E ter filhos. E não ser mais apenas Naomi nunca mais.
— Parece divertido, não? — disse ela. — Ter uma família só sua?
— Enforme — disse tia Merilyn, sem mesmo olhar para baixo ao passar por nós.
— Eu estava enformando! — protestou Naomi. — A senhora não pode me lembrar de fazer algo quando já estou fazendo!

Tess   A parte da colheita de algodão de que a gente gostava e que não fazia você sangrar era quando a varanda ficava coberta de branco. Depois que os grandes sacos de algodão eram selecionados e empacotados, papai e o sr. Talbert preparavam Cavalo e levavam os pacotes até nossa casa, na carroça. Eles eram empilhados num dos lados da varanda, ficando cada vez mais altos com o passar dos dias, até que finalmente tomavam o meio da varanda e a gente tinha de empurrar as cadeiras de balanço prum canto. A varanda toda se tornava uma grande cama, macia e elástica, que puxava você pra dentro dela. Era um parque de diversões branco, que grudava no cabelo, se esfregava na roupa. Jack e eu adorávamos subir no algodão, pular nele, correr e saltar de barriga em cima dele.

Eu ia perguntar pros garotos Talbert se eles queriam vir pular no nosso algodão.

— Mas eles nem foram legais com a gente — disse Jack.

Ele estava praticamente correndo pra poder me acompanhar, e seus pés descalços levantavam poeira atrás dele. Desde pequeno, ele podia tirar os sapatos depois que chegava da escola.

— Eles só não conheciam a gente direito — falei pra ele.

— Eu não gosto deles.

Aí ele parou de andar e colocou as mãos no quadril, me desafiando.

— Ah, deixa de ser uma peste, Jack. Você disse que ia junto. A gente busca os dois, depois volta e eu atiro você no algodão quantas vezes você quiser.

O que ele mais gostava era quando eu unia minhas mãos pra ele pisar nelas e depois eu o jogava sobre os sacos.

— Quantas vezes eu quiser — repetiu ele.

— Sim — bufei.

A gente voltou a andar.

— Ainda não entendo o que você viu nesses Talberts feios — murmurou ele, mas foi baixinho o suficiente pra eu poder ignorá-lo.

Então ignorei. Depois consegui colher um punhado de maçãs silvestres pelo caminho, sem ele perceber. Esperei até a gente passar pela última macieira, aí atirei todas elas nele de uma vez só. Bem na parte de trás da cabeça. Ele gritou.

Só que então a gente estava chegando perto da casa dos Talbert, e não tinha muito o que ele pudesse fazer a não ser dar um puxão no meu cabelo bem rapidinho. O garoto e a garota tavam fora de casa, observando a gente chegar da estrada. O garoto tava sentando na escada da varanda, entalhando um pedaço de madeira que ainda era um bloco. A garota tava varrendo a varanda – sem mirar o irmão, o que pra mim era um desperdício –, e os redemoinhos de poeira caíam pelos lados até o chão. O cabo da vassoura era mais alto do que ela.

— O sr. Moore não tá aqui — avisou a garota, ainda raspando a palha no chão da varanda.

— Não tava procurando papai — falei. — Acho que a gente não se apresentou direito na semana passada. Sou Tess.

— Lou Ellen — disse ela, sem sorrir, mas parando o movimento da vassoura.

— E esse é...

— Jack — interrompeu ele, antes de eu poder terminar.

— Esse é Eddie. — Lou Elle abanou a mão na direção do irmão, mas ele não tirou os olhos da escultura que tava fazendo.

217

Lou Ellen e Eddie, repeti dentro da minha cabeça. Lou Ellen e Eddie. Tentei prestar atenção ao rosto de Lou Ellen enquanto me acostumava com seu nome – ela tinha nariz arrebitado, e ele tava vermelho e descascando, mesmo ela sendo tão bronzeada. Gostei do nariz dela.

— Escuta — falei. — O algodão tá todo empilhado na nossa varanda... Eles vão levar tudo pro descaroçador amanhã. A gente achou que vocês gostariam de ir lá pular nele com a gente. Você e o seu irmão.

Eles ficaram quietos por tempo demais, então eu completei:
— Último dia pra fazer isso.

— Pular no algodão? — perguntou o garoto, sem olhar pra gente, mas colocando a madeira no chão.

Garoto não. Eddie. Ele tava perto o suficiente pra eu poder ver o grande vão entre os dois dentes da frente. Dava pra enfiar um lápis ali.

— Claro — disse Jack. — Você nunca fez isso?

Pela expressão no rosto deles era óbvio que não, não tinham. Tanto trabalho na colheita, e eles nunca tinham chegado na melhor parte. Era como varrer as folhas do quintal e não poder pular nelas.

— Vejam — falei, com bastante paciência —, os pacotes ficam empilhados na varanda, mais altos do que eu — eu ergui minha mão na altura do algodão empilhado. — Dá pra subir neles, pular neles, rolar neles. É como brincar com nuvens.

— É muito legal — disse Jack. — Divertido, mesmo. — Ele parecia um pouco mais gentil com os Talbert, agora que ele se dava conta do que eles tavam perdendo.

— E os seus pais não se importam com isso? — perguntou Lou Ellen.

— Nossa, não — respondeu ele.
— A gente faz isso o tempo todo.
— E é mais alto do que você? — perguntou Eddie.

— É — respondi. — E não tem mais as partes espinhentas. Tentei pensar em algo mais que eu pudesse falar sobre como aquilo era especial, mas devo ter dito o suficiente. Lou Ellen encostou a vassoura na parede.

— Deixa eu perguntar pra mamãe — disse ela, quase correndo pra dentro da casa, olhando por cima dos ombros como se não tivesse certeza de que a gente fosse esperar.

Eles conseguiram permissão, então nós quatro voltamos correndo pra nossa casa e só paramos quando chegamos no topo da escada (o que não deu chance a Jack de parar e colher maçãs silvestres pra dar o troco em mim).

— E agora? — perguntou Lou Ellen. — A gente pula?

— Não, tem mais coisa — falei. — Você tem de criar uma história.

— História?

— Faz você, Tess — disse Jack. — Você é quem faz melhor.

Pareceu que seria o mais fácil, mesmo. Tava na cara que Lou Elle e o irmão não saberiam ajudar.

— Tá bem — falei —, antes de pular no algodão, você tem de decidir quem você é e o que tá fazendo.

— A gente sabe quem a gente é — disse Lou Ellen, parecendo nervosa, como se eles tivessem se enganado em vir com a gente.

Eu já tava cansada de ter paciência. E notei que Lou Ellen tinha o hábito de segurar a boca aberta com a língua, pontuda e afiada, cutucando o canto da boca. Aquilo fazia ela parecer um animal nervoso.

— Deixa eu terminar — falei com voz de professora, tentando ignorar a língua ondulante de Lou Ellen. A ponta dela deslizou pelo lábio superior, cutucando os cantos da boca. — Vamos começar com o algodão. Ele poderia ser nuvens e a gente podia ser anjos tocando harpas ou pássaros sobrevoando, ou então a gente podia construir homens de neve e ter uma luta de bolas de neve... ou qualquer coisa.

— A gente podia ser carunchos e comer tudo — disse Eddie.
Dava pra perceber que ele nunca tinha brincado de faz-de-conta.

— Não, isso não vale — falei. — Você tem de ir além disso. Agora não é algodão, é outra coisa... diferente.

Os dois ficaram sentados por um tempo, olhando pro algodão como se ele fosse se transformar sozinho em alguma outra coisa. Então Lou Ellen disse:

— Você já viu onde o riacho corre tão rápido sobre as pedras que faz espuma?

A gente fez que sim.

— Bem — continuou ela —, o algodão podia ser água correndo. O topo da água corrente, e a gente podia ser os peixes nadando na correnteza.

Todo mundo achou que aquela era uma ótima ideia. Então nadamos e chacoalhamos correnteza acima e abaixo, e Jack foi pego por um anzol e se jogou da varanda pra terra firme. Ele ficou deitado abrindo e fechando a boca até que Eddie fingiu jogá-lo de volta na água-algodão.

Lou Ellen e eu ficamos nadando, ondulando nossas caudas e mexendo as nadadeiras do mesmo jeito que a gente bateria as asas, se a gente fosse galinhas. Enquanto a gente boiava na água, a camiseta dela subiu e eu vi uma marca vermelha em um dos lados do seu corpo, áspera e enrugada, que contrastava com o resto da sua pele clara.

— Você se machucou? — perguntei, apontando.

Ela olhou pra baixo e puxou a camiseta, descendo dos pacotes.

— Derramei água fervente em mim quando era pequena. Bati no cabo da panela e ela caiu do fogão. Me queimou bastante.

— Sua mãe não tava de olho?

Ela me olhou de novo daquela forma que dizia que a gente falava línguas diferentes.

— Ela tava trabalhando com papai. Eu é que tava encarregada de fazer o jantar.

Então ela se deixou cair com força de costas em cima do algodão, e sua saia levantou junto com as pernas. Mexeu os braços pra cima e pra baixo pra fazer um anjo de algodão. Seus calções de baixo eram feitos de estopa também, e sua camiseta subiu de novo até uma altura que eu consegui ver a queimadura.

— Papai tem cicatrizes — falei, as palavras simplesmente saindo da minha boca. Não tinha passado pela minha cabeça que as crianças, as garotinhas, também poderiam tê-las. As cicatrizes vinham de pilhas de sujeira ou grandes pedaços de madeira que caíam em cima de você, ou então de coisas pontudas que giravam e cortavam. Coisas perigosas e dramáticas, que não aconteciam comigo.

— É, meu pai tem também — disse ela. — Você não tem nenhuma?

— Hã-hã.

— Nenhuminha?

Eu queria inventar uma, algo que fosse igual àquela pele cozida ou à faixa grossa e branca no ombro de papai. Olhei pra baixo, observando meus pés e minhas pernas, subindo pros meus braços e desejando com toda a força do mundo que alguma marca nova ficasse visível. Algum sinal de uma grande aventura de que eu já tinha me esquecido. O que eu vi foi uma marca larga em V, resquício de quando tropecei e caí com força em cima de uma pedra no quintal. Bem no meio do meu braço, logo abaixo da curva do meu cotovelo. Ela não parecia mais estranha que uma sarda. Eu tinha me esquecido do grito que soltei quando caí no chão – só não podia me lembrar por que raios eu tava correndo – e de como eu quase caí de novo tentando encontrar alguém pra me ajudar. Eu tinha me esquecido de que meu braço sangrou um dia inteiro e de que mamãe tinha se debruçado sobre mim na cama, checando a atadura que ela tinha amarrado ao redor dele e franzindo a testa com força, ao ver que o corte ainda tava sangrando. E de que eu tinha imaginado que poderia deixar cair sangue na cama e perguntado se eu deveria dormir na cadeira, mas que mamãe só passou a mão no meu cabelo pra tirá-lo da testa e sorriu.

Estiquei meu braço na direção de Lou Ellen e apontei.

— Eu caí em cima de um pedra bem ali, do lado da escada — falei.

Ela observou meu braço com mais atenção do que observei o corpo dela, passando um dedo sujo sobre a marca.

— É legal — disse ela. Sua língua estava pra fora novamente, a ponta curvada sobre o lábio superior, e eu pensei, não, não era bem como um animal nervoso. Ela parecia pensativa, inteligente. Como um esquilo querendo esconder uma noz. Olhos piscando e bigodes tremendo. — Eu gostei.

— É bem pequena — falei.

Ela balançou a cabeça na direção do tronco dela, depois contornou o formato da minha cicatriz novamente, quase fazendo cócegas. Quase uma pena ao invés de um dedo.

— A sua é bonita — disse ela. — É como você desenhar pássaros no céu.

Sem pressa observei meu próprio braço, torcendo ele pra lá e pra cá. Ela tava certa – se eu tivesse caído sobre um monte de pedras, eu poderia ter uma revoada no meu braço, pequenos Vs tentando bater as asas e descer até meu pulso ou subir até meu ombro.

— Deixe eu ver a sua de novo — falei. Mas dessa vez ela pareceu nervosa, com vergonha. — Por favor — acrescentei.

Ela levou a mão até a camiseta, mas não levantou nem um pouquinho.

— Só uma olhadinha — falei, no que achei ser uma voz doce. Mamãe a chamava de voz de choramingo, mas a única coisa que eu conseguia quando usava essa voz com Virgie era um puxão rápido no cabelo.

Só que funcionou com Lou Ellen. Ela puxou a camiseta alguns centímetros pra cima e deu pra ver a cicatriz de novo. Áspera, saltada e ainda vermelha, não parecia nem um pouco algo do passado.

— Não dói? — perguntei.

Ela fez que não.

— Pode tocar.

Então eu toquei, e não era mais quente do que meu dedo. Não era escorregadia, pegajosa ou seca como pele de cobra. A textura parecia mais com a de um assento de carro do que com a pele de uma garota. Não parecia viva. Parecia algo diferente de todas as outras coisas que eu já toquei antes, e eu tive vontade de puxar minha mão de volta ao mesmo tempo em que queria deixá-la ali pelo tempo que Lou Ellen permitisse. Mas eu a cutuquei mais uma vez com a ponta do dedo e coloquei as mãos atrás de mim, na varanda.

— Nenhuma outra pessoa tem uma como essa, aposto — falei. — Eu nunca vi.

Ela abaixou a camiseta.

— Você acha que é feia?

— Não — respondi. Eu não achava. — Acho que parece uma fita. Não de seda, mas uma daquelas fitas enrugadas. Tafetá ou coisa assim.

Ela deu de ombros e virou o rosto, então não pude ver se ela ficou contente ou não. Esperei pra ver se ela queria que eu explicasse mais sobre o tipo de fita, mas ela não perguntou.

A gente voltou a brincar.

Com os últimos raios de sol fugindo e a lua já firme no céu, restava apenas eu e Lou Ellen, sentadas com os pés pendurados. O algodão era um penhasco que tocava as nuvens, e as vespas zunindo ao redor do teto eram águias, e o chão da varanda era um poço de fogo, onde você viraria torrada se caísse. Jack tinha ficado bravo depois de virar torrada, então ele e Eddie tinham ido embora, batendo os pés.

— Isso foi muito divertido — disse Lou Ellen. — Obrigada por convidar a gente. Mas mamãe vai ficar preocupada se a gente não chegar logo em casa.

— Só tem você e Eddie na sua casa?

Eu achava estranho não ter visto nenhuma outra criança por lá.

— Ah, eu tenho quatro irmãos mais velhos... Todos crescidos e já morando fora de casa. Só ficamos nós dois lá. Mais a minha vó. Ela mora com a gente desde que meu vô morreu. E minha tia Lou. Ela se mudou neste verão.

— Por quê?

Eu não podia imaginar tia Célia ou tia Merilyn decidindo do nada morar com a gente.

— Não sei. Ela costumava morar com minha vó, e vovó veio morar com a gente depois que vovô morreu. Isso já faz um tempo. Mas tia Lou – meu nome é em homenagem a ela – ficou na velha casa da família até este verão.

— Minha tia Célia mora com minha avó. Por que sua avó não ficou com sua tia Lou?

— Mamãe diz que ela gosta de ficar perto dos netos. Papai diz que uma pessoa só não dá conta de lidar com tia Lou, porque ela é problemática.

— Ela é problemática?

Eu fiquei pensando no que isso queria dizer.

Lou Ellen deu de ombros.

— Bem, vovó ficou com a minha cama e tia Lou ficou com a de Eddie, então talvez ela seja um problema pra ele. E ela é bem ansiosa. No funeral do meu vô, meus tios tiveram de carregar tia Lou porque ela tava chorando demais.

— Você conhecia bem ele?

— Visitei algumas vezes. Por quê?

— Nunca conheci alguém que morreu, não alguém próximo. A gente foi ao cemitério visitar minha avó e meu avô, pais da minha mãe, mas eles morreram antes de eu nascer.

— Conheço muitos mortos, mas eles não tão no cemitério — disse Lou Ellen.

— Onde mais estariam?

— Se você não tem dinheiro pra enterrar no cemitério, enterra no quintal — respondeu ela. — Mamãe já enterrou três lá.

— Três corpos?

— Bebês. Dois deles nasceram azuis. Um foi morte do berço.

Ela continuou batendo os pés nos pacotes, como se fosse normal enterrar bebês no quintal. Normal puxar a morte junto com a grama, com o sol, com o balde d'água.

Albert A algazarra das crianças brincando – gritos, risadas e barulhos altos que me fizeram apurar os ouvidos para qualquer possível choro – tinha terminado. Eu não sabia quem Tess e Jack tinham convencido a vir até aqui, mas a casa tremeu com tanta besteirada. Só que eu não quis ir dar um jeito naquilo, não quis calar a boca de todos ou pôr eles pra fora. Não quando era mais fácil ficar escondido na varanda do fundo. E ficar perto do poço de Tess. Ela não se sentava mais aqui, depois de todos os anos em que a gente foi obrigado a procurá-la e tirá-la à força do silêncio aqui de fora, sempre fazendo bico e choramingando.

Entendi por que ela gostava daqui. Dava pra ficar só aqui fora. Encostado no corrimão, sentindo a madeira áspera nas mãos, eu ouvia Jack e algum outro garoto berrando no jardim lá na frente e ouvia Leta fazendo barulho na cozinha – até mesmo o barulho que ela fazia parecia estável e com propósito –, mas eu continuava desligado de tudo. Ainda coberto com o trabalho do dia, a camiseta dura do suor que havia secado, as pernas reclamando de dor. Porém, eu não queria ir me lavar, não queria me sentar, não queria abraçar ninguém. Ainda não.

O que eu queria mesmo era chamar Jonah pra jantar, depois me sentar com ele na varanda e conversar. Perguntar se ele achava que o que Bill Clark tinha dito fazia sentido, que alguém havia tentado estragar nossa água. Perguntar se ele achava que eu deveria deixar as coisas como estavam, tirar aquilo da cabeça. Eu achava que sim.

Durante anos, Bill teve um vizinho que era de cor, antes de as minas começarem a fechar e o homem se mudar para Detroit. Ninguém dizia nada com relação a isso. Não havia estardalhaço, sussurros ou olhares estranhos. Então era isso que eu planejava: ver se Jonah não gostaria de conversar um pouco.

Ouvi os grilos e senti o ar frio, mas mesmo assim não entrei em casa.

— Papai?

Olhei pra baixo e vi Tess ao meu lado.

— Se você fosse uma cobra, teria me mordido — falei.

Ela fingiu me dar uma mordida; piada antiga.

— O que o senhor tá fazendo aqui, papai?

— Só pensando.

Passei uma mão sobre o cabelo dela desalinhado, mas ele voltou ao lugar tão logo escapou da minha mão.

— Por que o senhor tá pensando?

Ri ao ouvir isso.

— Não insulte seu pai. Eu penso bastante.

— Eu sei disso — comentou ela, com pequenas rugas iguais às de Leta na testa. — Mas no que o senhor tá pensando?

Ela parecia uma plateia tão boa quanto qualquer outra. Testei as palavras em voz alta:

— Em chamar o sr. Benton aqui. Estou pensando em convidá-lo pra jantar algum dia.

Ela assentiu, como se a gente sempre se sentasse na varanda pra conversar sobre a vida.

— Eu convidei os Talbert pra vir brincar com o algodão — comentou ela, toda satisfeita.

Aquilo me surpreendeu, mas só perguntei:

— Vocês todos se divertiram?

— Sim, senhor. Eles são legais. E nunca tinham brincado no algodão.
— Nunca?
— Não, senhor. Eu tive de ensinar como se faz.
— Eles voltaram pra casa?
— Sim, senhor.
— Por que você quis chamar os dois?
— Só tentei ser gentil.

Não era típico dela agir assim. Ela não pensava com frequência em outra coisa além de si mesma – não era como Virgie, que protegeria qualquer criança, adulto ou borboleta que encontrasse. Porém, talvez a culpa de não ter dividido aquele pão tivesse pesado na consciência de Tess mais do que eu havia percebido. Talvez Leta tivesse razão quando disse que faria bem pras crianças ver que algumas pessoas tinham uma vida bem mais difícil que a nossa.

Ou talvez eu apenas não conhecesse Tessie tão bem quanto achava que conhecia.

— Lou Ellen Talbert parece um esquilo quando põe a língua pra fora — comentou ela de repente. — Ou um gambá, algo assim.

Essa Tessie. Senti algo parecido com alívio, então, que transpareceu em minha risada, e fingi que ia apanhar a língua dela, mas meus dedos foram barrados quando ela juntou os lábios bem apertado, mesmo sorrindo.

— Mas gostei dela — disse Tessie assim que minha mão estava de volta em segurança no corrimão. — Ela é bem legal. E acho que o senhor devia convidar o sr. Benton pra vir aqui. Seria legal se o senhor tivesse companhia.

Respondi no mesmo tom sério dela:
— Agradeço por você dizer isso. Vou pensar no assunto.

Ela ficou ao meu lado mais alguns minutos, cada vez se aproximando mais, até que por fim se encostou em mim, apoiando o ombro no meu quadril. Eu sabia que estava pra lá de fedido, mas ela não pareceu se importar. Nós não dissemos mais nada, e por isso fiquei bem contente. Era com Leta que as garotas podiam dividir seus segredos, mas eu não era dado a conversas demoradas, que provavelmente seriam sobre vestidos, bonecas ou garotos. Porém, Tess não gostava de bonecas, pelo menos eu achava que não. Não conseguia me lembrar dela pedindo uma, ou mesmo dela brincando com uma espiga de milho enfeitada. Será que ela já pensava em garotos? Quando isso começou? Leta provavelmente saberia.

Se eu precisasse saber de algo, com certeza ela me informaria. E eu poderia aproveitar pra não falar, só ficar ali parado com Tess, sentindo o ombro dela contra meu corpo e ouvindo as pequenas exalações de sua respiração.

Depois de um tempo ela se aprumou e se virou na direção da porta da cozinha, mas eu não queria que ela se fosse ainda.

— Por que você veio até aqui fora, Tess? — perguntei, fazendo-a parar com a mão na maçaneta. — Está sentindo falta do seu poço?

Pela primeira vez, ela olhou na direção dele, inclinou a cabeça e fez os cachos balançarem, observando-o por um longo momento. Deu alguns passos em minha direção, o que a aproximou do poço, mas não chegou perto demais.

— Não — respondeu ela, afinal. — Eu não tava pensando no poço.

— Então por que está aqui fora?

Ela inclinou a cabeça para o outro lado, sorrindo pra mim, e vi a resposta antes mesmo de ela dizê-la. Eu vi ela na posição daquele queixo pontudo e no seu sorriso, que ainda era de garotinha e mostrava todos os dentes.

— Porque o senhor tá aqui fora — disse ela.

VIRGIE Eu tirei o ovo cozido da panela, e mamãe jogou as batatas cozidas de uma mão para a outra até soltar uma em cada lancheira. Eu não me atrevi a jogar os ovos. Tess, Jack e eu ganhávamos um ovo cada, mas a marmita de papai levava três, além da maior batata. Eu embrulhei os ovos em uma toalha para que eles não se quebrassem. Eles ficavam no compartimento de comida, enquanto mamãe colocava água fresca do outro lado. Nós já tínhamos lavado e secado a louça do café da manhã, e mamãe estava guardando o último pires. A mesa não tinha uma migalha sequer, e toda aquela limpeza me fez lembrar de tia Merilyn.

— Mamãe, a senhora achava divertido sair com rapazes?
— Dependia do rapaz — respondeu ela.
— Mas a senhora gostava?
— Você não está gostando desse garoto Olsen, da mesma forma que não gostou de Henry Harken?

Eu pensei sobre aquilo.

— Não, senhora, acho que gosto mais dele do que de Henry. Ele é muito educado e não fala muito... Mas fala o suficiente... E quando eu sorrio para ele, ele responde com um sorriso duas vezes maior.

— Já é alguma coisa — disse ela. — Acredito que ele seja um bom garoto.

Depois de ter os almoços preparados e os pratos lavados, ela pegou a tigela de fazer pão, um círculo de madeira fundo e grande o bastante para que Tess sentasse nele. Observei mamãe peneirar a farinha, medir o bicarbonato de sódio e o leitelho. As mãos dela nunca se apressavam ou paravam na cozinha – elas dançavam da tigela para a jarra, dali para a colher e para a pia, e então para o pano de prato, entornando, mexendo, batendo, medindo e testando. Eu adorava observar os movimentos de suas mãos.

— Parece bem mais difícil do que conversar com garotas, no entanto — falei.

— Por que você acha? — Isso era algo bem de mamãe: ela era boa em fazer você falar, cutucava e provocava até que você tivesse de encontrar a verdade por trás daquilo que estava dizendo. Ela mesma não perdia muito tempo com conversa, e nem sempre se dava ao trabalho de lhe dizer como você poderia resolver seus problemas, mas seria capaz de lhe escutar o dia inteiro e faria você continuar falando até que soubesse o que realmente estava tentando dizer.

— Nunca se sabe o que os garotos estão pensando.

— Eu nunca sei o que as garotas estão pensando, também.

Ela mexeu e amassou o fermento com algumas colheres cheias da água quente. "Esmagar o fermento", era como ela chamava. Se não estivesse bem esmagado, o pão não cresceria.

— Bem, não, mas... — Fui obrigada a recomeçar. — Com os rapazes, você precisa descobrir por que eles estão falando com você, e depois o que eles estão pensando de você.

— Você não tinha dito que não gostava de nenhum deles em especial?

— Eu não ligo.

— Se é assim, não importa o que eles pensam, não é?

Eu saboreei o cheiro forte e doce do fermento. A cozinha estava impregnada dele.

— Mas a gente tem de descobrir o que pensa deles.

— Ah — disse ela. — Agora entendi.

— Entendeu o quê?

— O que está preocupando você.

— O fato de que os garotos são difíceis de entender?

Ela estava com as mãos enfiadas na massa, apertando-a e virando-a.

— O fato de que você não sabe qual deles realmente vale a pena. Pode passar a farinha na bancada para mim?

Eu havia me posicionado entre ela e o saco de farinha, e ela colocou a tigela de lado, me dando espaço para espalhar um punhado de farinha sobre a mesa. Eu a alisei com a palma da mão, e ela colocou o bloco de massa bem no meio da farinha, esfregando as mãos na minha para cobri-las de branco novamente.

Ela faria quatro ou cinco pães de uma vez só, o suficiente para durar uma semana.

— Como a senhora e o papai se conheceram? — perguntei, enquanto ela separava a massa em pedaços.

— Perto de uma grande fogueira. Eu fui com meu pai, e Albert se aproximou e se apresentou.

— Por que ele se aproximou? Ele gostou da senhora logo de cara, antes mesmo de conhecer você?

— Bem, meu cabelo tinha quase pegado fogo. Isso pode ter chamado a atenção dele.

— O que a senhora achou dele? — A farinha cobria seus pulsos, e havia uma mancha também em sua bochecha. Ela pegou o puxador de uma gaveta com o mindinho, puxando um rolo de massa sem deixar nenhum rastro de farinha.

— Ele me pareceu uma boa pessoa. Achei os olhos dele bonitos. Meu pai gostou dele.

— A senhora achou que se casaria com ele?

— Minha nossa, não.

— Quando a senhora mudou de ideia?

Ela se virou de lado, com as duas mãos ainda sobre o rolo de massa, e se encostou na pia.

— Ele pediu, e eu aceitei.

Definitivamente não era essa resposta que eu estava procurando.

— Mas como a senhora soube?

— Soube o quê?

— Que queria se casar com ele.

Ela parou de amassar, mantendo dobradas as mãos cheias de farinha e massa. Esse momento de pensar só durou o tempo necessário para ela enxugar a testa com o braço e expirar profundamente.

— Ele era um homem bom. Bom para mim. Eu gostava de estar com ele.

Minha mãe nunca foi de muita conversa. E ela não poderia ser considerada uma pessoa com alma romântica.

Eu queria saber que tipo de alma era a minha.

Albert A hora do pagamento era no final do turno da tarde, e, como em qualquer outra sexta-feira, ao sairmos da jaula de volta ao sol, já havia duas filas (uma de negros, uma de brancos) se contorcendo até as duas janelas do escritório. Era um grupo de homens sorridentes, que ria, se coçava e cuspia. Grupos de mineiros estavam ao redor conversando, soltando nuvens de fumaça e aproveitando a sensação de ter dinheiro no bolso. Nunca dava vontade de correr pra casa depois do pagamento. O dinheiro tornava o dia mais real e novo, tirava a poeira do seu corpo melhor que qualquer chuveirada. Garotas crioulas ficavam mais à frente, mexendo os quadris de um lado para o outro, tentando pescar um companheiro crioulo com dinheiro no bolso. As mulheres brancas que se vendiam esperavam os homens irem atrás delas na cidade. A Galloway pagava em certificado monetário, mas algumas das outras minas pagavam com moedas próprias, o *dugaloo*. Dava pra assistir um filme por dez centavos, mas o mesmo ingresso custaria quinze centavos em *dugaloos*. Eu me perguntava se as putas faziam essa conversão também.

Eu vi Jonah do outro lado, na fila dele, e nossos olhares se cruzaram por um segundo. Não havia muita conversa entre as filas. Embaixo da terra, com certeza, mas logo que se colocava o pé fora do elevador, os caminhos eram bastante claros em direções opostas. Nós acenamos, um balançar de cabeça tão pequeno que não chegava a ser muito diferente de um suspiro profundo. Eu queria convidá-lo para ir em casa, mas as duas filas pareciam estúpidas e inconvenientes. Concluí que convidaria mais tarde.

A fila andou rápido, e logo eu estava escrevendo meu nome numa linha do livro de pagamentos, assinando o recebimento de doze dólares e quarenta centavos por duas semanas de serviço.

Eu me virei, ouvi as moedas tilintarem e andei em ritmo acelerado para que elas soassem como música. Caminhando em minha direção vinha um companheiro que eu conhecia bem até, não que a gente chegasse a conversar, mas ele veio direto pra mim, quase correndo. Estava se sentindo animado por causa do pagamento, pensei, também cheio de satisfação.

Sorri e lhe fiz um sinal, pronto pra chamar seu nome, quando então percebi que ele balançava a cabeça. Balançava como se eu estivesse fazendo algo errado. Então, até suas botas estarem a alguns centímetros das minhas, fiquei ali mexendo nos bolsos e ouvindo minhas moedas, me perguntando naqueles segundos por que ele parecia tão triste, quando estava com os bolsos cheios.

Ele disse:

— Seu filho foi atropelado por um caminhão.

Então, eu não ouvi mais nada. Nenhuma moeda fazendo música, nenhuma palavra saindo da boca dele, embora seus lábios continuassem se movendo. Não consegui nem pensar em tirar o sorriso do rosto, só fiquei parado, surdo e sorridente.

8
A mulher do poço

Jack   Anos mais tarde, minha única lembrança seriam as sirenes soando e o gosto de terra na boca. Nem que eu quisesse conseguia me lembrar daquele caminhão me atropelando. Eu estava indo para o jogo de futebol e ouvi o som de pneus derrapando na terra atrás de mim, bem diferente do som de pneus derrapando no asfalto. Lembro-me de pensar que meus amigos iam se morder de inveja porque eu ia andar de ambulância.

Só dez anos depois é que me ocorreu perguntar ao papai por que ele não processou aquela empresa de tijolos. Na época, as pessoas não tinham tanto gosto por litígios quanto agora, mas, mesmo então, a opinião geral era que ele teria recebido um pagamento polpudo só para ficar de bico fechado. Talvez o suficiente para pagar a faculdade dos filhos. Talvez o suficiente até para parar de trabalhar como mineiro.

Ele nem aventou a possibilidade. Mamãe queria que ele processasse a empresa, mas não o pressionou. Ela nunca pressionava. Tia Célia queria... e ela o pressionou até demais.

O argumento dele era o seguinte: "Não tem por que exigir algo dessa gente. Não conheço todos os fatos. O melhor é cuidar da nossa vida". Ele não chegou a comentar que o motorista sequer tirou o pé do acelerador depois de me atropelar e que talvez isso fosse tudo o que precisávamos saber. Mas tenho para mim que o mundo das leis, dos contratos e dos advogados em ternos de risca de giz lhe parecia inalcançável, indesejável. Eu me pergunto se esse mundo lhe pareceu menos estranho depois que me formei em Direito.

Porém, na época, eu não o questionei, é claro. Ouvir papai se manifestar era como ouvir a voz de Deus. Para nós, ele e mamãe sempre foram um pouco sobre-humanos.

Aos noventa anos, mamãe sofreu um derrame grave e ficou internada dois meses no hospital. Ela mal movia o lado esquerdo do corpo, só conseguia balançar os dedos, e os médicos de Jasper disseram que ela nunca mais poderia comer sozinha. Ela engasgava toda vez que tentava engolir. Tess já tinha voltado a morar com ela, e Virgie veio de Montgomery para ajudar durante algumas semanas. Eu vim de Atlanta. Todos estávamos de volta ao lar por algumas semanas. Nós a levamos para casa com um tubo de alimentação, mas ela não deixou a enfermeira conectá-lo. Então nos mandava levar suas refeições ao seu quarto e fechar a porta. E dizia, com voz enrolada, mas firme, para que a deixássemos em paz. Eu a visitava duas vezes por semana e, durante alguns meses, o prato de comida saía do mesmo jeito que chegava. Então, um dia, ela apareceu na hora do almoço, sentou-se à mesa e raspou o prato.

A única vez que vi mamãe chorar foi quando eu estava deitado na cama do hospital com a roupa ainda suja de barro. Ela não sabia que eu estava acordado. E vi o rosto de papai enrugado, envelhecido e assustado. Pude vislumbrar as pessoas que existiam por baixo da fachada de pai e mãe e, mesmo tendo sido apenas um lampejo, fiquei assustado.

Aquele caminhão abalou muito mais que apenas meus dentes quando me atropelou.

LETA   Ainda havia tijolos espalhados pelo chão, e fui impelida a ver se havia sangue neles. Tinha sido um caminhão de tijolos de Tupelo, Mississippi, foi o que me disseram. Bêbado, adormecido ou irresponsável, o que importa é que o motorista saiu da estrada, atirou Jack em uma vala, voltou para a estrada e só deixou aqueles tijolos de rastro. Mais para a frente, alguém sinalizou para ele parar e ele finalmente parou, mas recusou-se a sair do caminhão. Apenas informou o nome da empresa, pediu desculpas e disse que não tinha visto Jack. Achou que tivesse atropelado um cachorro.

Ele devia ter parado, nem que fosse um cachorro.

Foi a viagem mais longa que fiz de carro; Albert saiu do trabalho e passou para me pegar. Os vizinhos foram mais rápidos do que os homens da mina em espalhar a notícia. Então, eu já estava prontinha quando ele estacionou na entrada. Ninguém sabia muita coisa, a não ser que Jack tinha sido atropelado e que não estava se mexendo nem falando ao ser colocado na ambulância. Pelo jeito, o caso era sério, porque o levaram direto para Birmingham.

É claro que para chegar a Birmingham pegamos a 78 e passamos exatamente por onde Jack fora atropelado. E só me dei conta disso por causa dos tijolos. Não vi nenhum sinal de sangue depois que fiz Albert parar no acostamento, mesmo achando que eu não devia olhar. Porém, os tijolos tinham marcado a terra. Um gemido alto e longo brotou na minha garganta só de pensar que o que podia talhar a terra tinha deixado marcas em Jack também. Mas prendi esse som estranho e assustado tampando a boca com a mão e o engoli de volta como se estivesse engolindo xarope. Albert e eu não abrimos a boca até chegarmos ao hospital.

TESS   Papai não quis reclamar com a empresa de tijolo. Ele disse que o que estava feito, estava feito. (Os olhos dele estavam vermelhos, as minas faziam isso de vez em quando, mas em vez de ficarem mais feios, o azul parecia ficar mais brilhante.)

Ele se agachou ao meu lado e disse que Jack tinha se machucado muito, e por um tempo eu só conseguia pensar que os olhos dele pareciam céu e rosas.

Virgie Mamãe e papai não nos deixaram ir com eles atrás da ambulância. Pararam na casa da sra. Hudson e lhe pediram para ficar conosco. Então, ficamos à toa enquanto ela tentava conversar sobre amenidades. Só nos restava esperar, mas isso exauriu nossas energias; era cansativo tentar ser educada e prestar atenção ao que ela dizia. Foi preciso muita persuasão para ela voltar para a própria família e me deixar fazer o jantar para mim e Tess. Finalmente, ela concordou. Fiz broa de milho com torresmo, na intenção de agradar Tess e manter-me ocupada por um tempinho, mas nenhuma de nós conseguiu comer muito.

Tenho de dar crédito à sra. Hudson por não nos contar sobre a boataria que corria pela cidade. Depois que ela foi embora, os vizinhos começaram a aparecer, perguntando se tínhamos notícia, mesmo vendo que o carro não estava de volta à garagem. E diziam que estavam rezando por Jack e "tomara Deus que ele não tenha sangrado por dentro". Ou "se Deus quiser ele não ficará aleijado o resto da vida". Não demorou muito para apagarmos as luzes e pararmos de atender a porta.

Mamãe e papai chegaram no meio da noite, os dois andando encurvados e devagar. Conseguiram dar um sorrisinho quando os encontramos na porta. "Não se preocupem", disse mamãe. "Ele vai ficar novo em folha."

Ele não sangrou por dentro, pelo menos os médicos tinham quase certeza disso. Quebrou duas costelas, mas elas não perfuraram seus pulmões. Quebrou um braço e uma perna, rachou a cabeça a ponto de ficar com um galo e esfolou o rosto no cascalho. Essa lista já parecia bem ruim, mas, no dia seguinte, quando Tess e eu recebemos permissão para faltar na escola e ir visitá-lo, as palavras pareceram vazias em comparação ao rosto dele:

olhos, nariz, boca, bochechas – estava tudo lá, mas no lugar errado. O rosto dele, inchado, preto, azul e roxo, parecia que tinha sido sacudido e não tinha voltado ao lugar. O sorriso, pelo menos, era o mesmo, só que com menos dentes.

Tive de implorar a mamãe para me deixar visitá-lo mais um ou dois dias e, mesmo ela só me deixando perder mais um dia de aula, eu praticamente acampei em Norwood nas duas semanas seguintes. Mamãe passava o dia todo lá, e às vezes a noite também. Papai tinha de trabalhar, é claro. Então, ele levava mamãe de carro até Birmingham, voltava para a mina e depois ia buscá-la para levá-la para casa. No dia seguinte, fazia tudo de novo.

Foi a primeira vez que fui a Birmingham e não quis sair do carro quando chegamos ao hospital. Sentia-me um peixe fora d'água. E não só porque o lugar me parecia estranho, grande e barulhento. As pessoas eram diferentes. Ao atravessarmos o centro da cidade, parecia que as pessoas nas ruas tinham saído de uma revista. As garotas usavam os vestidos mais lindos que eu já tinha visto – num grande desfile de *chiffon* e *crepe georgette*. Rosas, azuis e lilases, como deliciosos ovos de Páscoa. Todos os homens usavam ternos com sapatos tão brilhantes que refletiam a luz do sol. Andavam como se tivessem de ir a um lugar muito importante.

— Diferente, né? — disse papai naquela primeira vez em que pus o pé numa calçada de Birmingham.

O ar era cheio de pó lá em casa, mas o ar em Birmingham era diferente. Meu nariz e minha garganta entupiram assim que pus o pé para fora. E, mesmo não havendo o menor sinal de rocha vermelha, minhas luvas brancas ficaram sujas, cobertas por uma espécie de fuligem cinza, e olha que nem toquei em nada. Foi uma experiência meio irreal, olhar para a nuvem carregada que pairava sobre a cidade onde não dava para ver nenhuma nuvem branca normal e, depois, olhar em volta e ver sapatos de cetim pisando naquelas ruas sujas. As ruas de Birmingham me faziam refletir bem mais que as ruas de Carbon Hill.

Sentia-me uma exploradora, passando por mais carros da Ford do que jamais tinha visto em um só lugar. Eu era como Colombo descobrindo os índios. Como se tivesse errado o caminho e topado com outro mundo, com um céu diferente e um ar diferente, uma terra diferente – toda pavimentada, quase sem nenhuma folhinha de grama –, prédios diferentes que se erguiam em direção à fumaça. Altos e estreitos como lápis, parecia que os prédios do centro iam tombar. Eles tapavam pedacinhos do céu e logo vim a descobrir que, à noite, tapavam as estrelas. Acima dos prédios altos, as chaminés competiam por um pedaço da cidade. Alguns quarteirões à frente, na Primeira Avenida, a Sloss Furnaces cuspia faíscas e chamas, fogos de artifício que podiam ser vistos da rua. Para todo lado que eu olhava, alguma coisa estava sendo fabricada, e as sobras eram despejadas no céu.

Isso me fez pensar sobre a pequenez de Carbon Hill de um modo que nunca tinha pensado. Nunca teria conseguido imaginar esse lugar. Das duas, Tess era a melhor em brincar de faz-de-conta, mas nem mesmo ela teria inventado algo assim. Não fiquei muito incomodada por não ter conseguido imaginar, mas fiquei bastante irritada por nunca nem haver tentado. Sentia-me acolhida e protegida em Carbon Hill, e nunca me passou pela cabeça sair de lá. Birmingham não me impressionou em nada, mas achava que, no mínimo, devia ter sabido da existência dela ou, pelo menos, pensado a respeito. Comecei a listar outros lugares que eram só nomes – o *Grand Ole Opry* era transmitido de um palco gigante chamado Nashville, que, para mim, soava tão emocionante e inimaginável quanto Washington, D.C., Inglaterra ou Montgomery. Eram lugares sem pessoas sentadas nas varandas, sem grilos cricrilando à noite, sem crianças brincando nos quintais. Eram apenas uma ou duas sílabas, sem nada por trás. Como Amelia Earhart atravessando o Atlântico de avião. O presidente Hoover e o governador Graves. Eles não passavam de ideias.

Assim como as enfermeiras. Médicos eu conhecia, mas nunca tinha visto uma enfermeira antes e, no começo, elas eram apenas uma massa de aventais esticados e vestidos xadrezes azuis e brancos, pairando em volta da cama de Jack. Eram todas engomadinhas, dos aventais e jalecos até as toucas. Era um mistério para mim como conseguiam mantê-los tão branquinhos se lidavam com gente sangrando. Nos primeiros dias, elas monitoravam Jack o tempo todo, em parte porque algo ainda podia pular para fora inesperadamente e, em parte, achava eu, porque ele era uma graça. Em algum momento, comecei a notar que uma jovem sardenta com cabelos espessos trançados sob a touca marcava mais presença que as outras.

— Como conseguem deixá-los tão lisos? — perguntei, finalmente, surpreendendo a nós duas.

Ela não respondeu até eu acrescentar:

— Seus uniformes. São tão perfeitos. Até os colarinhos.

— É só passá-los a ferro enquanto estão molhados em uma tábua bem dura, e eles ficam sem nenhuma ruguinha — respondeu ela, depois se inclinou em minha direção por sobre a cama de Jack.

— E os colarinhos podem até cortar nossas gargantas de tão bem marcados. É preciso colocar um pouco de sabão no avesso para não esfolarem o pescoço.

Bastou só isso, um papo besta sobre pescoço, para ela assumir uma forma real. Ela passou a me chamar pelo nome quando vinha conferir os curativos de Jack e tirar sua temperatura (que podia significar algum tipo de infecção, ela disse) e me contou que tinha três irmãs caçulas em Atlanta. Robin foi a primeira enfermeira da família e tinha dado os uniformes antigos da época da faculdade para as irmãs brincarem de faz-de-conta e, talvez, ficarem com vontade de seguir a carreira.

— Nada garante que iremos conhecer o homem ideal — disse ela. — No mínimo temos de conseguir nos sustentar.

Quando finalmente Jack foi para casa, eu já sabia que ela tinha uma queda por um escrivão que conhecera quando deu pontos no pé do rapaz após ele ter martelado um prego ali. Se a pedisse em casamento, seus dias de enfermeira estariam contados. Robin não parecia muito triste por causa disso – conforme as regras do hospital, teria de abrir mão do trabalho ou do moço e não tinha a menor intenção de perdê-lo. Mas não era o romance que me interessava, o que me cativou foi o uniforme imaculado dela e a touca triangular que sempre ficava exatamente no meio da cabeça. Encantava-me como ela parecia segura de si mesma e do trabalho, como sorria para Jack e colocava a mão na testa dele como se ele fosse um parente, e não um garoto qualquer do qual ela era paga para cuidar. E eu poderia ser como ela tão facilmente quanto poderia ser professora, palavra que já tinha se tornado muito mais que apenas quatro sílabas há muito tempo. Uma professora era alguém como a srta. Etheridge, com sua voz suave, ou como outras tantas mulheres que eu classificara por feição, voz e maneirismo. E, agora, uma enfermeira não era apenas uma mulher que usava um avental engomado – uma enfermeira era Robin O'Reilly. Em apenas um dia, Birmingham e as enfermeiras tornaram-se coisas palpáveis e me fizeram reconsiderar todas as outras ideias fúteis que também deveriam ter seu devido conteúdo. Em algum lugar, Amelia Earhart, pilotando aviões e usando calças compridas, tinha uma voz tão clara quanto a srta. Etheridge ou mãos tão rápidas quanto mamãe. O pensamento era tão pesado – pesado demais – que fez minha cabeça sacudir.

 Meus devaneios sobre pessoas e lugares distantes acabavam logo, quando olhava para baixo e via Jack olhando para cima, me encarando. Meu irmão, ferido e acamado, era algo bastante real para mim. E meus pensamentos novos não eram páreo para isso. Como o mundo fora do hospital era mais esmagador do que atraente, eu não me incomodava em ficar no quarto de Jack. Sentava-me na beira da cama e acariciava seu cabelo, coisa que ele adorava. Jogávamos jogo-da-velha durante horas a fio e, quando os olhos dele ficavam pesados, e ele, teimosamente, se recusava a fechá-los, eu cantava baixinho *You are my sunshine*. Ele não gostava da parte que dizia "por favor-não-leve-meu-raio de sol-embora", porque o fazia pensar na minha partida. Então, eu cantava: "ninguém pode levar meu raio de sol embora".

ALBERT Nunca vi nada menor do que meu garoto deitado naquela cama de hospital. Parecia que uma brisa seria capaz de levá-lo embora. Olhos pretos, sangue no cabelo, braço e perna recém-engessados. Eu estava lá com Leta e as garotas naquela primeira manhã em que ele acordou no hospital – o único dia em um longo, longo período que não passei debaixo da terra.

— Eu sou igual ao senhor, papai — disse Jack, sorrindo abertamente, com um buraco no lugar de um dente. Olhos alegres me encararam por baixo dos ferimentos. — Dou conta do que aparecer na minha frente. Até de caminhões.

Não sei se ele percebeu que eu lutava para encontrar palavras e manter os olhos secos, mas continuou a falar, sem me dar chance para me recompor.

— O médico me mostrou os óculos que ele usa pra tirar raio-X – com couro verde e lente verde, também. O pessoal pode bater no meu gesso à vontade que não vou sentir nadinha. Pode bater nele. Anda, bate.

Ele estendeu um braço troncudo em minha direção, com os dedos balançando. Forcei um sorrisinho e bati no gesso.

— Se alguém te der uma surra, você lhe dá uma lição com esse treco aí.

— Sim, senhor.

— Ele vai precisar ficar mais uma semana — disse o médico.

E, que Deus me perdoe, meu primeiro pensamento foi que não tínhamos condição de pagar. Eu não tinha nenhuma reserva, nem pra comprar um vestido de inverno novo pra cada uma das garotas, e eu sabia bem como eram contas de hospital. Por isso eu mesmo tinha enfaixado meu braço com pó de gesso quando era jovem e por isso eu ainda deixava o médico da Galloway cuidar de mim. Não que desejasse isso pro meu garoto – ele precisava ser tratado direito e com regularidade. Mas, depois que ouvi aquelas palavras, meu corpo todo começou a doer, a começar pelos ossos.

— Quero que ele receba tudo de que precisa — disse eu. — Mas preciso perguntar: quanto isso vai me custar?

— O senhor deve perguntar na recepção — respondeu ele, impassível.

Não disse nada, e ele acrescentou, com um pouco mais de gentileza:

— Vai custar cerca de setenta e cinco dólares.

Era o que eu ganhava em quatro meses de trabalho, sem tirar nem pôr.

— Mantenha ele internado o quanto for necessário — respondi.

Antes mesmo de chegarmos em casa naquele primeiro dia após Jack ter sido atropelado, todo mundo já sabia do que tinha acontecido. E não precisavam perguntar na recepção pra saber o que uma internação significava. Meus colegas espalharam a notícia e quase todo mundo me cedeu um turno, seja lá no que fosse. Estavam tirando comida da própria boca e eu fechei meus olhos só de pensar em caridade, mas era melhor do que esmola. Pelo menos assim eu ganhava o dinheiro com o meu trabalho. Trabalhei todos os dez dias em que Jack ficou internado, na maioria em turnos dobrados. Essa dupla jornada era bastante puxada – estava aceitando qualquer coisa – e pesou bastante sobre mim. Tinha amolecido só de ficar conversando, vigiando e administrando os homens. Trabalhei quase todos os dias durante as duas semanas após o acidente – contabilizei duzentas e cinquenta horas naquele mês.

A primeira semana foi a mais difícil. Depois, fiquei tão dormente que nem sentia mais as dores. O sono era a verdadeira fraqueza, mais difícil de superar do que a dor. E começou a ganhar de mim lá pela segunda semana: minhas pálpebras fechavam, os músculos tremiam. Uma vez não acertei o vagão e acabei jogando o carvão na parede. Ninguém disse nada. E eu fui levando, sem dor; a pá virou uma extensão natural do meu corpo, como uma perna ou uma mão.

Jack cabia na palma da minha mão, sua coluna inteira era do tamanho do osso que ia do pulso ao cotovelo.

Meu pescoço estalava, olhos pesados e secos. A memória distante de uma cama macia, das costas de Leta contra as minhas. A lembrança de pele limpa, sol no rosto e roupas sem sujeira e suor – tudo confundia meus pensamentos. Geralmente, não tinha muitos pensamentos enquanto carregava, deixava a mente vazia e estática. Mas naqueles dias, com Jack no hospital, meu cérebro empacou com a rotina tão rígida, devaneando em sonhos mesmo que eu estivesse acordado e trabalhando. Vislumbrava Jack, gorducho e berrando, apoiado numa mão como um presente. Depois, eu via ele na cama do hospital. Ficava pensando se o dente que ele perdeu ainda estava no acostamento da estrada. Mais de uma vez, enfiei na cabeça que devia tentar encontrá-lo depois do fim do expediente. Então caía em mim. Será que o motorista do caminhão teve pesadelos, como Tess, quando voltou são e salvo para sua cama quentinha naquele dia? Tomara que sim. Eu torcia pra ele ter olhado bem pro rosto redondo de Jack, notado como ele era pequeno. Torcia pra ele não conseguir tirar essa imagem da cabeça.

Meus pés ficavam dormentes de vez em quando, e eu costumava dobrar os joelhos. Porém, isso só os expunha mais ao vento, o que só piorava as coisas, já que ficavam úmidos com o calor. Durante milhares ou milhões de anos, o carvão esteve ali, quieto, esperando por nós. Nós, com vidas efêmeras e fugazes.

Nós nos abastecíamos de energia, a consumíamos bem rápido e a transferíamos para outro plano sob outra forma, menos sólida. Fumaça e calor subindo em direção ao céu.

Combustível pro fogo, sacrificado como Abrão ofereceu Isaac. Segurou seu filho no altar e se preparou para cortar a garganta do garoto. Jack puxou a minha mão de novo.

— Sua mão está sangrando, Albert — disse Ban, atrás de mim.

E estava mesmo: tinha arranhado os nós dos dedos tão forte na parede a ponto de arrancar a pele. Porém, a poeira estancaria o sangue. Nem dei bola.

Jack sorrindo da cama do hospital, orgulhoso dos gessos e ferimentos. Isto ele aprendeu comigo, achar que a dor era um troféu. Uma amiga. Era mais um lembrete, isso sim. Uma censura constante sussurrando em meu ouvido que um dia ela levaria a melhor, que meu corpo – teimoso, fraco, abominável e cheio de si – não me deixaria mantê-la presa e refreada pra sempre. Ele desmoronaria, consumido, tão certo como os pedaços que deslizavam pra dentro da minha pá.

Sentia frio o tempo todo. O suor em minhas axilas e minhas costas me encharcava, mas eu tentava não tremer. Em um segundo estava cavando, no outro estava com uma picareta nas mãos e golpeava a parede de carvão. Assim, do nada, a pá saía da minha mão e outra ferramenta tomava seu lugar. Aprendi a usar a ferramenta que tivesse na mão e a não ficar desorientado.

Entretanto, comecei a ficar nervoso ao usar as cargas explosivas quando estava nesse estado debilitado.

Escrevi alguns poemas quando cortejei Leta. Ela nunca ligou muito para frases como "seu cabelo escorre pelas costas como mel" e eu me sentia meio bobo por tentar bancar o poeta, de qualquer jeito. Nem conseguia escrever as palavras direito. Mas gostava do som de certas coisas, de como elas ressoavam em meus ouvidos até eu sentir elas descendo pela minha garganta. Um tópico que sempre me fazia matutar era como a gente era parecido – homem e pedra –, negros e enterrados sob a terra, endurecendo cada vez mais, dia após dia, até ser lascado em pedacinhos. Pensava nisso quando entrava no chuveiro: em nossa busca, a gente se transformava naquilo que desenterrava.

Jonah estava ao meu lado.

— Você é inteligente — eu disse a ele.

E então, não sabia se tinha dito em voz alta ou só pensado. Então, disse de novo, me certificando de que era em voz alta.

— Ouvi da primeira vez, Albert. Fiquei surpreso — disse ele. — Mas obrigado.

Ele evitava olhar para mim, mas isso não me incomodou.

— Nunca perguntei sua opinião sobre nada fora das minas — disse eu. — Mas pensei muito no que me disse sobre que tipo de mulher jogaria o filho no poço. Foi a coisa mais inteligente que alguém disse sobre o assunto.

Ele não respondeu nada, e acho que se passou uma hora ou um turno ou um dia até me ocorrer terminar a conversa.

— Antes do que aconteceu com Jack, tinha pensado em convidar você para ir jantar na minha casa.

— Acho que você não anda muito bom da cabeça — disse ele, que não parecia estar suando. O macacão dele estava praticamente limpo. Há quanto tempo será que ele estava lá?

— Não, não. Estou falando sério.

Ele não me respondeu. Quando olhei, não estava mais ao meu lado, e Ban tinha tomado seu lugar, ou Oscar ou Red, ou algum dos outros vinte caras. Ban e Oscar jantariam na minha casa se eu os convidasse; não achariam que eu estava meio lelé. Eu podia imaginar a casa deles, a mesa de jantar deles, as esposas colocando colheres nas travessas de legumes. Não conseguia vislumbrar a casa de Jonah nem por dentro nem por fora. Nem conseguia adivinhar quantos filhos ele tinha. Mas parecia que ele nunca estava por perto pra eu poder perguntar – só todos os outros caras. Ficavam perto de mim por um tempo, depois sumiam. Eu tinha me transformado em um dos pilares que ligavam o teto ao chão.

Corria um boato de que o sindicato continuava pleiteando um salário mínimo semanal. Porém era só um sussurro aqui e ali, nada era dito em voz muito alta. Não dava pra saber quando os chefões tinham espiões nas minas, prontos pra dedurar qualquer um que mencionasse a UMW. Não conseguia me envolver no assunto, por mais que acreditasse que era um passo importante a ser tomado pra melhorar nossas condições. Minha mente só tinha espaço pra ansiar pelo sono, pela minha casa, pela recuperação do meu filho, e eu não conseguia me apegar a assuntos importantes como os planos de John Lewis. As carências obliteravam os pensamentos um pouco mais à medida que as noites passavam.

Disse a mim mesmo que não tinha nada de mais entrar no hospital com carvão ainda debaixo das unhas e com as tatuagens de carvão, onde a poeira tinha assentado nas dobras das minhas mãos e dos meus braços. Sentia algumas pessoas me olharem, mas não tinha energia pra me importar.

Tess   Eu me sentei e fiquei contando os bondes que passavam. Jack não tava acordado e, sem querer, eu me pegava encarando as pessoas nas outras camas quando passava os olhos pelo quarto. Virgie se recusava a sair do lado de Jack, e não tinha espaço suficiente pra gente e mamãe também. (Ao menos mamãe tinha uma cadeira. Ela disse que a cadeira era confortável como uma cama e que dormia muito bem nela.) Um homem, duas camas depois de Jack, tinha uma perna preta que saía do lençol. Ao lado dele, um garoto da idade de Virgie gemia baixinho o tempo todo. Então, eu me sentei no parapeito da janela que dava pra rua e pra linha do bonde. A janela era grande, larga o bastante pra eu me apoiar num lado e sentar com os joelhos dobrados.

— Só tem esse aí, sabia? — falou alguém atrás de mim. Tia Célia.

Eu me virei e abracei ela antes de me dar conta do que ela tinha dito.

— Só tem esse aí o quê?

— Só tem esse bonde. Só um bonde faz essa linha.

Eu queria saber como ele funcionava, já que parecia metade trem metade carro, mas já me sentia boba por ter contado dezesseis bondes.

— Jack fez um raio-X — disse eu. — Ele falou que não é nada parecido com o que tinha naquele sapateiro chique de Jasper, onde dá pra ver o pé dentro do sapato. Esse tem um biombo e não precisa usar aquele troço com lentes de proteção.

O quarto ficava muito melhor com Tia Célia lá. Antes de ela chegar, o quarto estava frio, todo branco e com coisas de metal, com pessoas pálidas e enfermeiras carrancudas que me davam bronca por tentar fazer Jack rir com cócegas na barriga. Até a enfermeira de que Virgie gostava parecia nervosa por eu ficar andando pra lá e pra cá.

Recebíamos muitas visitas, algumas iam à nossa casa e deixavam comida e outras iam ao hospital. Mas poucas tinham carros. Então, a gente chegava em casa e encontrava uma pilha de comida na varanda. Só uma ou duas famílias visitaram Jack enquanto a gente estava no hospital. Pela primeira vez desde o verão, ninguém comentou sobre o bebê morto. Todo mundo só falava em como Jack era ótimo e como o motorista do caminhão era péssimo. Iam de um pro outro – depois de pronunciarem "bendito seja" e "ele é uma gracinha" algumas vezes sobre meu irmão, começavam a chamar o motorista do caminhão de inútil e "o pior tipo de homem" e "o mal em pessoa". Missy e a mãe dela nos visitaram. A mãe de Missy usava um casaco de pele. Pra uma visita de hospital. (Elas não levaram a empregada. Então, não precisei me preocupar em como me dirigir a ela.) De um dia pro outro, passamos de afortunados porque a gente tinha uma varanda cheia de oferendas a necessitados porque não tinha casacos de pele nem pulseiras de ouro.

— Posso ir até a Sloss Furnaces pra tentar pegar faíscas?

— Por que você ia querer fazer uma tolice dessas? — perguntou tia Célia. Dava pra sentir o aroma de hortelã no bafo dela, cem vezes melhor que o aroma de fumo. Não era permitido mascar fumo nem cuspir no hospital, e acho que ela precisava de alguma coisa pra ocupar a boca.

— Nunca vi chover faísca daquele jeito antes.

— Você ia acabar chamuscando as mãos e provavelmente se queimando, menina.

— Mas eu pegaria algumas faíscas.

Queria passar pro outro lado daquela janela. Queria ver pra onde aquele bonde ia. Mas ninguém me deixava sair sozinha, e Virgie não queria sair do hospital. As ruas tinham tantas luzes à noite. E tudo era muito maior e mais barulhento. Era difícil absorver tudo.

— Você não acha Birmingham incrível, tia Célia?

— Não — respondeu ela, fazendo a bala na boca bater nos dentes, que, provavelmente, iam apodrecer até a hora de Jack voltar pra casa. — É muito suja e barulhenta. Já me irrito com os idiotas que tem lá em casa; aqui tem muito mais idiotas para me irritar.

— É tão diferente — falei.

— Não foi isso que eu disse?

Fiquei olhando pra fora, vendo os prédios monstruosos protegendo a cidade.

— Bem que as faíscas das fornalhas podiam pegar um pé de vento e irem voando até Carbon Hill. Podiam escolher uma chaminé bonita, descer por ela como se tivessem sido entregues por uma cegonha e crescer até virarem um fogo bem grande.

Acenei em direção a Sloss.

— Foguinhos bebês — disse eu, me dirigindo às faíscas.

Tia Célia tinha tirado o que restava da bala da boca e segurava ela de encontro ao rosto.

— A minha saliva tem um gosto muito melhor do que isso — disse ela, olhando feio pra bala.

Apontei pro outro lado da cidade, mal a ouvindo.

— E aposto que, se a gente subisse nas chaminés daquelas usinas, conseguiria pegar um pássaro voando.

Tia Célia, segurando a bala entre os dedos, balançou ela em minha direção como se estivesse colocando pingos nos "is" no ar.

— Alguém já lhe disse, Tessie, que você tem o dom de pintar imagens sem precisar usar lápis e papel? As imagens podem não fazer nenhum sentido, mas fazem a pessoa sorrir.

Às vezes, tia Célia – mesmo segurando um pedaço de bala cheio de saliva – parecia a mulher mais maravilhosa do mundo pra mim. Gostei daquilo, de imagens bonitas pairando no ar depois que eu falava algo.

— As pessoas chamam lá de Cidade Mágica — disse a papai, depois que ele voltou pra casa uma noite.

Ele e mamãe olharam um pro outro, cansados e mais alguma coisa. Alguma coisa mais pra triste que pra cansado.

— Os homens dormem em fornos de coque aqui, Tessie — respondeu ele. — Os mineiros nem vão ter casa onde dormir se perderem o emprego. As empresas são donas de tudo. Eu dispenso esse tipo de mágica.

Mas eu, não. Mesmo que os homens dormissem em fornos de coque. Podia até ser feio, mas era muito empolgante.

L<small>ETA</small> Enquanto Albert trabalhava – o que foi quase o tempo todo naquele mês de outubro – eu punha a casa em ordem. Engraçado como, pela primeira vez na vida, parecia que não havia nada para fazer.

Depois que as crianças dormiam, eu trabalhava à luz de velas, para não gastar eletricidade. Trabalhava até tarde, em parte para ocupar as noites e em parte para que Albert não me visse remendando os sapatos. Parecia que nunca fechava os olhos por um longo período. Ficava ouvindo as crianças respirarem, precisava ouvi-las. De repente me via apoiada sobre o cotovelo, sem querer me deitar, muito menos dormir, quando elas estavam ali para serem vigiadas. Jack não dormia bem, revirava na cama para não dormir em cima do braço e não conseguia apoiar a perna. Eu o ouvia chorar dormindo, o único momento em que ele chorava. Mesmo sofrendo tanto, ele tinha o maior orgulho dos ossos quebrados. Os gemidos sonolentos soavam pior porque ele nunca soltava um pio durante o dia. Eu notava as nuances de som mais do que achei que notaria. Pior que o silêncio era Jack não emitir som nenhum.

O silêncio me fazia pensar como seria se Jack nunca mais emitisse sons. Nunca mais. E só existisse um Jack imóvel e silencioso como os tijolos abandonados no acostamento da estrada. Porém nós não podíamos processar a empresa de tijolos. Albert não queria. Eu também achava que não era preciso causar problema para os outros, mas, toda vez que levantava a cabeça, via o problema que aquele motorista tinha causado para o meu garoto. Albert não queria ouvir, mas eu queria falar. Em vez disso, contentei-me em perguntar só uma vez. Quando ele disse que não, que precisávamos esquecer aquilo, eu concordei com a cabeça. Ao contrário de Célia. Ela importunou, discutiu, suspirou. Mas toda essa chateação não surtiu efeito algum. Ele tinha se decidido, e ponto final.

Eu podia azucriná-lo, ficar calada e fria e tornar a vida dele um inferno, a nossa vida um inferno, ou então deixar pra lá. Queria manter o máximo de tranquilidade possível em nossa vida. Ela já estava conturbada demais.

Então, tentei serenar meus pensamentos, mantê-los passados e dobrados. Durante uma semana tive de remendar os sapatos, e isso, ao menos, evitou que eu pensasse no porquê eu não suportava ficar longe de meus filhos nem para dormir.

As solas só custavam cinco centavos, e os buracos nos sapatos de inverno de Tess não paravam de aumentar. Porém, eu odiava ter de gastar um centavo sequer, ao menos até a carga horária de Albert diminuir e nós pagarmos boa parte da conta do hospital. Não que ele fosse regatear solas novas. Pelo contrário. Se tivesse me visto aqui, cortando um pedaço de papelão para colocar dentro do sapato dela, teria dado um ataque e ido à loja do Bill por conta própria. O papelão só durou um dia. Então, lá estava eu, de volta ao mesmo lugar toda noite, cortando um pedaço novo. Tess não reclamava, mesmo sentindo a umidade nos dias chuvosos.

Mais que economia, era meu jeito de colaborar. Cinco centavos não eram nada para quem devia setenta e cinco dólares. Só que ver Albert chegar semimorto nas horas mais esdrúxulas da noite ou do dia, sem nem saber que horas eram, sabendo que seu próximo turno seria dali a poucas horas, me matava. Uma noite, ele chegou perguntando o que tinha para o café, quando o sol ainda nem tinha se posto. E nós já comprávamos tão pouco, era difícil economizar ainda mais. Eu não iria racionar o café de Albert. Não podíamos ficar sem o gelo seco para a geladeira. E nada mais era comprado regularmente. Eu estava acostumada a trabalhar mais horas que Albert, costurando ou lavando os pratos do jantar enquanto ele fumava sentado, e eu não me permitia sentar enquanto ele suava e se esforçava. O espaço vazio ao meu lado fazia a cama parecer mais dura, o tique-taque do relógio, mais alto. Eu me sentia desamparada, e o fato de Jack revirar-se na cama sem que eu pudesse fazer nada para ajudar só piorava a sensação.

Então eu cortava o papelão com perfeição, sem sair nem um pouquinho das linhas que tinha traçado em volta do sapato. Quando acabava, ficava tentada a remendar mais sapatos, estivessem eles furados ou não. Mas não o fazia. Nem largava a tesoura. Eu a deixava no colo, os sapatos de Tess lado a lado na minha frente. Não apagava as duas velas ao meu lado, mas eu não precisava da luz. Ficava sentada, com as pernas cruzadas, no meio da sala, sem fogo aceso na lareira, sem cansaço, sem pensar em nada. Era muito fácil não pensar naquelas noites insones. Conseguia desligar a mente e me tornar um corpo vazio. Ficava lá sentindo o chão frio sob mim até Albert abrir a porta.

— O que você está fazendo em casa no meio da noite? — perguntei, quase me esquecendo de sussurrar.

— São cinco horas, Leta-ree. O galo vai cantar a qualquer segundo — sussurrou ele de volta, a cabeça pendendo para o lado.

Eu conhecia aquele galo melhor do que conhecia a mim mesma. Não sabia o que dizer. Lá se fora a pureza da noite.

— O que você está fazendo sentada no chão? — perguntou Albert. — E de camisola. Jack está bem?

— Está.

— Você está se sentindo mal?

Levantei-me, apaguei uma vela e estendi a outra na direção de Albert. Olheiras escuras sob os olhos. Mesmo após uma noite olhando para os ferimentos de Jack, um vislumbre dos olhos de Albert exauria qualquer traço de amargura que eu tinha nutrido por quem deveria estar pagando por isso.

— Só dei uma saidinha — disse, sabendo que ele não estava em condições de me interrogar. — Quando você tem de voltar?

— Para o turno da noite amanhã.

— Então você pode dormir até tarde?

Ele fez que sim, já se encaminhando para o quarto. Eu o segui de perto com a vela. Ele tinha se trocado após tomar banho na mina. Então tirou a roupa, ficou de camiseta e ceroulas e caiu na cama.

— Jack está dormindo pesado? — balbuciou ele, a cabeça já no travesseiro.

— Veja por si mesmo — respondi, cutucando as costas dele. — Ele se mexe um pouco, mas está dormindo bem.

Ele levou alguns segundos para levantar a cabeça e virá-la na direção do garoto, mas conseguiu. Manteve as pálpebras abertas o suficiente para examinar Jack da cabeça aos pés, depois voltou a se deitar.

— Ele sabe que eu queria ficar aqui, não sabe?

— Claro que sim. Ele sabe que você tem de trabalhar.

— Faz três dias que não o vejo acordado. O que ele vai pensar?

— Que você não tem escolha.

Ele puxou a bainha da minha camisola, aproximando-me do rosto dele. Ele se lembrara de que não tinha me beijado e plantou um beijo na minha bochecha após eu me inclinar o suficiente para ele não precisar levantar a cabeça.

— Seus ombros estão doloridos? — perguntei.

Ele resmungou, de olhos fechados. As garotas estavam imóveis, mas Virgie podia estar se fingindo de morta. Ela acordava com o menor ruído. Tess dormia como Jack – pareciam bonecos de madeira depois que pegavam no sono.

— Quer uma massagem?

Ele mais suspirou que grunhiu dessa vez. Sentei-me na beirada da cama, esfregando minhas mãos para esquentá-las. Por causa do ar frio e dos banhos após cada turno, a pele do pescoço de Albert era mais seca que papel jornal. Sob ela, os músculos estavam duros como pedra, totalmente retesados, e eu sabia que os braços estariam nas mesmas condições. Mas ele começou a roncar antes mesmo de eu acabar de massagear os ombros. Os ombros estavam mais duros, mais fortes do que quando o conheci. Se ele batesse contra uma parede, a parede levaria a pior.

Continuei a massageá-lo mesmo após ele cair no sono. Ele sentiria a diferença ao acordar.

Virgie   Era bom ter Jack de volta em casa, igualzinho a antes, só que mais quieto. Ele não conseguia esbarrar nas coisas tão bem com os gessos na perna e no braço. Eu sabia que logo, logo ele descobriria um jeito de deixar sua marca com a muleta e que era melhor Tess parar de provocá-lo e ficar longe do alcance dele.

Mamãe não gostava de falar sobre o acidente de Jack. Ela conversava a respeito se você tocasse no assunto – não era do tipo que fugia de nada –, mas eu sabia que ela preferia tópicos como tarefas diárias, nosso desempenho na escola e notícias sobre parentes. Ela nunca mencionava o motorista do caminhão, nem o que tinha acontecido com ele, nem como Jack era sortudo, nem como tinha sido assustador vê-lo no hospital pela primeira vez. O acidente de Jack era algo turbulento e imprevisível, e mamãe gostava de tudo ordeiro e certinho. Sempre achei que eu era igual a ela nesse sentido, e basicamente era mesmo. Nunca seria como Tess, que deixava os sapatos espalhados pelos cantos, um debaixo da cama e o outro encostado no criado-mudo. Eu gostava que ficassem virados na mesma direção, um juntinho do outro. Porém, um pedaço de mim, bem pequeno, queria ver o que aconteceria se eu colocasse os sapatos em lados opostos do quarto, virados em direções opostas.

Terminei de me trocar e prender o cabelo com uma fita antes de mamãe acabar de medir o verniz. Então, comecei a arrumar os pincéis dispostos ao lado dela.

— Lembra de Robin do hospital, mamãe? — perguntei, enquanto ela derramava o verniz em baldes separados para cada uma de nós.

— Aquela enfermeira bonitinha?

— Sim, senhora. Ela era simpática... e muito boa em cuidar dos pacientes.

— Não duvido.
— A senhora já desejou ter continuado solteira, mamãe? Se sustentado? Ter se mudado para um lugar bem longe?
— Por que está me perguntando sobre coisas que não entendo? — respondeu ela, então colocou a lata no chão e me passou um dos baldes. Ela não derramou uma gota sequer do verniz.
— Nunca pensou nisso?
— Deus me livre. Quem tem tempo para pensar? Precisamos pintar o piso.

Teríamos pintado o piso antes, se não fosse pelo acidente. Agora, o vento frio lá fora deixava o chão gelado a ponto de eu precisar enfiar meu vestido no meio dos joelhos para aquecê-los. Mamãe ficou com a cozinha, Tess ficou com o quarto e eu fiquei com a sala. Tinha colocado meu vestido mais velho, de algodão bege com a bainha desfiada e uma mancha escura na manga que não saía de jeito nenhum. Nunca descobri como consegui derrubar algo nela. Mas só usava esse vestido para realizar tarefas domésticas, e ele era ótimo para ficar esparramada no chão dando pinceladas simétricas para cima e para baixo com um pincel cheio de verniz. Todo outono, o piso começava a ficar com aparência empoeirada e opaca, e mamãe gostava de lustrá-lo com uma nova camada de verniz. Era um trabalho quente e sujo também, e mesmo com as luvas de trabalho velhas do papai para cada um de nós – ele nunca usava luvas, então não sei de onde surgiram as velhas –, eu conseguia derramar verniz nos braços, engomando todos os meus pelos. Eu engatinhava um pouco mais do que o necessário e enfiava o joelho num pedaço úmido, daí a sujeira grudava nos meus joelhos. Alguns fios de cabelo escapavam do lenço que os segurava e eles acabavam engomados quando tentava afastá-los do rosto.

Não acendíamos a lareira porque trabalhávamos pesado. Jack ficava na varanda – até com as janelas abertas, mamãe se preocupava de ele inalar os vapores. Eu o ouvi me chamar quando tentava desgrudar o joelho do chão sem encostar as luvas em nada.

— O que foi? — respondi, soprando um fio de cabelo solto.
— Aquele garoto e Lois estão subindo a rua.
— Orville?
— O garoto do apito.

Uma noite, antes de Jack ser atropelado, um garoto que costumava visitar Lois trouxe o primo, Orville, de Jasper. Os dois garotos e Lois vieram até a nossa casa e todos concordaram, sem ser preciso pronunciar uma palavra a respeito, que eu seria o quarto membro do grupo. Nós nos sentamos na varanda por algum tempo e papai decidiu que se conhecesse todos os envolvidos e nós não nos demorássemos, eu poderia sair com um grupo de garotos e garotas de vez em quando. Contanto que não fosse um encontro romântico. Na próxima vez que o amigo de Lois veio à cidade, eles foram nos visitar e Orville trouxe um apito de madeira que ele mesmo tinha esculpido para eu dar para Jack no hospital. Ele era um garoto muito doce.

Só que eu não queria que ele aparecesse agora, no estado em que eu estava. Queria que houvesse um meio de as pessoas nos avisarem um pouco antes de aparecerem na nossa porta.

Vi Lois e Orville acenarem para Jack ao subirem na calçada e me escondi ao lado da janela, espiando para ver a que distância estavam. Quando os ouvi subindo os degraus, arranquei as luvas e fiz o possível para ajeitar o cabelo sob o lenço. Usei a parte de dentro da bainha da saia para limpar o rosto bem rápido. Não dava tempo de ajeitar o vestido.

— Virgie — chamou Lois, enquanto batia na porta.

Contei até três e abri.

— Oi, pessoal. Estamos pintando o piso. Desculpem a bagunça.

Pela expressão no rosto de Lois, percebi que eu estava desarrumada mesmo, mas Orville não pareceu ficar impressionado.

— Oi, Virgie — disse ele. — É um prazer vê-la.

Ele deu um passo para trás e segurou a porta aberta para Lois entrar primeiro. O melhor de Orville era que ele tinha ótimos modos. Ele sempre inclinava a cabeça para mim, quase se curvando, quando me cumprimentava. Ele nunca se esquecia de abrir a porta, puxar a cadeira ou andar na calçada do lado da rua.

— Desculpe termos aparecido de surpresa — disse Lois, agitando a mão em frente ao nariz por causa dos vapores. — Vamos até a cidade encontrar uns amigos e paramos pra ver se você gostaria de nos acompanhar.

— Ah, não posso — respondi. — Não assim. E demoraria muito para eu me arrumar. Eu teria de...

Parei de falar, incerta se seria adequado falar de banho na frente de um garoto.

— Teria de me limpar da cabeça aos pés — preferi dizer.

— Você está ótima assim — disse Orville, e dava para sentir que ele realmente achava. O que era muito gentil, mas meio bobo.

Lois continuava fazendo careta por causa do cheiro; abri a porta de novo e a empurrei na direção dela.

— Vamos nos sentar na varanda; não quero que você desmaie — disse.

Eu não queria é que eles pisassem onde eu já tinha envernizado. Então Orville segurou a porta outra vez, e todos nos sentamos nas cadeiras de balanço no canto oposto a Jack, que jogava pedras em uma lata de estanho a sete metros de distância no quintal.

— Desculpem, mas não vai dar — repeti. — Não conseguiria me aprontar; demoraria demais.

— Podemos esperar — disse Lois.

— Sinto muito, mesmo — disse eu para Orville. — Adoraria ir com vocês, mas não posso dessa vez. Espero vê-lo na sua próxima visita.

Discutimos o assunto um pouco mais e fiquei com eles na varanda por alguns minutos, mas não mudei de ideia. Servi chá gelado, todos nós tomamos um copo e depois eles foram embora. Percebi que Orville tinha ficado magoado, mas eu não podia ir, mesmo. Estava imunda e teria demorado uma hora ou mais para preparar o banho e me limpar; além disso, não podia sair sem terminar minha parte do piso.

Tess Todos nós esquecemos a mulher do poço depois do acidente de Jack. Bem, mais ou menos. Meus pesadelos acabaram de vez. Nem Virgie nem eu falamos mais em bebês, em mães ou em solucionar qualquer coisa. De qualquer forma, todo mundo falava bem menos, não era como se a gente tivesse de se esforçar pra não tocar no assunto. Papai e mamãe mal dormiam, mas tentavam agir como se não fossem despencar a qualquer momento. Vi aparecerem mais rugas no rosto de mamãe e papai, e percebi que Virgie estava trabalhando mais que nunca pra ajudar mamãe nas tarefas.

Senti a diferença no clima da casa e sabia que devia ficar melancólica também, mas, depois que soube que Jack ia ficar bom, não consegui parar quieta. Voltava de Birmingham louca pra fazer alguma coisa, ir a algum lugar. Não parava de pensar na cidade. E, se eu não podia ir até Birmingham (parecia que ninguém estava com pressa de voltar lá e, mesmo que estivessem, nunca me deixariam explorá-la), teria de me contentar com algo mais perto. Pensei em Lou Ellen Talbert e nos bebês mortos enterrados no quintal dela. Estava curiosa. Com cicatriz franzida, língua pontuda, jeito de adulto e bebês enterrados, essa garota vivia num mundo tão diferente quanto Birmingham. E era aqui perto. Lou Ellen não ia sempre à escola porque tinha de ajudar em casa enquanto a mãe trabalhava fora, mas eu fiquei de olho à procura dela. Assim que vi ela no recreio um dia, perguntei se podia ir ver os bebês. Ela estava sentada sozinha embaixo de uma árvore – eu nunca via ela com outras garotas – e não ficou surpresa com meu pedido. Nem titubeou ao responder que achava que os pais não iam gostar da ideia de ela desfilar pelos túmulos com uma amiga, como se fosse uma apresentação de escola, mas que, se eu fosse lá depois que eles estivessem dormindo, ela me mostraria.

Sair escondida fez tudo parecer ainda mais emocionante. Combinei de encontrá-la na noite seguinte, depois que todo mundo fosse pra cama.

Não contei nada pra Virgie. Achei que ela ia me censurar por pensar nos bebês mortos, quando a gente já tinha o bastante pra ocupar a cabeça na nossa própria casa, e ela com certeza me repreenderia por pensar em sair escondida, coisa que eu teria de fazer. Nunca pedi pra chegar tarde, mas nem eu nem Virgie saíamos depois da hora de dormir, a não ser que a gente estivesse dormindo na casa de uma amiga. Papai sempre dizia não entender esses pais que deixam as filhas ficarem na rua até de madrugada. Eu sabia que isso significava que a gente não seria como essas garotas.

Tentei não me sentir culpada por guardar segredo, dizendo a mim mesma que não tava fazendo nada de errado, só visitando uma amiga. Não estaria mentindo, só omitindo. Não tinha por que sentir que tava desrespeitando mamãe e papai.

Quando cheguei da escola no dia em que ia me encontrar com Lou Ellen, mamãe tava tirando água do poço, de costas pra mim. Abracei ela por trás e apertei.

— Vai me partir ao meio — disse ela, sem reclamar de verdade e estendendo uma mão pra trás pra tentar me afagar. — Teve um bom dia, meu amor?

Em vez de dizer "sim, senhora", como pretendia, saiu:

— Combinei com Lou Ellen de ir à casa dela hoje à noite.

O tempo todo fiquei me perguntando por que aquelas palavras resolveram escapar.

— Depois do jantar? — perguntou mamãe, sem parecer muito preocupada.
— Um pouco depois do jantar. Mais pra hora de dormir.
— Por que você vai até lá tão tarde?

A ideia de mentir para mamãe não me agradava, mas eu também não era burra.

— É pra ser uma aventura — eu disse, pensando o mais rápido possível. — Nunca saí de casa tão tarde e a gente acha que vai ser divertido ficarmos sozinhas, com o quintal inteiro a nosso dispor e a lua brilhando, sem mais ninguém por perto. Vai parecer que somos as únicas pessoas vivas no mundo todo, e aposto que tudo parece diferente tarde da noite.

Pensei no que isso envolveria e comecei a vislumbrar a noite à medida que ia descrevendo.

— Talvez os grilos se juntem e toquem numa grande banda depois que todos vão pra cama. E aposto que as corujas saem das tocas e se divertem empurrando os pássaros adormecidos pra fora dos galhos, pra ver se acordam antes de baterem no chão.

— Fazia tempo que eu não ouvia você falar assim, Tess.

Em geral, mamãe me mandava parar de sonhar acordada quando começava a imaginar coisas, mas dessa vez ela não parecia nada incomodada. Ao contrário, até sorriu, e os olhos dela ficaram enrugados como há anos eu não via e ela passou a mão pelo meu cabelo.

— Nunca pensei que eu fosse sentir tanta falta. Não vai ter medo de gambás ou homens maus andando por aí?

Fiz que não e não disse que só tenho medo de gambás que comem fadas, não de gambás normais. E não achava que eles apareceriam aquela noite.

— Esperou para me contar na última hora, não foi? — disse ela, equilibrando o balde cheio de água na mureta do poço.
— Fique sabendo que eu notei que você não pediu permissão.

— Desculpe, mamãe. Posso ir? Por favor? Queria muito sair e fazer algo diferente. E o papai sempre diz que a gente não pode sair tarde da noite. Achei que você não ia deixar.

Mamãe sacudiu a cabeça, meio que sorrindo.

— Ele se referia a sair com garotos. Acho que não ia se importar de você ir conhecer um quintal — disse mamãe, e olhou pro teto, com a ponta da língua pra fora. — Mas ele anda muito tenso ultimamente. É melhor não comentarmos isso com ele. Vá para lá quando achar que deve... Só que ele estará dormindo quando você voltar, então, faça silêncio.

Ela nem mesmo estipulou uma hora pra eu voltar e decidi, naquele instante, que sempre poderia contar tudo pra mamãe. Ela era muito compreensiva.

O quintal parecia mesmo diferente quando cheguei à casa de Lou Ellen um pouco depois das nove horas. Costumava observar a noite da varanda, mas desta vez estava atravessando, cortando ela com cada passo que dava. Nervosa por não saber no que podia pisar, cheguei à casa de Lou Ellen esbaforida, mesmo sendo perto.

Ela me esperava na varanda, uma sombra pequenina em uma cadeira de balanço. A sombra acenou e desceu os degraus da varanda correndo. Seus chinelos faziam um som suave. A camisola batia no joelho e ela a levantou pra não se enroscar. Mal disse oi e já me puxou pelo braço em direção ao mato. (A maior parte do terreno era tomada pela plantação, mas havia um pedacinho com pinheiros ao lado da casa.) Fiquei feliz pelo toque da mão dela em volta do meu pulso. Todo o resto me parecia desconhecido. As árvores formavam uma parede gigante e escura, e as sombras davam a impressão de que tinha outro conjunto de árvores pretas no chão. Fragmentos de luar atravessavam quando os galhos balançavam, e me deu vontade de brincar de amarelinha naqueles pedaços iluminados. Tava tão silencioso e escuro – parecia que os vagalumes e os grilos tavam dormindo. O único som que eu ouvia era dos nossos pés e do vento assoprando os pinheiros.

Então ela soltou meu braço e eu quase esbarrei em Lou Ellen.

— Eles tão aqui — disse ela, apontando bem à frente.

A única coisa que se via era o chão. Terra, um tufo de mato e um pouco de grama aqui e ali. Não havia nenhum indicador – nem mesmo uma pedra, muito menos um nome.

— Vocês não marcaram? — perguntei pra ela.

— A gente sabe onde estão — sussurrou Lou Ellen. — Papai contou cinco passos desde os três pinheiros grandes. Tem um bebê na frente de cada um.

Ela deu alguns passos e apontou pra baixo.

— Então vocês apenas sabem?

— É — disse ela, como se fosse óbvio.

— E as pessoas andam por cima deles como se eles nem estivessem ali?

— Não sei. Eu não.

Fiquei me perguntando por quanto tempo teria de ficar ali em pé. Não estava tão interessada quanto achei que ficaria. Mas sabia que seria educado ficar alguns minutos. Então comecei a pensar naqueles bebês aconchegados embaixo da terra, enrolados em um lençol ou cobertor. Não pensei no que tinha embaixo do cobertor.

— Por que você acha que a gente enterra os mortos? — perguntei pra Lou Ellen.

— Onde mais a gente poderia colocar eles?

Vai ver era isso: não tinha opção. Mas eu odiava pensar em um bebê naquela terra fria e dura, com minhocas e lesmas e baratas se remexendo em volta.

— Eles tão dentro de caixas? — perguntei.

— Enrolados em um pano. Pelo menos os dois que eu lembro tão.

Isso só piorou tudo. Se fosse meu bebê, acharia que nosso poço fresquinho com sereias e peixes brilhantes era um lugar muito melhor. Talvez Virgie tivesse razão e a Mulher do Poço não fosse totalmente má ou maluca. Talvez existisse uma pitada de bondade dentro dela. Como Birmingham, que tinha bondes bonitos e onde os homens dormiam em fornos de coque. Mesmo assim, era algo estranho de se fazer, transformar nosso poço num túmulo. Mas eu nunca tinha olhado fixo pra terra antes e imaginado que tipo de cobertor ela daria. Se eu amasse muito alguma coisa, não conseguiria enrolar e cobrir ela com terra como se fosse lixo que você não quer que os cachorros remexam.

Vi uma sombra se mover na única janela onde havia uma luz suave, mas forte o suficiente pra eu poder vislumbrar um cabelo comprido. Não era luz elétrica, parecia a luz da lamparina a óleo que mamãe guardava pro caso de uma tempestade.

— Sua mãe ainda tá acordada?

— Não, é a tia Lou.

— Será que ela não deu por sua falta?

— Provavelmente, mas ela deve achar que saí pra ir lá embaixo — disse ela, e indicou a casinha com a cabeça. — Ela fica andando de lá pra cá. Não dorme muito bem. Fica perambulando e falando sozinha. Às vezes ela não sabe onde tá.

— Ela é boa da cabeça?

— Às vezes. Outras vezes parece que ela nem tá na mesma sala que você. Não abre a boca, nem se mexe.

— Ah.

Comecei a me virar, pensando em dizer que precisava voltar pra casa, mas ela continuou a falar.

— Eu levei ela até sua casa uma vez, sabe. Antes de ela se mudar pra cá. Queria conhecer a cidade durante uma visita e mamãe me mandou mostrar a casa de vocês, já que seu pai é dono da fazenda.

— Por que vocês não entraram?
— Eu não te conhecia.
Um pensamento me ocorreu. Sabia por que as pessoas estavam passando na frente da nossa casa.
— Quis mostrar pra ela onde o bebê foi jogado?
— Fui lá antes disso acontecer.
— Ah.
— Ela se mudou pra cá... bem, acho que algumas semanas depois. Ela é meio fofoqueira. Gosta de saber da vida das pessoas. A mamãe sabia disso e me mandou mostrar quem vocês eram e contar sobre vocês.
— E o que você contou pra ela?
Ela deu de ombros.
— Que a sua irmã é muito bonita. Que sua mãe e seu pai atendem os pedintes, que sempre vão à missa, que são boa gente. Seu pai nunca olha a gente de cima pra baixo nem age como se fosse melhor que nós.
— Não falou nada de mim?
— Hum... não sei — disse ela. Parecia que ela tava fazendo muita força pra pensar. — Acho que não.
Queria não ter ficado amiga dela, mesmo que ela tivesse bebês mortos no quintal. Meu rosto deve ter traído minhas emoções, porque ela logo acrescentou:
— Mas falei pra ela que mamãe sempre diz que os Moore pregam a palavra de Deus.
Mesmo assim, achei que ela devia ter mencionado meu nome. Algumas pessoas achavam que eu tinha muita presença. Ela podia ter dito muitas coisas sobre mim. Comecei a falar isso, mas a porta da frente da casa se abriu e a gente se abaixou atrás da varanda. Não era a mãe de Lou Ellen vindo gritar com ela por ficar fora até tarde – era a tia Lou que tinha saído na varanda.
Era uma mulher grande, de ombros largos. A lua estava crescente, mas iluminou o rosto dela direitinho. Era a mulher do culto.

Cheguei em casa sem pensar, colocando um pé na frente do outro e acabando na porta de casa. Subi na cama e caí no sono assim que me cobri. Não tive nenhum pesadelo. Acordei com a cabeça fresca, mesmo que parecesse que eu tinha acabado de fechar os olhos. Adorava acordar com o aroma de café e ao som do fogo crepitando. Dependia dos meus ouvidos e do meu nariz pra me orientar, enquanto meus olhos permaneciam fechados. Podia ouvir mamãe mexer com as panelas na cozinha e papai fazendo ranger as tábuas do piso enquanto terminava de acender o fogo e pegava água pra pia. Preferia que fosse o aroma de bacon a subir pelas cobertas junto com o de café, mas pãozinho de minuto era tão bom quanto. Podia ficar enterrada sob as colchas por alguns minutos sem fazer nada, só absorvendo tudo à minha volta. Só que essa manhã eu queria fazer mais.

— Virgie. Virgie. Virgie — disse eu e continuei dizendo, mesmo quando vi ela fechar a cara. — Virgie.

— O quê?

Ela não se virou pra mim, ficou totalmente imóvel, braços cruzados sobre o peito.

— Virgie.

— Eu disse 'o quê?'.

Ela parecia aborrecida e sonolenta. Não estava se mexendo, e eu queria que ela demonstrasse um pouco mais de entusiasmo sobre tudo que eu queria fazer. Fui eu que cheguei tarde e tive de andar na ponta dos pés até encontrar a chave que mamãe deixou pra mim na varanda, e fui eu que pulei toda vez que papai se mexeu ou roncou, e fui eu que tive de contornar a tábua que range do meu lado da cama. Virgie dormiu como pedra. E eu tive de ficar deitada quieta, louca pra contar as novidades durante o que me pareceram horas e horas e mais horas.

Eu me aproximei dela e cochichei no seu ouvido. Ela odiava isso.

— Tenho quase certeza de que foi a tia de Lou Ellen Talbert que jogou o bebê no poço — falei.

Isso fez a Virgie se virar pra mim, com um olho aberto, a cabeça pro lado. Ela tinha babado no travesseiro durante o sono.

— Por que você diz isso?

Eu contei sobre os túmulos dos bebês e tia Lou.

— Então ela sabia quem a gente era — disse Virgie, ainda com a cabeça no travesseiro, mas com os olhos cada vez mais arregalados. — Ela tinha uma ligação conosco. Você acha mesmo que ela estava tão chateada no culto?

— Ela tava inconformada.

— Não sabemos se ela teve um bebê.

— Não sabemos se o sol vai nascer de manhã, mas ele sempre nasce.

Eu já tinha ouvido papai falar isso e isso sempre soava inteligente.

— Do que você está falando? — perguntou Virgie, esfregando os olhos com uma mão.

Tentei continuar, já que não sabia explicar muito bem a teoria da luz do sol.

— A gente só vai ter certeza depois de falar com ela.

— Não perguntou para a garota Talbert?

— Lou Ellen. Não, não perguntei pra ela.

Virgie se apoiou sobre os cotovelos e olhou pra mim.

— Por que não?

Eu também me apoiei sobre os meus cotovelos.

— Como você acha que eu devia ter puxado o assunto? "Lou Ellen, você sabe se sua tia teve um bebê escondido e jogou ele no nosso poço só pra se divertir?".

— Shhh — disse ela, olhando em direção à cozinha. — Não fique nervosinha. Só achei que seria mais fácil perguntar para ela do que para uma mulher que nem conhecemos.

— Por que você acha que ela contaria do bebê pra sobrinha? Sobre ter um ou sobre jogar um no poço?

Virgie se largou de novo no travesseiro, suspirando, e eu fiquei pensando como os grampos dos bobes não espetavam o cérebro dela. Ela ficou lá deitada e eu me sentei de pernas cruzadas como índio, empurrando a perna esquerda dela com meus joelhos. Mas ela não a afastou nem olhou pra mim.

— É possível manter um bebê em segredo? — perguntou ela, com metade do rosto enfiada no travesseiro de novo.

Dei de ombros.

— Se ele não chorar muito... — respondi. Então eu me lembrei. — Mas ela é de Brilliant. Pode ter mantido segredo, se o bebê nunca veio pra cá. Nunca esteve na casa de Lou Ellen.

— Você pode ter razão, Tess — disse Virgie, levantando os joelhos e batendo nos meus. — Pode mesmo ser ela.

A gente ficou lá: ela deitada e eu sentada, tão quietas que pude ouvir o ovo caindo na frigideira. Depois, a porta do forno abrindo. Vai ver os pãezinhos já tavam prontos.

— Mas então... O que você quer fazer? — perguntei. — Contar pro papai? Talvez pedir pra ele ligar pro xerife Taylor?

Ela pulou da cama e puxou um vestido do armário antes de responder.

— Não. Vamos lá falar com ela.

Não achei que era uma boa ideia, mas tinha de admitir que estava curiosa.

LETA   Jack matou um esquilo com um tiro na varanda da frente, e eu o coloquei no ensopado do jantar. Estávamos comendo bastante ensopado e broa de milho – alimentos substanciosos que ajudam as crianças a não sentirem tanta falta de carne. Mas esquilo era perfeito para um ensopado; a carne era muito forte para se comer sozinha.

Todos cortaram a broa de milho em triângulos e se serviram de ensopado, ávidos para experimentar e dizer a Jack como estava gostoso. Ele sorria a cada mordida que dava.

— Da próxima vez, vou pegar um coelho — disse ele.

— Da próxima vez, pegue um cervo — disse Tess.

— Peçam logo para ele pegar um búfalo — disse Albert, sem levantar os olhos do prato. Pela primeira vez em muito tempo, ele estava comendo com as crianças, e eu torcia para ele terminar logo antes que caísse dormindo em cima do prato.

— Conseguiria pegar um cervo — disse Jack. — Eu conseguiria.

Ninguém discordou dele. Para mim, o ensopado precisava de um pouco mais de pimenta. E de um pouco mais de cebola.

— Andamos pensando sobre o bebê no poço — disse Virgie, com o rosto baixo enquanto limpava a boca. — Sobre como...

Albert sacudiu a cabeça e a interrompeu.

— Agora não. Esse assunto, não. Falem apenas sobre a escola, sobre seus amigos ou sobre o que os vizinhos andam aprontando. Não quero falar de nada que não me faça sorrir. Nem que me obrigue a pensar.

Todos ficamos olhando ele comer avidamente o ensopado, segurando a cabeça com a mão. Virgie só consentiu com a cabeça, com cara de magoada e culpada.

— O irmãozinho de Missy enfiou um sapo inteiro na boca durante o recreio — disse Tess. — Ele ganhou um pedaço de alcaçuz de outro garoto. Mas aposto que tinha gosto de sapo.

— Eu consigo enfiar dois sapos — disse Jack.

9
Café e jantar

JACK   Aquela noite em que ela foi até a casa de Lou Ellen Talbert foi a primeira vez que Tess entrou sorrateiramente em casa. Na adolescência, ela fazia isso pelo menos uma vez por semana. Sempre contava para mamãe aonde ia e se, por acaso, mamãe dissesse não, ela não ia. Mas na maioria das vezes mamãe consentia com a cabeça, e papai nunca percebia que ela voltava tão tarde, porque sempre ia dormir cedo.

Uma vez, ela estava subindo de fininho os degraus do fundo e pisou no penico – na verdade, era um pote velho que usávamos para urinar, não um penico – que ficava na varanda à noite para não precisarmos ir até a casinha. A essa altura, papai tinha uma cama só dele; a respiração tinha piorado tanto que ele passava a noite se remexendo e não queria incomodar a mamãe. Papai dormia como pedra, mesmo se remexendo tanto, o que era intrigante, porque ele tinha um despertador interno melhor que qualquer outro que já vi. Você podia lhe dizer que queria acordar às 4h33 da madrugada e apostar dinheiro – não que nós fizéssemos isso – que não seria nem 4h32 nem 4h34 quando o sentisse sacudindo seu ombro.

Mas ele não ouviu Tess subindo os degraus da varanda na noite do penico. O resto de nós ouviu, porque ela tropeçou e bateu ruidosamente nas tábuas de madeira ao se aproximar da porta. E então, ela sibilou "droga!" tão alto quanto a batida que tinha dado. Depois disso, a algazarra e o barulho de água derramando quando ela pisou no penico foi demais para nós. A cama de mamãe tremia de tanto ela rir. E mesmo assim papai não acordou. Finalmente, quando Tess entrou pulando num pé só, tentando não pisar no chão com o pé sem sapato e sem meia, nós já tínhamos nos acalmado.

— Pelo menos ninguém fez um número dois — sussurrou ela, e nós enfiamos a cabeça debaixo do travesseiro para não acordar o papai.

Tess ainda mora na casa da família, depois de perder dois maridos e voltar para cuidar de mamãe. Ela mora lá sozinha agora, com um schnauzer que tenta comer a terra dos vasos de flores.

Virgie começou a lecionar após dois anos de faculdade – ela se formou no último ano em que ainda era possível receber um diploma de licenciatura após apenas dois anos de estudo. Eu vendia jornais com a ajuda de Tess, e todos nós poupávamos para pagar a faculdade dela. Ninguém ganhou sapatos novos durante aqueles dois anos. Então, ela começou a lecionar a quarenta e oito quilômetros de casa e foi morar com outra garota em uma pensão. Ela adorava o trabalho e conheceu o homem com quem se casou quando os dois frequentavam cursos de especialização no Troy State College, durante o verão. Ela continuou lecionando durante toda a guerra, enquanto o rapaz lutava no exterior. Quando ele voltou, ela se demitiu e formou a própria família.

Ela mora em Birmingham, e os filhos a levam para passar os fins de semana prolongados ou até uma semana inteira com Tess. Às vezes, vou também, e ficamos discutindo qual era a torta favorita do papai, quem roncava mais à noite e qual dos namorados de Virgie tinha aberto a porta sem querer enquanto Tess olhava pelo buraco da fechadura, fazendo-a acabar com o olho roxo. Conversamos muito pouco sobre política, livros ou filmes – gostamos de desfiar o passado e retocar os detalhes. Com os três juntos, sempre tem um para lembrar o que o outro esquece.

Albert Dormi dezesseis horas seguidas no primeiro dia de novembro. Depois, comi uma tigela de ensopado de legumes e voltei a dormir por mais dez horas. Quando finalmente clareei a mente, mal podia lembrar por que queria que Jonah viesse à nossa casa. Mas sabia que tinha decidido que era uma boa ideia e que não importava o que os outros pudessem dizer.

Quando o convidei, ele disse não.

Fui à casa dele de carro, bati na porta da frente e fiquei ali na varanda enquanto esperava. A porta e as paredes da casa pareciam bem sólidas, mas pedaços inteiros da varanda estavam apodrecendo – Jonah tinha colocado placas de compensado nos piores lugares do piso. A esposa dele abriu a porta antes de eu poder me abaixar para olhar melhor.

— Senhora — disse eu. Ela era uma mulher de aparência forte, talvez uma cabeça mais alta que Leta. Não conseguia me lembrar do nome dela, mas tinha certeza de que Jonah tinha mencionado alguma vez nos últimos anos. Com certeza.

— Sr. Moore — respondeu ela. — Quer falar com Jonah?

— Eu gostaria. Vocês estão bem?

— Sim, senhor — respondeu ela, depois se virou, mas parou antes de tirar a mão da porta. — Aceita um chá? Acabei de fazer.

Deu para perceber que ela não esperava que eu aceitasse.

— Seria um grande prazer.

Quando Jonah apareceu, eu estava apoiado na balaustrada sem jogar muito peso sobre ela, com as mãos nos bolsos. Estava pensando em como ele poderia reformar a varanda de modo mais permanente sem ter de trocar tudo.

— Boa tarde, Albert — disse ele, da porta. A tela se fechou atrás dele quando deu um passo à frente. — As crianças sabem que num devem brincar aqui — acrescentou, notando a direção do meu olhar.

— Toda a madeira tá apodrecendo?

— Acho que sim. Num tive tempo de providenciar nova.

A esposa dele chegou com dois copos de chá, deu um pra mim primeiro, e eu agradeci. Ele a chamou de Renee quando lhe agradeceu, e eu arquivei essa informação.

— Então... O que traz você aqui? — perguntou Jonah, depois de tomar um gole. — Algum problema?

— Nenhum. Só vim convidá-lo pra jantar lá em casa amanhã, se você não tiver trabalhando.

— Jantar?

— Nada especial. Você podia levar Renee.

Ele passou a mão pelo queixo como se estivesse checando se estava com a barba por fazer.

— Bem, obrigado. Num sabia se tava bom da cabeça quando me convidou naquela semana. Num sei se tá ainda. Mas vou recusar de qualquer forma.

Nem me passou pela cabeça que ele poderia recusar.

— Por quê? — perguntei.

— 'Cê tem coragem de me perguntar isso assim, sem mais?

Já tinha demorado bastante pra fazer o convite, e ele ainda tinha de dificultar.

— Não tem por que recusar. Andei pensando. Cheguei à conclusão que agi mal.

Ele me olhou espantado.

— O que 'cê tá falando? 'Cê num fez nada errado.

— Foi o que pensei — disse eu, feliz por ele ter me ajudado um pouco. — Como achei que tratava todo mundo com justiça, o resto não me importava.

Bairro dos negros, leis sobre restaurantes e tudo o mais, polícia prendendo pessoas de cor a torto e a direito. Nada disso me dizia respeito. Mas aquela visita, sim.

— O que você disse sobre a mulher e o bebê me surpreendeu. Mas não deveria, já que a gente se conhece há tanto tempo. Quero te tratar melhor.

Ele bebeu o chá bem devagar, dando um ou dois chutes na varanda. A varanda era limpa, bem varrida, mas nem ela nem o resto da casa haviam sido pintados. A tinta teria ajudado a prevenir que a madeira apodrecesse.

— O resto 'inda importa, Albert.

Balancei a cabeça.

— Eu tava errado. Eu sei disso, e quero remediar.

— O resto importa — repetiu ele.

— Não pra mim. Não mais.

— Vai convidar mais algum homem de cor pra jantar? Vai escrever uma carta pro governador dizendo qu'a gente deveria poder comer nos restaurantes de vocês?

Eu só olhei pra ele.

— Você é um bom homem, Albert, mas isso num faz diferença.

Observando Leta discutir com as crianças, notei que ela costuma falar menos que eu. Fico dando milhões de voltas, tentando mostrar por que eles estão errados, e ela só fica se repetindo até eles cederem. Lá no fundo, eu sabia que essa técnica funcionava comigo também.

— Venha jantar — insisti.

— Num vou fazer isso. Mas agradeço.

— Venha jantar.

— Albert...

— Vai ficar tudo bem.

— Pode ser. Provavelmente. Mas pode ser que não. Num vale a pena arriscar.

— Venha jantar.

— Seu cabeça-dura — disse Jonah. Ele apoiou o copo de chá, olhou pro teto o tempo suficiente para respirar fundo algumas vezes.

— Se quer tanto, vou até lá tomar um café amanhã.

— Por que não ficar pro jantar? Não faz diferença nenhuma.

— 'Cê sabe que faz.

E eu sabia que sim – pra um café, podia recebê-lo na varanda, o que era diferente de recebê-lo dentro de casa, ainda mais na mesa de jantar.

VIRGIE Finalmente fui apresentada a Bradford, o pastor e marido em potencial de Naomi. Ela me convidou para acompanhar a família dela a um jantar de confraternização após o culto, e Naomi, Bradford, Tom e eu permanecemos lá após tia Merilyn e tio Bill irem para casa. No começo do sermão, Bradford contou uma história sobre um pastor que disse à congregação que eles deveriam jogar todo o uísque e a bebida alcoólica que tinham no rio. Depois, o cantor principal se levantou e anunciou que o hino de fechamento seria *Vamos nos reunir no rio*. Eu ri mais do que costumava durante um sermão e ri mais ainda na volta para casa.

Naomi não conseguia parar de olhar para ele. Tentei olhar para Tom de esguelha para ver se ficava enamorada também, mas só consegui ficar com dor de cabeça.

Ainda faltavam umas dez casas para chegarmos quando a chuva caiu. Estávamos tão entretidos conversando que não tínhamos percebido as nuvens, então ficamos paralisados quando a primeira torrente de água caiu sobre nós. Depois, começamos a gritar e a correr, com os rapazes perguntando se queríamos os paletós emprestados. Não queríamos parar nem para pegá-los. À medida que corríamos, senti meu vestido enroscar nas minhas pernas e não conseguia endireitá-lo. Depois de percorrermos alguns quarteirões, percebi que o problema não era apenas o tecido molhado: meu vestido de crepe estava encolhendo.

— Naomi, temos que parar na sua casa! — gritei para ser ouvida acima do som dos nossos pés batendo na terra e nas poças. — Até eu chegar em casa, meu vestido terá chegado ao quadril.

Pelo jeito, ela nunca ouvira nada tão engraçado porque parou completamente, jogou a cabeça para trás e caiu na risada, a água correndo pelo rosto, para dentro da boca dela e pelo queixo. Seu vestido estava grudado ao corpo e eu sabia que o meu estava igual, mas nenhuma de nós tinha curvas para que aquilo ficasse muito chocante.

— Vão para casa — disse Naomi para Tom e Bradford, depois que conseguiu se controlar. — Deus fará vocês caírem duros aqui mesmo se virem as pernas de Virgie.

— Não foi isso que quis dizer... — comecei a falar, sabendo que ela me provocava por bancar a pudica, mas fazendo parecer um comentário sobre minhas pernas, que até eram bonitas.

— Rápido — enxotou ela. — Os joelhos dela estão prestes a aparecer.

Estavam mesmo, e olha que eu estava puxando a saia para baixo com toda a força. Tom estava em conflito, não queria dar a impressão de que queria ver minhas pernas e, ao mesmo tempo, não queria me abandonar.

— Pode ir — eu disse para ele. — Naomi e eu ficaremos bem.

Tudo isso transcorreu debaixo de uma chuva tão forte que não conseguíamos ficar de olhos abertos, e eu acho que o tempo colaborou para os rapazes concordarem mais rápido do que o normal. Eles se despediram e foram embora.

Quando chegamos à casa de Naomi, meu vestido estava vários centímetros acima dos joelhos e com mangas curtas em vez de longas. Batemos na porta para não molharmos a casa inteira. Bastou a tia Merilyn entreabrir a porta para sair correndo e pegar toalhas. A essa altura, Naomi e eu falávamos sem parar ao mesmo tempo sobre meu vestido. Num piscar de olhos, alguém jogou uma toalha sobre minha cabeça, e tia Merilyn e Naomi se agacharam e começaram a esticar meu vestido.

Puxei as mangas, imaginando como eu faria para ir para casa sem meu vestido encolher outra vez. Tess e eu íamos visitar a tia de Lou Ellen Talbert no dia seguinte, e eu me senti um pouco frívola por pensar mais no crepe que no menino morto. Mas, na verdade, vinha pensando nele – e na mãe dele – cada vez menos. Entre o jogo de basquete e os cuidados com Jack no hospital, a vida negra e horrível que eu concebera para a mulher misteriosa foi ficando cada vez mais difícil de imaginar. E cada vez menos negra e menos horrível. Mais normal. E um pouco mais chata.

Observar Naomi e Bradford não era chato. Era como se ela estivesse enfeitiçada.

— Se você se casar com o pastor, não poderá sair por aí e se divertir assim — disse para ela, com água pingando do meu queixo na cabeça dela. Passei a toalha no rosto pela terceira vez. — Você vai ficar presa em casa.

Naomi estava com as duas mãos no meu vestido, sem se mexer para o vestido não encolher de novo. Ela abriu a boca para responder quando tia Merilyn disse:

— Claro que ela poderá se divertir.

— Quantas mulheres casadas a senhora conhece que caem na risada em uma varanda encharcada, no meio da noite? — perguntei.

Tia Merilyn largou meu vestido e se levantou, depois desceu os degraus até chegar ao quintal. Com os braços levantados, girando em círculos, ela ficou tão encharcada quanto nós em dez segundos cravados. Depois sorriu e, calmamente, subiu os degraus e se ajoelhou a meus pés novamente, lambendo a chuva dos lábios.

— Pelo menos uma — disse ela.

Naomi e eu, que não tínhamos aberto a boca durante a dança na chuva, caímos na risada, e rimos mais ainda quando tia Merilyn tentou torcer seu vestido.

— Nem tudo é sofrimento — disse ela, desistindo de torcer o vestido e voltando a puxar minhas mangas. — Há outros tipos de casamento além dos casamentos que existem em uma cidade mineradora. Se você não quer se casar, tudo bem. Mas não descarte a ideia só porque isso aqui é tudo que você conhece.

— Conheço Birmingham — respondi, mas ela agiu como se eu não tivesse dito nada.

— Você é quem escolhe o homem com quem vai se casar, Virgie. Você é quem escolhe se vai arrumar as camas ou fofocar no correio. É uma garota esperta. Gentil. Bonita. Já a vi interagindo com Jack e Tess – tem o instinto materno de mulheres com o dobro da sua idade. Tem mais escolhas do que a maioria. Divirta-se com elas.

— Não quero me prender — disse. — Quero poder me sustentar como aquelas enfermeiras e não ter de aturar um homem qualquer só para ter o que comer.

— Deus, você pode ser médica. Ou senadora — disse tia Merilyn.

Ela estava brincando, claro. Mas a verdade é que eu não queria ser médica. Não queria morar em um lugar distante ou fazer algo extraordinário. Mas não queria isto: não queria gastar toda minha energia com um marido e uma casa cheia de crianças, sem ter tempo para desfrutar de prazeres só meus. Queria que sobrasse um pouco para mim. Só me restava descobrir um meio-termo entre o extraordinário e Carbon Hill.

Tess   Como eu era amiga de Lou Ellen, foi mais fácil conhecer tia Lou. A meu ver, a Mulher do Poço. Não podia contar a Lou Ellen por que a gente queria conhecer a tia dela, é claro – eu disse que a gente achava que era uma atitude amável. Então, chegamos lá, cumprimentamos todo mundo e ficamos conversando com Lou Ellen, meio constrangidas por um bom tempo. Tia Lou, sentada em sua cadeira de balanço, não disse nada. Por fim, depois do que pareceram dias, Lou Ellen disse:

— Tenho algumas coisas pra fazer. Querem vir comigo?

A gente só estava esperando por isso. Lou Ellen não conseguia ficar parada por muito tempo.

— Não — respondi. — Vamos ficar aqui um pouquinho mais antes de ir lá pra fora.

Ela ficou lá sentada um tempinho, a cabeça pendendo pro lado, totalmente confusa, mas sem saber como interrogar a gente na frente da tia.

— Certeza?

— Sim — respondeu Virgie.

Lou Ellen recuou devagar, como se tivesse dando tempo pra gente mudar de ideia. Não dava pra culpá-la; eu não saberia o que pensar se uma de nossas amigas aparecesse em casa e preferisse ficar com tia Célia e não com a gente. Bem, eu saberia, mas tia Célia era muito mais divertida do que tia Lou parecia ser.

Até que ouvimos Lou Ellen descer os degraus da frente. Lá estávamos nós, Virgie, eu e tia Lou, sentadas frente a frente no meio da sala escura dos Talbert. Tia Lou tinha feito café, mas não ofereceu nada pra gente beber. A gente não ligou.

Depois de um tempo em que o único som era o da colher de tia Lou batendo na xícara, Virgie disse:

— Está gostando de Carbon Hill, sra. Lou?

— Não é ruim.

— Que bom que a senhora veio para cá. Tenho certeza de que Lou Ellen está feliz de tê-la por perto.

Quando tia Lou não disse nada, Virgie me olhou zangada como se eu não estivesse colaborando. Então eu disse:

— Aposto que a senhora ajuda todo mundo. Eu adoraria que tia Célia e tia Merilyn viessem nos visitar mais.

Ela também não me respondeu. Na verdade, nem olhou pra gente, mal tinha nos olhado desde que a gente chegou. Não tinha sorrido, nem bocejado nem espirrado, nem passado a língua pelos lábios. Tinha um rosto comum e pálido, mas que chamava a atenção porque parecia congelado. De vez em quando, lançava o olhar em direção aos campos, mas, no mais, ficava olhando pro colo, com os ombros curvados e os joelhos meio abertos, o vestido florido esticado sobre as pernas. Mamãe sempre dizia pra gente se sentar com os calcanhares cruzados, mas, como isso era muito desconfortável, eu não culpava tia Lou por adotar uma postura mais relaxada.

— Acho que a senhora deve ter ouvido falar do bebê que foi jogado no nosso poço — disse Virgie.

Ainda bem que ela parou com a conversa fiada. No caminho, a gente tinha decidido que ela tocaria no assunto e aí a gente veria o que tia Lou tinha a dizer. Achamos que a gente conseguiria perceber se ela sabia de algo.

Tia Lou continuou a mexer o café. Já não saía fumaça da xícara.

— É claro, o xerife Taylor sabe que o bebê... que ele não estava vivo quando foi jogado lá — acrescentou Virgie. — Então não foi um crime. O que a mulher cometeu. Ela não fez nada contra a lei.

Nada. Ela não mexeu nenhuma ruga.

— Mas nós queríamos muito saber quem foi — prosseguiu Virgie. — Tess teve pesadelos horríveis e isso não saiu da nossa cabeça. Queríamos saber o nome do bebê, para nos reconciliarmos com o fato, sabe?

Ainda nada. Tinha a impressão de que ela nunca daria um gole.

— A senhora jogou aquele bebê no nosso poço? — perguntei.

Virgie chutou meu pé, mas tia Lou finalmente olhou pra gente, de verdade. Não parecia nem um pouco ofendida.

— Humm? — disse ela, com a testa toda franzida. Ela tinha uma voz fraca pra uma mulher tão grande. Era mais uma voz de menina, aguda e fina.

— O bebê — disse eu, bem devagar. — A senhora jogou o bebê no nosso poço?

Virgie olhou pra mim, exasperada.

— Você foi ao culto — disse ela. — Com aquela mulher simpática.

— Sim, senhora, eu a vi no culto batista. A senhora tava muito chateada. Como se tivesse preocupada com algo.

Ela começou a mexer aquele café idiota de novo, como se isso fosse mais interessante do que ser acusada de colocar um bebê no poço.

— Então... estava preocupada no culto, senhora Lou? — perguntou Virgie, angelical.

A colher de café parou de mexer e aquela voz infantil se fez ouvir de novo.

— Queria pedir perdão. Como todo mundo que ouviu o chamado de Deus.

— Não tem problema, se a senhora jogou o bebê no poço — falei suave e baixo, como quando queremos que um potrinho venha comer uma cenoura. — Não estamos bravas. A gente só quer saber.

— Eu nunca jogaria meu pequeno George em um poço — disse ela.

— Quem é George? — perguntei.

— Não contei pra ninguém.

— Nós guardaremos segredo — dissemos eu e Virgie ao mesmo tempo.

Tia Lou olhou pra porta, depois pra cozinha. Depois, cobriu a barriga com a mão que não estava segurando o café. Tinha visto mulheres grávidas fazerem o mesmo gesto.

— Não tem mais importância. Isso está me corroendo; talvez seja bom botar para fora — disse ela, com a mão ainda na barriga. Acariciando e circulando.

Sentamos mais pra frente ao mesmo tempo em que ela se levantava. Gemeu um pouco ao se erguer da cadeira de balanço, depois deu a volta e parou com as mãos apoiadas no espaldar. Ela brincou com um rasgo na palhinha, balançando-o pra frente e pra trás com o dedo, até me dar vontade de gritar. Minha boca ficou seca com a ansiedade da espera.

— Meu George era um segredo — disse ela, até que enfim. Depois, mais nada. Mais movimento na palhinha.

— Um segredo? — perguntou Virgie.

— É mesmo? — perguntei, de modo encorajador e amigável, sem parecer nada chocada.

— Não percebi que estava grávida por um longo tempo — recomeçou ela. — Mas eu estava morando sozinha na época, então, não importou muito quando a barriga começou a crescer. Ninguém notou. Eu fiz o parto sozinha; já tinha visto outras mulheres cortarem o cordão umbilical.

Ela parou e voltou a cabeça em direção a mim e a Virgie, soltando um pequeno "hã" como se não tivesse notado que a gente estava ali antes.

— É bom falar sobre isso — disse ela. — Nunca ninguém me perguntou. De qualquer forma, eu cuidei dele nos primeiros dois meses, ninguém o viu. Pretendia dizer que o tinha encontrado na minha porta quando ele crescesse e não desse mais para escondê-lo. Mas uma manhã eu o encontrei morto no berço. A casa ficou muito sozinha, cheia de lembranças dele. Então, vim pra cá.

Se não era casada, não deveria ter tido um filho, pra começo de conversa, mas não falei nada. Ela não tinha contado o fim da história, que era a parte mais importante.

— Mas a senhora não o jogou no nosso poço? — perguntou Virgie, soando quase que decepcionada. — Não tem problema mesmo, se tiver sido a senhora.

— Por que eu ia querer jogá-lo em um poço? — perguntou ela, soando confusa, finalmente colocando a xícara no chão e alisando o vestido com as mãos. Ela respirou fundo, levantou e caminhou até a janela. — O que eu fiz foi batizá-lo.

Virgie e eu trocamos olhares. A boca dela tava meio aberta. Quando tia Lou não explicou, fiz sinal pra Virgie dizer algo e ela fez sinal pra mim.

— A senhora o batizou enquanto ele estava vivo? — disse Virgie finalmente.

Achei que foi um jeito muito bom dela perguntar.

Tia Lou fez que não. A gente só conseguia ver as costas e o cabelo dela.

— Algumas pessoas fazem isso, sabe? Batizam os bebês. Ele ainda não tinha idade pra aceitar Cristo: é isso que um batismo devia ser. Mas ele morreu e comecei a achar que ser batizado bebê era melhor do que não renascer em Cristo. Ele estava pronto para ser enterrado quando pensei nisso. Não tinha nenhuma igreja para levar ele. Mas Deus me tocou, me mostrou o caminho. O que é a igreja senão um grupo de pessoas devotas? — Ela usou uma voz de pastor pra fazer essa pergunta. Não respondemos, e ela continuou: — Eu sabia onde moravam pessoas devotas; minha sobrinha tinha me mostrado. E as pessoas devotas têm uma fonte batismal onde renascemos limpos e puros. Com a vida eterna — disse ela, depois se virou e estendeu uma mão com a palma virada pra cima, queixo erguido. — O chão é destinado à morte; a água, à vida.

Ela deu dois passos na nossa direção e se inclinou, olhando por sobre o ombro com pressa.

— Um batismo, era disso que ele precisava.

Por mais felizes que a gente estivesse por ela ter admitido, nem que fosse de um jeito confuso, também estávamos ficando nervosas. Fiquei contente quando ela se afastou e voltou a se sentar na cadeira, com o rosto impassível e calmo como no início da conversa. Parecia que ela não tinha mais nada a dizer.

— Obrigada por nos contar — disse Virgie.

Ela não respondeu, e a gente ficou sem saber o que dizer. A gente voltou a agradecer, disse que esperava que ela ficasse bem e que nos avisasse se precisasse de ajuda, mas, como ela continuou imóvel como uma pedra, a gente se despediu. Caminhamos o mais rápido que a boa educação permitia, só diminuindo o passo quando chegamos à estrada principal. Nem sequer tinha procurado Lou Ellen pra me despedir.

— O que a gente vai fazer? — perguntei pra Virgie.

— Nada.

Nisso eu não podia acreditar.

— Mas a gente tem que fazer alguma coisa!

— Você quer denunciá-la? — perguntou Virgie.

— Não podemos ficar caladas.

— Ela não bate bem da cabeça, Tess. Talvez por ter perdido o bebê. Seja lá por que, ela não fez mal a ninguém. Se as pessoas souberem, vão falar mal dela e olhar para ela e tratá-la como lixo. Que bem isso faria? Esqueça.

LETA   "Convidei Jonah para jantar." Eu não podia acreditar que aquelas palavras tinham saído da boca de Albert. Já estava com calor de ficar na frente dos nabos fervendo e me senti meio tonta quando virei as costas para o fogão para olhar para ele. Eu o encarei até ele voltar a falar.

— Ele disse que não seria certo.
— Bem, graças a Deus um de vocês tem juízo.
— Achei que você gostava de Jonah.
— Eu gosto, é claro.

E gostava mesmo. Jonah era um trabalhador honesto que ajudava Albert. Bem educado. Sempre se oferecia para carregar coisas para mim se passava quando eu estava arrastando roupa suja ou ração. Mas havia um motivo para os negros morarem em uma parte da cidade e nós na outra. Eles eram diferentes, por dentro e por fora. E nossa vida seria muito mais fácil se lembrássemos disso.

— Isso não se faz — disse eu.
— Por quê?

Minha vontade era sacudi-lo bem forte pelos ombros, como eu fazia com Jack quando ele ficava muito difícil e não havia palavras para expressar como ele estava errado. Depois de tudo que enfrentamos com Jack, de todas as horas extras que Albert passou debaixo da terra, a vida estava, finalmente, voltando ao normal. Jack ia tirar os gessos em breve. As olheiras de Albert não estavam tão escuras quanto antes. Até a história do bebê morto tinha ficado para trás. Não precisávamos de outra comoção.

— Ah, pelo amor de Deus, Albert, isso não se faz e pronto. Você sabe disso tão bem quanto eu. Sim, Jonah é um bom homem e a esposa dele me parece simpática. Mas não vamos criar confusão e dar motivo para o povo falar, só porque você cismou em convidar um negro para jantar.

— Eu só acho que a gente não deve tratá-lo diferente.
— Agora você é a favor da mistura das raças?
— Não, sou a favor de receber Jonah pra jantar.

Ouvi a água ferver e derramar pela borda da panela e chiar contra o metal, então me virei e tirei a panela do fogo. Cheguei a broa de milho, que estava começando a dourar. Albert estava entre mim e a panela com beterrabas. Queria colocá-las em uma travessa, ficava mais bonito na mesa.

— Passe aquilo, por favor — falei, apontando para a panela.

Ele me passou a panela, sem tirar os olhos de mim.

— O que você sabe sobre ele, Leta-ree? Ou sobre qualquer negro? Já conversou com eles? Sou eu quem passa o dia ao lado deles.

Às vezes, se eu não respondia, a rebeldia de Albert se esvaía, como o fogo privado de oxigênio. Mexi os nabos mesmo sem precisar, sentindo o suor no pescoço. O calor do fogo não me incomodava. Era algo familiar, habitual, como o café da manhã, o almoço e o jantar. Aproximei-me mais. Com o rosto ardendo, a respiração pesada, eu quase conseguia suprimir Albert do pensamento.

— Só quero receber ele pra jantar, Leta. Precisa ser mais do que isso?

— Sim, Albert. Precisa, e você sabe.

— Não importa. Como eu disse, ele não vem mesmo.

Senti meus ombros relaxarem um pouco.

— Mas ele disse que vem tomar uma xícara de café.

Não me virei, só esperei até ouvi-lo sair. Ele era meu marido, e não era da minha alçada lhe dizer quem podia ou não vir à casa dele. Porém, pela primeira vez desde que o conheci, eu não sabia o que lhe dizer. Até compreendia por que ele gostava de Jonah. Eu não era como os outros, que achavam que os negros não eram seres humanos. Sabia que eles eram gente. Só que havia um padrão de conduta, regras a serem seguidas. Não segui-las significa não saber o que poderia acontecer.

Tinha me calado a respeito do caminhão que atropelara Jack, aceitado a opinião de Albert. Tinha deixado a decisão nas mãos dele. Permitido que a raiva passasse enquanto olhava para o teto acordada, ouvindo Jack respirar. Tinha esquecido o assunto e me concentrado em trazer nossa vida de volta ao normal. Porém, Albert não tinha voltado ao normal, mesmo que tudo ainda estivesse nas mãos dele. Todos nós estávamos nas mãos dele, e parecia que minhas próprias mãos não podiam fazer nada, a não ser colocar a mesa e cortar os nabos.

Tess — Mamãe, eu sei quem jogou o bebê no poço.
— Você sabe?
Ela perguntou de maneira meio monótona, como se eu tivesse dito que um pássaro tinha começado a falar comigo no caminho da escola.
— Sei. Foi a irmã da sra. Talbert, aquela de Brilliant que veio morar com eles.
Ela largou o pano de prato e puxou uma cadeira. A mesa estava brilhando, ainda úmida. Os pratos tinham sido guardados. Uma tigelinha com nabos ainda estava fora, e ela estava estendendo o braço pra pegar ela quando resolveu se sentar.
— Por que você diz isso? — perguntou ela.
— Ela disse que foi ela.
— Ela disse que jogou seu bebê morto no nosso poço?
Não exatamente com aquelas palavras.
— Ela disse que tinha batizado ele, mas ele...
— Tess, você não pode sair por aí acusando uma mulher dessas coisas.
A cadeira arranhou o chão quando ela a arrastou, agora com o pano de prato de volta à mão.
— Mas mamãe...
Ela estava embrulhando os nabos, e eu não sabia direito se estava falando comigo.
— Todo mundo está tentando virar tudo do avesso nesta casa. Ignorando o bom senso.
— Eu não imaginei isso, mamãe.
— Não quero ouvir mais nada.
Mamãe nunca gritava, mas se fechava quando ficava mais brava do que podia aturar. Não era comum, mas eu sabia o que significava quando a voz dela ficava pequenina e tensa.
— Não aceito esse tipo de conversa nesta casa, Tess. De jeito nenhum. Quando eu lhe digo que não é para falar de algo, não é para falar. E esta é a última coisa que eu tenho para dizer a esse respeito.

E essa foi a última coisa que eu disse pra ela a esse respeito. Ou pra qualquer pessoa. Pra mim, aquilo só confirmou que Virgie estava certa e que a gente devia deixar tia Lou resolver seus próprios problemas e sua própria tristeza. Eu não me importava. Engraçado, agora que eu sabia quem era a Mulher do Poço, não achava mais ela tão assustadora. E não achava o bebê triste. Eles se encaixavam de um modo aconchegante; não exatamente feliz, mas suportável.

Virgie Papai estava embaixo da casa, conferindo as batatas. Elas duravam mais lá embaixo, não apodreciam tão fácil, mas mamãe também gostava de manter um saco cheio na cozinha. Um saco cheio de batatas pesava bastante, e papai se ofereceu para levá-lo para cima. Eu odiava interrompê-lo, mas queria falar com ele enquanto tinha coragem.

— Papai, quero conversar com o senhor sobre o que pretendo fazer depois de terminar a escola.

A cabeça e os ombros dele estavam embaixo da casa, e a resposta ecoou um pouco sob a varanda.

— Quer ir para a casa de alguém? Vá pedir pra sua mãe.

— Não. Quero dizer, quando terminar o colegial.

— Hum-hum?

Dava para perceber que ele estava mais concentrado nas batatas do que em mim.

— Bem, tenho que fazer alguma coisa. Disso eu sei. Alguma coisa que dê dinheiro.

Ele saiu de baixo da varanda, com duas batatas em cada mão. Ele poderia segurar três.

— O que tem em mente, filha?

Ele me perguntou isso como se estivesse realmente curioso e como se qualquer resposta que eu desse fosse ser inteligente e correta. Como se tivesse perguntado algo para mamãe, e não para mim.

— O horário de trabalho das enfermeiras não é muito bom — disse eu. — Elas trabalham em turnos longos, dias e noites. E eu não gosto muito de pessoas doentes.

Ele concordou com a cabeça, ainda segurando as batatas.

— Estive pensando em, talvez, dar aulas. A senhorita Etheridge diz que eu me daria bem.

Ele se encostou na lateral da casa, mãos nos bolsos.

— A faculdade pra professores custa caro.

Eu já tinha pensado naquilo.

— São dois anos de curso. E eu sei que teria de pedir a sua ajuda. Acho que é isso que estou tentando pedir, papai. Se você pode me ajudar.

Papai deu um sorriso lento e meio torto e deu um passo na minha direção. Ele estendeu o braço e colocou um cacho de cabelo para trás da minha orelha, coisa que eu nunca o imaginaria fazendo antes.

— Sabia que você ia tomar um rumo, Virgie. Sabia que ia ser alguém na vida. Já estava planejando mandar você pra faculdade. Não sabia qual você ia escolher, nem se ia querer mesmo. Mas me parece que você andou pensando bastante a respeito.

— Andei.

— Você sabe que eu faço qualquer coisa por você, filha. Não sei como, mas daremos um jeito de você poder estudar. Eu prometo.

Eu sabia que, se papai prometia, aconteceria.

A<small>LBERT</small> Jonah sentado na cadeira de balanço ao meu lado na varanda não era nem um pouco diferente do que se fosse Oscar ou Ban. Não conversamos muito. Comentamos sobre um pardal ou um gaio que voou ali perto. Apontamos para um pica-pau ou um tâmia. Mas na maior parte do tempo, só balançamos. Leta trouxe mais café, sorrindo para Jonah e servindo ele como serviria qualquer outro amigo meu. Seja lá o que estivesse pensando, nunca seria grosseira. Não fazia o tipo dela.

— Então, você acha que estou sendo tolo — disse eu pra Jonah finalmente, na metade da segunda xícara de café. — Quer dizer que não se incomoda de ser tratado diferente, tratado como um negro e não um como um homem?

— Ah, eu me incomodo. Mais do que 'cê possa imaginar. Mas eu sei quem sou, qual o meu lugar.

— O que isso quer dizer?

— Quem vai mudar a situação, Albert? Você? Eu? Diacho, quando foi a última vez que 'cê dormiu mais que seis horas seguidas? Quando num trabalhou mais que o sol? Num temos tempo pra revoluções, Albert. Num sobra energia.

— Isso não quer dizer que não podemos tentar.

— Diga quando vai conseguir tirar tempo pra fazer isso, quando vai encaixar revolucionar o mundo na sua agenda?

Gostava de pensar que os brancos com quem eu trabalhava não se importavam com quem eu convidava pra jantar. Sabia que a maioria não se importaria. Mas e se alguns se ofendessem, justamente os encrenqueiros? Isso significaria que a barra podia pesar no trabalho, que Jack talvez não conseguisse um trabalho na hora que fosse procurar um, que as amigas das garotas podiam ser proibidas de virem em casa. Eu precisava de cada centavo, de cada caridade pra conseguir mandar Virgie pra faculdade. Porém, mesmo se não fosse por ela, pensar em tanta feiura já me embrulhava o estômago. Os homens dessa cidade tinham dado o suor por nós, tinham salvado a gente quando chegou a hora de pagar a conta do hospital. Eu precisava disso, minha família precisava dessa rede de segurança se alguma coisa me acontecesse. Eu sabia e Jonah sabia. Ele soube muito antes de mim. Eu só não queria que um mero jantar ganhasse tanto peso.

— Então jantar está fora de cogitação — disse eu.

Ele concordou.

— Mas tomar café, não?

Ele deu uma risada.

291

— Acho que sim.
— Quer outra xícara? — perguntei.
— Se 'cê tá oferecendo.

Tess   Jack matou um cervo a tiro no verão seguinte, como eu tinha pedido. Papai tirou a pele dele e o limpou, depois doou um bom pedaço. Sobrou tanto pra gente que mamãe preparou receitas com carne de veado por uma semana. Na primeira noite, a gente comeu pedaços grandes de carne de veado temperada com todos os condimentos que mamãe tinha. Ela serviu a carne sobre um prato cheio de purê de batatas.

O ardido da pimenta preta e o conforto do purê de batatas me fez pensar no cervo. Couro macio e chifres afiados.

— Como se sentiu ao atirar no cervo, Jack? — perguntei. — Você ficou com medo? Ele parecia perigoso? Ou ficou com peso na consciência porque ele era bonito?

— Os dois, eu acho — respondeu ele de boca cheia.

Ele descobriu isso mais rápido que eu. Que podia haver mais de uma resposta certa ao mesmo tempo.

Agradecimentos

Muitas fontes – incluindo minha família – me ajudaram a consolidar os detalhes da vida no Alabama na década de 1930, principalmente no que diz respeito à mineração. Usei como fonte de pesquisa as obras *The challenge of international unionism: Alabama coal miners 1878-1921*, de Daniel Letwin; *Race, class, and power in the Alabama coalfields, 1908-1921*, de Brian Kelly; *The WPA Guide to the 1930s Alabama*; *Blocton: The history of an Alabama coal mining town*, de Charles Edward Adams; *Outside the magic circle*, de Virginia Foster Durr; *Poor but proud*, de Wayne Flynt; *Black dust: The memories of an African American coal miner*, de Robert Armstead; e *Coal mining in Alabama*. Meus agradecimentos à Biblioteca de Carbon Hill e ao Museu de Mineração do Alabama, assim como a Fred Leith e Shelby Harbin.

Obrigada a Kate Sage por ser espetacular de diversas formas, mas, mais especificamente, por deixar cada página deste livro mais forte do que quando ela as encontrou. Obrigada a Tilman e Anne Sprouse por sempre estarem disponíveis para checar fatos históricos e anedotas, a Barry Flowers pela assessoria jurídica, a Brad Daly por desbravar os entremeios dos museus e a Brittmey Knox pela ajuda na pesquisa. Mamãe, papai e Lisa – mais apoio no meu trabalho e na minha vida, impossível. Eu os valorizo mais do que vocês imaginam. Diann Frucci e Karen Etheridge, vocês são as melhores. Obrigada àqueles que leram as versões iniciais do livro e aturaram pilhas e mais pilhas de papel – a Jamie e Beth por serem meticulosas e atenciosas, a Brooke por sempre ser tão assertiva. E a Fred por ler muitos rascunhos de muitas histórias e por me tornar uma pessoa muito melhor.